Nippon所藏

日本歷史名人

U0039563

Nippon所藏
日本歷史名人

Part.3 令人心動的型男

Part.4 不讓鬚眉的女傑

專欄一

Part.5 縱橫捭闔的武將

專欄二

全書音檔線上聽
所藏系列介紹

Part.1

藏在日常生活中的名人

你知道風靡一時的電影「你的名字」，企劃靈感原來與平安時代的一位絕色美女有關嗎？影響了梵谷和德布西，入選美國『Life』雜誌「全世界千年以來重要功績的百人」的唯一一位日本人究竟是誰？日本最大的泡麵品牌「日清」，創辦人居然是臺灣人？當歷史融入日常生活，還有更多秘辛等著你一探究竟。

秋田美人——小野小町

用「五芒星」守護都城——安倍晴明

侘寂之美——茶聖・千利休

帶領世界藝術風潮之浮世繪狂人——葛飾北斎

一萬元鈔票——福澤諭吉

苦眾人所苦的泡麵之父——安藤百福

秋田美人《あきたびじん》——小野小町《おののこまち》

（八〇九～九〇一）

001

劉怡臻／著

日本《にほん》三大美人《さんだいびじん》として、京美《きょうび》人《じん》、博多美人《はかたびじん》、それから秋田美《あきたび》人《じん》が挙《あ》げられる。今《いま》、芸能界《げいのうかい》で活躍《かつやく》している人《ひと》の中《なか》でも秋田美《あきたび》人《じん》は少《すく》なくない。秋田《あきた》を代表《だいひょう》する米《こめ》「あきたこまち」も平安時代《へいあんじだい》の秋田美人《あきたびじん》・小野小町《おののこまち》に由来《ゆらい》している。豊《ゆた》か[1]な風《ふう》土《ど》に恵《めぐ》まれ[2]た秋田《あきた》で、おいしい米《こめ》と美《うつく》しい女性《じょせい》が誕生《たんじょう》するのだ。小野小町《おののこまち》はその中《なか》でも代表的《だいひょうてき》な一人《ひとり》で、秋田美《あきたび》人《じん》の原型《げんけい》とも言《い》えるだろう。

秋田美人《あきたびじん》といえば、まず肌《はだ》が透《す》き通《とお》る[3]ように白《しろ》いことが特徴《とくちょう》だ。秋田《あきた》は湿度《しつど》が高《たか》く肌《はだ》が乾燥《かんそう》しないこと、日照《にっしょう》時間《じかん》が日本一短《にほんいちみじか》いこと、冬《ふゆ》が寒《さむ》いためよく寝《ね》ることが原因《げんいん》だと言《い》われる。そして、目《め》がぱっちり[4]として大《おお》きいという魅力《みりょく》もある。地理的《ちりてき》な要素《ようそ》で、混血《こんけつ》児《じ》が多《おお》いという説《せつ》もある。

小野小町《おののこまち》は日本《にほん》では、中国《ちゅうごく》の楊貴《ようき》妃《ひ》、エジプトのクレオパトラとともに世界三大美人《せかいさんだいびじん》と称《しょう》される。平安初期《へいあんしょき》の女流歌人《じょりゅうかじん》として名《な》を馳《は》せ[5]た寵児《ちょうじ》である。彼女《かのじょ》は小野篁《おののたかむら》の孫《まご》という説《せつ》もあるが、史実《しじつ》や根拠《こんきょ》がほとんどなく謎《なぞ》に包《つつ》まれている。

歌仙《かせん》の小《お》野《のの》小《こ》町《まち》は作品《さくひん》をたくさん残《のこ》している。その中《なか》でも、小倉百人一首《おぐらひゃくにんいっしゅ》に選《えら》ばれている「花《はな》の色《いろ》は　移《うつ》りにけりないたづらに　我《わ》が身世《みよ》にふる　ながめせしまに」は一番有名《いちばんゆうめい》なものだと言《い》えるだろう。「きれいに咲《さ》いた桜《さくら》の花《はな》は、今《いま》はむなしく色《いろ》が褪《あ》せてしまった。春《はる》の長雨《ながあめ》が降《ふ》っている間《あいだ》に。恋《こい》や世間《せけん》のことに思《おも》い悩《なや》んでいる間《あいだ》に、私《わたし》の美貌《びぼう》が衰《おとろ》えてしまったのと同《おな》じようだ」という意味《いみ》だ。散《ち》ってしまった桜《さくら》の花《はな》に自分《じぶん》の衰《おとろ》え[6]た美貌《びぼう》を投影《とうえい》した小《お》野《のの》小《こ》町《まち》のこの歌《うた》は、古今集《こきんしゅう》の撰者《せんじゃ》だった紀貫之《きのつらゆき》によって「内省的《ないせいてき》な美女《びじょ》のような歌《うた》だ」と評価《ひょうか》された。百人一首《ひゃくにんいっしゅ》の撰者《せんじゃ》である藤原定家《ふじわらのさだいえ》からも「幽玄《ゆうげん》[7]様《さま》」の歌《うた》とされていて、この歌《うた》には無常《むじょう》と滅《ほろ》び[8]という日本的《にほんてき》な美学《びがく》が潜《ひそ》んでいる。

近年《きんねん》、日本《にほん》で大《だい》ヒットしたアニメ「君《きみ》の名《な》は。」は実《じつ》は企画書《きかくしょ》の段階《だんかい》から小《お》野《のの》小《こ》町《まち》の和歌《わか》にヒントを得《え》たという。『古今和歌集《こきんわかしゅう》』に収《おさ》められている小《お》野《のの》小《こ》町《まち》の和歌《わか》、「思《おも》ひつつ　寝《ね》れば　や人《ひと》の見《み》えつらむ　夢《ゆめ》と知《ち》りせば　覚《さ》めざらましを」という歌《うた》をモチーフに、夢《ゆめ》で見《み》た少年《しょうねん》と少女《しょうじょ》が入《い》れ替《か》わる物語《ものがたり》に発展《はってん》させている。古代日本人《こだいにほんじん》の信仰《しんこう》では、「その人《ひと》が私《わたし》のことを思《おも》っているから、私《わたし》の夢《ゆめ》に現《あらわ》れたのだ」と考《かんが》えられていたため、夢《ゆめ》と恋《こい》との結《むす》びつきはよく和歌《わか》に表現《ひょうげん》されている。「夢《ゆめ》だと知《し》っていたら、目覚《めざ》めたくなかったのに」と嘆《なげ》く小《お》野《のの》小《こ》町《まち》の歌《うた》は、おそらく現代人《げんだいじん》にも通《つう》じるものがあるだろう。

▲ 京都隨心院的小野小町歌碑，上面刻著小町最著名之和歌「花の色は」©PlusMinus / Wikipedia

▲ 小野小町照鏡圖（勝川春亭）©Wikipedia

秋田美人——小野小町（八〇九～九〇一）

日本的三大美人，眾所皆知是京美人、博多美人、緊接便是秋田美人了。今日的日本演藝圈中也有不少秋田美人活躍。代表秋田之米「秋田小町」命名，正是源於平安時代的秋田美人小野小町。秋田風土得天獨厚，誕生了可口的米以及美女。小野小町便是其中具代表性的一人，甚至可以說她就是秋田美人的原型吧！

說到秋田美人，首先腦海裡浮現的，是那吹可彈破的雪白肌膚。多虧秋田濕度高，肌膚不易乾燥、秋田亦是日本日照時間最短地區，嚴寒冬季能好好睡覺休息的緣故吧？除了肌膚雪白以外，眼眸深邃魅力十足。也有一說是緣於地理上的關聯，混血兒的數量較多。

小野小町當時和中國的楊貴妃、埃及豔后齊名為世界三大美人，同時身為平安初期女流歌人，遠近馳名，非常受寵。也有一傳言說她是小野篁的孫子，但不具史實相應的根據，幾乎是團謎。

歌仙小野小町留下許多作品。其中最有名的，當數這首被選為小倉百人一首裡的「苦雨濛濛中，花色已褪，憐自身容貌，嘆世事無常」吧。開得正盛的櫻花，現在風華褪去，令人覺得哀傷。有如那綿綿春雨間，煩惱著情愛、世間事的我。將自身衰老的美貌投射在散落櫻花的小野小町的和歌，獲得擔任「古今集」編者的紀貫之評為「宛如內省式美女般的和歌」。「百人一首」的編者藤原定家也將小町的和歌視為「幽玄體」，她的和歌作品中藏有著一種非情和幻滅的日式美學。

最近在日本引起熱烈迴響的動畫「你的名字」，據說從企劃書階段的靈感，就從小野小町的和歌而來。『古今和歌集』裡這首小町作品「思念伊人入睡，伊人將在夢裡相會，早知是場夢，就不想醒來」是動畫「你的名字」構想本身的原型。在夢裡相見的少年和少女，彼此交換性別，而展開物語。古代日本人的信仰之中，相信著「如果那個人想念著我，便出現在我的夢裡」，所以常常見到和歌作品將夢與戀愛作結合。如果聽到這首哀嘆早知是場夢，就不想醒來的小野小町和歌，現代人恐怕也心有戚戚焉吧？

▲ 狩野探幽『三十六歌仙額』：小野小町被譽為三十六歌仙之一 ©Wikipedia

單字與句型

單字

1. 豊《ゆた》か：豐饒的
2. 恵《めぐ》まれる：天生被賜與某方面的才華或資源
3. 透《す》き通る：①透明　②色澤透亮的
4. ぱっちり：①眼睛很大　②眼睛睜得大大的樣子
5. 馳《は》せる：①奔跑　②遠播
6. 衰《おとろ》える：衰退
7. 幽玄《ゆうげん》：深奧不可言喻
8. 滅《ほろ》びる：衰滅

句型

- ～として：身為～
- ～とともに：與～一起、並列

「五芒星《ごぼうせい》」で都《みやこ》を守《まも》る——

安《あ》倍《べの》晴《せい》明《めい》

（九二一～一〇〇五）

002

王文萱／著

▲ 一條戻橋 ©Wikipedia

「烏帽子《えぼし》」をかぶり、白《しろ》い「狩衣《かりぎぬ》」を着用《ちゃくよう》し、扇《おうぎ》や霊符《れいふ》を持《も》つ。術《じゅつ》を操《あやつ》り[1]、動物《どうぶつ》や妖怪《ようかい》などの生《い》き物《もの》に化《ば》ける[2]「式神《しきがみ》」を呼《よ》び出《だ》す。それが謎《なぞ》に包《つつ》まれた陰陽師《おんみょうじ》——安倍晴明《あべのせいめい》である。

ここ数年《すうねん》、小説《しょうせつ》や映画《えいが》などによって、陰陽師《おんみょうじ》・安倍晴明《あべのせいめい》の名《な》が広《ひろ》く知《し》られるようになった。フィギュアスケート[3]選手《せんしゅ》の羽生結弦《はにゅうゆづる》も安倍晴明《あべのせいめい》をテーマに、映画《えいが》「陰陽師《おんみょうじ》」の劇中曲《げきちゅうきょく》を使《つか》って「SEIMEI」という演目《えんもく》を創作《そうさく》し、オリンピックで金《きん》メダルを獲得《かくとく》している。安倍晴明《あべのせいめい》が登場《とうじょう》する作品《さくひん》には奇想《きそう》天外《てんがい》[4]なことが書《か》かれているが、歴史《れきし》上《じょう》に実在《じつざい》した人物《じんぶつ》である。陰陽師《おんみょうじ》というのも日本《にほん》古代《こだい》の職業《しょくぎょう》の一《ひと》つであり、「陰陽寮《おんみょうりょう》」[1]に属《ぞく》した官職《かんしょく》であった。平安時代《へいあんじだい》には飢饉《ききん》や疫病《やくびょう》がはやり、それは「物《もの》の怪《け》」の仕業《しわざ》[5]だと考《かんが》えられており、人々《ひとびと》は宗教《しゅうきょう》や陰陽師《おんみょうじ》に救《すく》いを求《もと》めたため、陰陽師《おんみょうじ》の伝説《でんせつ》がたくさん残《のこ》されている。

晴明《せいめい》の幼少《ようしょう》の頃《ころ》については確《たし》かな記《き》録《ろく》がないが、加茂氏《かもうじ》という陰陽師《おんみょうじ》から陰陽道《おんみょうどう》を教《おそ》わっ[6]たと言《い》われている。四十歳《よんじゅっさい》で村上天皇《むらがみてんのう》に占《うらな》いを命《めい》ぜられたことから、遅咲《おそざ》き[7]ながらも占《うらな》いの才《さい》能《のう》は既《すで》に貴族社会《きぞくしゃかい》で認《みと》められていたことがわかる。その後《ご》、天文博士《てんもんはかせ》に任命《にんめい》され、天皇《てんのう》や貴族《きぞく》たち、特《とく》に当時政権《とうじせいけん》を握《にぎ》った藤原道長《ふじわらみちなが》に重用《じゅうよう》されるようになり、陰陽師《おんみょうじ》として名声《めいせい》を極《きわ》め[8]た。

晴明《せいめい》の死後《しご》、彼《かれ》の事跡《じせき》が神秘化《しんぴか》され、多《おお》くの伝説的逸話《でんせつてきいつわ》も伝承《でんしょう》されてきた。特《とく》に呪術師《じゅじゅつし》である蘆屋道満《あしやどうまん》[2]と戦《たたか》った話《はなし》が多《おお》く残《のこ》されている。現代《げんだい》においては、小説家《しょうせつか》・夢枕獏《ゆめまくらばく》が安倍晴明《あべのせいめい》を主人《しゅじん》公《こう》とした伝奇小説《でんきしょうせつ》シリーズ「陰陽師《おんみょうじ》」を創《つく》り出《だ》した。その後《ご》、小説《しょうせつ》が漫画《まんが》化《か》、ドラマ化《か》、映画化《えいがか》されて、どれも人気作品《にんきさくひん》となった。

晴明《せいめい》ファンなら一度《いちど》は訪《おとず》れたい場所《ばしょ》は、京都《きょうと》の上京区《かみぎょうく》にある晴明神社《せいめいじんじゃ》だ。境内《けいだい》には、式神《しきがみ》の石像《せきぞう》が置《お》かれ、晴明《せいめい》の念力《ねんりょく》により湧《わ》き出《で》たといわれる井戸《いど》「晴明井《せいめいい》」も存在《そんざい》している。「晴明桔《せいめいき》梗《きょう》（五芒星《ごぼうせい》）」という晴明《せいめい》が創《つく》った祈《き》祷呪符《とうじゅふ》も境内《けいだい》のあちこちで見《み》られる。近《ちか》くにある一条戻橋《いちじょうもどりばし》は何度《なんど》も架《か》け直《なお》されたが、平安時代《へいあんじだい》よりずっと同《おな》じ場所《ばしょ》にあると伝《つた》えられている。晴明《せいめい》にまつわる[9]一条戻橋《いちじょうもどりばし》の伝説《でんせつ》が幾《いく》つかある。晴明《せいめい》が家来《けらい》として使《つか》っていた式神《しきがみ》の顔《かお》を、晴明《せいめい》の妻《つま》は怖《こわ》がった。そのため晴《せい》明《めい》は式神《しきがみ》を戻橋《もどりばし》の下《した》に住《す》まわせ、必要《ひつよう》なときに呼《よ》び出《だ》していたという。パワースポット晴明神社《せいめいじんじゃ》で、陰陽師《おんみょうじ》の神秘《しんぴ》の力《ちから》を感《かん》じてみるのはどうだろうか。

▲ 晴明紋 ©Mukai / Wikipedia

▲ 晴明井 ©Wikipedia

▲ 晴明神社 ©Shutterstock

用「五芒星」守護都城——安倍晴明（九二一～一〇〇五）

頭戴「烏帽子」、身著白色「狩衣」、手持扇子或靈符，一施法術，化身成動物、妖怪等各種生物的「式神」就會來到身邊。這就是神祕的陰陽師——安倍晴明。

近年來，陰陽師安倍晴明的名字，隨著小說、電影而廣為人知，著名花式溜冰選手羽生結弦更使用了陰陽師的形象及配樂來創作《SEIMEI》這個表演劇目，在二〇一八年平昌奧運奪下了金牌。雖然故事充滿了不可思議的情節，但歷史上真有安倍晴明此人，陰陽師也是日本古代的確存在的職業，隸屬於「陰陽寮」[1]底下的官職。安倍晴明在陰陽寮當中擔任過的最高職位，便是「天文博士」。平安時代飢荒及傳染病流行，人們認為這是「怪物」在作祟，因此人們會向宗教或陰陽師求救，也衍生出許多陰陽師除魔的傳說。

關於晴明的幼年時期，並沒有留下明確記錄，但據說他跟著當時活躍的陰陽師家族加茂氏學習陰陽道。四十歲的他受村上天皇命令占卜，雖嶄露頭角稍嫌晚了點，仍可見當時他占卜的才能已經受到貴族社會認可。其後被任命為天文博士，受到天皇與貴族們的重用，特別是受當時掌握政權的藤原道長青睞，因此極富盛名。

晴明去世後，他的事蹟被神化，許多帶有傳說色彩的軼事被傳承了下來。特別是流傳了許多他與平安時期身為凡術師的蘆屋道滿[2]競爭的故事。到了現代，一九八八年，小說家夢枕獏創作了以安倍晴明為主角的傳奇小說系列《陰陽師》。其後，小說被改編成漫畫、日劇、電影，每樣都是家喻戶曉的人氣作品。

若迷上了晴明，那麼有個不能不造訪的地方，便是位於京都上京區的晴明神社。神社境內設置有式神的石像，還有晴明用念力讓泉水湧出的「晴明井」。神社境內四處還看得到晴明所創陰陽道當中所使用的祈禱符咒「晴明桔梗（五芒星）」。附近的一条戻橋，雖然經過數次重建，但據說千年來都架在同樣的位置。關於一条戻橋的傳說很多，據說晴明為了怕式神們的模樣嚇到妻子，因此總讓式神們住在這座橋下，需要的時候才召喚式神出來。您也在這充滿神奇力量的晴明神社，感受一下陰陽師的神秘力量如何？

【備註】

1. 古代日本政府機關之一，掌管占卜、天文、時刻、曆法。
2. 又稱道摩法師，但也有一說認為道摩法師與道滿並非同人。

單字與句型

單字

1. 操《あやつ》る：操縱
2. 化《ば》ける：化身為
3. フィギュアスケート：花式溜冰
4. 奇想天外《きそうてんがい》：異想天開
5. 仕業《しわざ》：作祟
6. 教《おそ》わる：息得
7. 遅咲《おそざ》き：遲來的（成功）
8. 極《きわ》める：到達頂峰狀態
9. まつわる：相關的

句型

- ～ようになった：變得～（前面接動詞）
- ～ながらも：雖然～

003

侘《わ》び寂《さ》びの美《び》——茶聖《ちゃせい》・千利休《せんのりきゅう》

（一五二二～一五九一）

王文萱／著

▲ 黑樂茶碗 ©Chris73 Wikimedia Commons / Wikipedia

「一期一会《いちごいちえ》」という言葉《ことば》を聞《き》いたことがあるだろう。出会《であ》いは一度《いちど》きりで、二度《にど》と繰《く》り返《かえ》されることがないため、その瞬間《しゅんかん》を大切《たいせつ》にすべきだという意味《いみ》の四字熟語《よじじゅくご》だ。この言葉《ことば》は、元々《もともと》茶《ちゃ》の湯《ゆ》[1]の茶会《ちゃかい》で使《つか》われた言葉《ことば》で、亭主《ていしゅ》・客《きゃく》ともに、互《たが》いに誠意《せいい》を尽《つ》くす心構《こころがま》え[2]を意味《いみ》する。この概念《がいねん》を提唱《ていしょう》したのは、千利休《せんのりきゅう》である。

茶聖《ちゃせい》と称《しょう》される千利休《せんのりきゅう》は茶《ちゃ》の湯《ゆ》を集大成《しゅうたいせい》した人《ひと》でもあり、茶道千家流《さどうせんかりゅう》[1]の始祖《しそ》でもある。彼《かれ》は十六歳《じゅうろくさい》から茶《ちゃ》の湯《ゆ》を学《まな》び、寺《てら》にも参禅《さんぜん》し、千宗易《せんのそうえき》という名《な》で茶《ちゃ》の湯《ゆ》の世界《せかい》で頭角《とうかく》を現《あらわ》していく。その後《ご》、織田信長《おだのぶなが》に茶匠《ちゃしょう》として仕《つか》え、地位《ちい》を得《え》た。本能寺《ほんのうじ》の変《へん》で信長《のぶなが》が急死《きゅうし》し、続《つづ》いて天下《てんか》を取《と》ったのは豊臣《とよとみ》秀吉《ひでよし》であった。秀吉《ひでよし》は信長《のぶなが》よりもさらに茶《ちゃ》の湯《ゆ》と利休《りきゅう》を重視《じゅうし》していた。天皇《てんのう》から関白《かんぱく》[2]に任命《にんめい》された秀吉《ひでよし》は利休《りきゅう》に「禁中茶会《きんちゅうちゃかい》」[3]を行《おこな》わせ、天皇《てんのう》に茶《ちゃ》を献《けん》じ[3]た。天皇《てんのう》から「利休《りきゅう》」の居士号《きょしごう》を与《あた》え

られ、天下一《てんかいち》の茶人《ちゃじん》の地位《ちい》を確立《かくりつ》した。

利休《りきゅう》の茶《ちゃ》の湯《ゆ》への貢献《こうけん》は、まずは茶《ちゃ》室《しつ》の変革《へんかく》にある。彼《かれ》はこれまでの茶室《ちゃしつ》を狭《せば》め[4]、限界《げんかい》まで無駄《むだ》を削《そ》ぎ落《お》とし[5]、二畳敷《にじょうじき》の茶室《ちゃしつ》を創《つく》り出《だ》した。また、「にじり口《ぐち》」という間口《まぐち》が狭《せま》く、低《ひく》いところにある茶室《ちゃしつ》の入《い》り口《ぐち》を考案《こうあん》した。頭《あたま》を下《さ》げないと入《はい》れないため、茶室《ちゃしつ》の中《なか》で人間《にんげん》の身分《みぶん》に上下《じょうげ》はなく、みんな平等《びょうどう》の存在《そんざい》になることを示《しめ》している。利休《りきゅう》が作《つく》った茶室《ちゃしつ》「待庵《たいあん》」は、京都府《きょうとふ》乙訓郡《おとくにぐん》大山崎町《おおやまざきちょう》にある寺《てら》「妙喜庵《みょうきあん》」の中《なか》に現存《げんぞん》している。

利休《りきゅう》はまた、職人《しょくにん》である長次郎《ちょうじろう》にろくろ[6]を使用《しよう》せずに手《て》で形《かたち》を作《つく》った「楽茶碗《らくちゃわん》」を作《つく》らせ、竹《たけ》を切《き》ってそのまま使《つか》う「竹花入《たけはないれ》」も茶会《ちゃかい》に登場《とうじょう》させた。利休《りきゅう》の茶室《ちゃしつ》から茶道具《ちゃどうぐ》まで、その独創的《どくそうてき》な造形《ぞうけい》には彼《かれ》の「侘《わ》び寂《さ》び」[4]の思想《しそう》や彼《かれ》が残《のこ》した茶《ちゃ》の心《こころ》が濃厚《のうこう》に反映《はんえい》されている。

一五九一年《ねん》、利休《りきゅう》は秀吉《ひでよし》の逆鱗《げきりん》に触《ふ》れ、自刃《じじん》を命《めい》じられる。その理由《りゆう》はいろいろと伝《つた》えられているが、大徳寺《だいとくじ》の三門《さんもん》を改修《かいしゅう》した際《さい》に利休像《りきゅうぞう》を三門楼《さんもんろう》上《じょう》に設置《せっち》し、その下《した》を秀吉《ひでよし》に通《とお》らせたことから秀吉《ひでよし》の怒《いか》りを買《か》った、というのが通説《つうせつ》である。武力《ぶりょく》で天下《てんか》を統一《とういつ》した秀吉《ひでよし》は、茶《ちゃ》の湯《ゆ》を政治的《せいじてき》な道具《どうぐ》として利用《りよう》したため、利休《りきゅう》と茶《ちゃ》の湯《ゆ》に対《たい》する考《かんが》え方《かた》が対立《たいりつ》したとも考《かんが》えられる。秀吉《ひでよし》の使者《ししゃ》から切腹《せっぷく》を命《めい》じられた利休《りきゅう》は、使者《ししゃ》のためにお茶《ちゃ》を一服《いっぷく》立《た》て、最《さい》後《ご》まで茶《ちゃ》の湯《ゆ》の精神《せいしん》に徹《てっ》し[7]たとも言《い》われている。

▲ 慈光院高林庵茶室 ©Wikipedia

▲ 妙喜庵 ©663highland / Wikipedia

▲ 躙口（明々庵）©663highland / Wikipedia

侘寂之美——
茶聖・千利休（一五二二～一五九一）

「一期一會」這個成語，各位應該有耳聞吧！「一期一會」指的是每次的相遇，都是一輩子只有一次的機會，不可能再有第二次，因此要珍惜當下。原本是用來提醒茶會的主人及客人，要盡其誠意來應對。而提出這個概念的，就是千利休。

被尊稱為「茶聖」的千利休是茶道集大成者，也是千家流[1]的始祖。他十六歲便學習茶道，另外也在寺院參禪，並且以千宗易之名，漸漸在茶道領域嶄露頭角。其後被織田信長任命為茶匠，從此確立了一席之地。本能寺之變，信長驟逝，接任統領天下的豐臣秀吉，對茶道及利休的重視有過之而不及。秀吉被天皇任命關白[2]，因此任命千利休舉辦「禁中茶會」[3]給天皇回禮。天皇賜予他「利休」居士的名號，利休從此確立天下第一茶人的地位。

說到千利休的茶道特色，他首先改革了茶室。他將至今為止的茶室變得更窄，將多餘的地方盡可能地省略，創造出了兩張榻榻米大小的茶室。此外他還想出了開口很狹窄、位置很低的茶室入口，稱為「躙口」。由於必須低著頭才能進去，這表示了在茶室當中，人們的身份不分高低，每個人都是平等的存在。現今還能看到千利休所做的茶室「待庵」，位於京都府乙訓郡大山崎町的寺院「妙喜庵」。

在道具方面，利休讓長次郎製作了不使用拉坏、直接用手塑型的「樂茶碗」，還在茶會當中使用了將竹子切斷直接拿來用的「竹花器」。從茶室到道具，利休這些獨特的造型當中，反映出了千利休對「侘寂」[4]的思想與茶道之心。

一五九一年，利休觸犯了秀吉，被下令切腹自殺。關於理由眾說紛紜，一般是說由於利休捐錢整修大德寺的三門，寺院方面在三門樓上設置了利休的像，讓秀吉從其下通過，秀吉認為此舉太過踰矩，因此不滿。但秀吉以武力一統天下，將茶道視為政治道具，與利休對茶道的價值觀的確互相衝突。據說利休被傳話的使者命令切腹後，還為使者打了一碗茶，到最後一刻還貫徹了對茶道的信念。

【備註】

1.「千家流」指茶道流派。千家流分為表千家、裏千家、武者小路千家。
2. 輔佐天皇的官職。
3.「禁中」指天皇御所、皇居之意，「禁中茶會」是在宮中舉行的茶會。
4. 否定華麗、高貴的價值觀，簡樸並且接近自然的美意識。

單字與句型

單字

1. 茶《ちゃ》の湯《ゆ》：以茶款待客人的行為、茶會
2. 心構《こころがま》え：覺悟
3. 献《けん》じる：進貢
4. 狭《せば》める：縮小
5. 削《そ》ぎ落《お》とす：削除
6. ろくろ：製作陶器使用的拉坯
7. 徹《てっ》する：貫徹

句型

・～きり：～之後再也沒有第二次
・～ずに：不～
・～際《さい》に：當～之時

世界《せかい》のアート界《かい》にブームを巻《ま》き起《お》こした浮世絵《うきよえ》の狂人《きょうじん》

葛飾北斎《かつしかほくさい》

（一七六〇〜一八四九）

004

王文萱／著

▲富嶽三十六景　神奈川沖浪裏 ©Wikipedia

白《しろ》と青《あお》の波濤《はとう》で構成《こうせい》された『神奈川《かながわ》沖浪裏《おきなみうら》』、赤富士《あかふじ》を正面《しょうめん》から大《おお》きく捉《とら》えた『凱風快晴《がいふうかいせい》』、これらの作品《さくひん》は、世界《せかい》日本美術《にほんびじゅつ》のシンボル[1]とも言《い》え、世界《せかい》中《じゅう》で知《し》られている。江戸時代《えどじだい》の浮世絵《うきよえ》画家《がか》・葛飾北斎《かつしかほくさい》のシリーズ作品《さくひん》『冨嶽《ふがく》三十六景《さんじゅうろっけい》』[1]の中《なか》の二作品《にさくひん》である。

北斎《ほくさい》は生涯《しょうがい》三万点《さんまんてん》を超《こ》える作品《さくひん》を発表《はっぴょう》した、世界的《せかいてき》にも有名《ゆうめい》な浮世絵師《うきよえし》である。しかし、数々《かずかず》の奇行《きこう》も有名《ゆうめい》であった。まず、改号《かいごう》は三十回《さんじゅっかい》にもわたり、「北斎《ほくさい》」というのはその中《なか》で最《もっと》も使《つか》われた号《ごう》の一《ひと》つだった。さらに、転居《てんきょ》した回数《かいすう》は九十三回《きゅうじゅうさんかい》にも上《のぼ》り[2]、絵《え》を描《えが》くことに集中《しゅうちゅう》するため、部屋《へや》が散《ち》らかっ[3]たり汚《よご》れたりするたびに引《ひ》っ越《こ》したという。金銭《きんせん》には無頓着《むとんちゃく》[4]で、金《かね》を貯《たくわ》えることさえしなかったため、通常《つうじょう》の倍《ばい》の画工料《がこうりょう》を得《え》ながらも、貧乏《びんぼう》で衣服《いふく》にさえ不自由《ふじゆう》していた。出前《でまえ》を頼《たの》んだり買《か》ってきたものをそのまま食《た》べたりしていたが、食《た》べ終《お》わったゴミをそのまま放置《ほうち》したため、まるでゴミ屋《や》敷《しき》に住《す》んでいるようであった。北斎《ほくさい》の奇《き》抜《ばつ》な行動《こうどう》で有名《ゆうめい》な話《はなし》がある。一八一七年《ねん》に本願寺名古屋別院《ほんがんじなごやべついん》を訪《おとず》れた北斎《ほくさい》は、百二十畳敷《ひゃくにじゅうじょうじき》（約二百平米《やくにひゃくへいべい》）の紙《かみ》を広《ひろ》げ、即興《そっきょう》で縦十八《たてじゅうはち》メートルの達磨大《だるまだい》師《し》の半身像《はんしんぞう》を描《えが》いたのだ。そして人々《ひとびと》に「だるせん（だるま先生《せんせい》の略《りゃく》）」と呼《よ》ばれるようになるほど話題《わだい》をさらっ[5]た。

このような狂人北斎《きょうじんほくさい》は、十九世紀後《じゅうきゅうせいきこう》半《はん》にヨーロッパを中心《ちゅうしん》に広《ひろ》がった「ジャポニスム」における最《もっと》も重要《じゅうよう》な人物《じんぶつ》だった。当時《とうじ》、フランスのパリに住《す》む、ある銅版画家《どうはんがか》が日本《にほん》から届《とど》いた磁器《じき》の緩衝材《かんしょうざい》を見《み》て驚《おどろ》いた。その緩衝材《かんしょうざい》はなんと北斎《ほくさい》の作品《さくひん》『北斎漫画《ほくさいまんが》』[2]だったのだ。西洋《せいよう》の画家《がか》たちにとっては、北《ほく》斎《さい》の構図《こうず》、色彩《しきさい》、技法《ぎほう》と、どれもが新《しん》鮮《せん》であった。『奈川沖浪裏《ながわおきなみうら》』も一八七〇年代《ねんだい》にヨーロッパに渡《わた》り、特《とく》に印象《いんしょう》派《は》の画家《がか》ゴッホに絶賛《ぜっさん》された。一九〇五年《ねん》、印象派《いんしょうは》を代表《だいひょう》する作曲家《さっきょくか》ドビュッシーの交響詩《こうきょうし》『海《うみ》』の楽譜《がくふ》の表紙《ひょうし》にも、この絵《え》が用《もち》いられていた。

七十代《ななじゅうだい》の北斎《ほくさい》はこう言《い》った。「七十《ななじゅう》年前《ねんまえ》画《か》く所《ところ》は実《じつ》に取《と》るに足《た》るものなし（七十歳《ななじゅっさい》までに描《えが》いたものは本当《ほんとう》に取《と》るに足《た》らぬものばかりである）。」そして、九十歳《きゅうじゅっさい》で「天我《てんが》をして五年《ごねん》の命《いのち》を保《たも》たしめば真正《しんせい》の画工《がこう》となるを得《え》べし（天《てん》がせめて[6]あと五年寿命《ごねんじゅみょう》を与《あた》えてくれたなら、私《わたし》は真《しん》の画家《がか》となることができただろうに）」と言《い》って、亡《な》くなった。一九九九年《ねん》には、アメリカ合衆国《がっしゅうこく》の雑誌《ざっし》である『ライフ』の企画《きかく》「この千年《せんねん》で最《もっと》も重要《じゅうよう》な功績《こうせき》を残《のこ》した世界《せかい》の人物百人《じんぶつひゃくにん》」で、北斎《ほくさい》は日本人《にほんじん》として唯一《ゆいいつ》八十六位《はちじゅうろくい》にランクインした。人生《じんせい》を絵画《かいが》の創作《そうさく》に捧《ささ》げ[7]た彼《かれ》は、偉《い》大《だい》な芸術家《げいじゅつか》であり、日本《にほん》と西洋《せいよう》の近代《きんだい》芸術《げいじゅつ》における革命家《かくめいか》でもあるのだ。

▲ 82、3 歲時的自畫像（部分）©Wikipedia

▲ 冨嶽三十六景　凱風快晴 ©Wikipedia

帶領世界藝術風潮之浮世繪狂人——葛飾北斎（一七六〇～一八四九）

以白色及藍色浪花構成的『神奈川沖浪裏』、從正面大大地描繪紅色富士山的『凱風快晴』，這兩幅作品可說是日本的象徵，聞名全世界。其實這是江戶時代浮世繪師葛飾北齋系列作品『富嶽三十六景』[1]其中的兩幅。

北齋一生當中發表超過三萬件作品，為世界著名的浮世繪師。他一生當中換過三十次名號，而「北齋」是當中最常使用的。他一生之中搬過九十三次家，為了集中精神繪畫，只要把家弄亂了，就立刻換地方。他沒什麼金錢概念，也不存錢，因此雖然繪畫的酬勞比別人多一倍，但過得很窮困，連衣服都沒得換。時常叫外送，食物送來後就著包裝直接吃，吃完的包裝直接丟著不管，住的地方儼然像個垃圾堆。關於他奇特的行徑還有個著名的故事。某次他造訪本願寺名古屋別院，在地上鋪了兩百平方米的大紙，即興揮毫出達摩祖師的半身像，蔚為奇聞。人們甚至稱他為「達摩師（達摩老師的略稱）」，此事被廣為流傳。

這樣的狂人北齋，是掀起了十九世紀後半以歐洲為中心「日本主義」的主要人物。當時，有位住在法國巴黎的銅版畫家，發現從日本運送來的瓷器，外面所包的緩衝材，畫風非常特別，驚為天人。當時用來當緩衝材的，正是北齋的作品『北齋漫畫』[2]。對西洋畫家來說，北齋作品中的所有繪畫技法，都很新奇。其後『神奈川沖浪裏』也在一八七〇年代傳到了歐洲，印象派畫家梵谷尤其讚賞。一九〇五年印象派作曲家代表德布西的作品交響詩『海』，封面上甚至印了這幅畫。

七十多歲的北齋曾經表示：「我七十歲之前畫的東西，實在不足以取。」還為自己八十歲、九十歲、一百歲立下了目標。一九九九年，美國雜誌『Life』選出「全世界千年以來重要功績的百人」，北齋是唯一入選排名八十六的日本人。一生專注於繪畫的他，可說是日本及西洋近代藝術的革命家。

【備註】

1.「富嶽」是富士山的別名，『富嶽三十六景』共有四十六張作品，畫家用不同角度來描繪富士山以及其周邊景色。

2.『北齋漫畫』原本是北齋為了弟子們練習繪畫所畫的「範本畫」。

單字與句型

單字

1. シンボル：象徵
2. 上《のぼ》る：到達
3. 散《ち》らかる：散亂
4. 無頓着《むとんちゃく》：對某方面絲毫不在意、沒有用心
5. 話題《わだい》をさらう：擄獲眾人目光、成為關注焦點
6. せめて：至少
7. 捧《ささ》げる：奉獻

句型

- ～にわたる：歷經～
- ～たびに：每當～之時
- ～さえ：甚至連～

一万《いちまん》円札《えんさつ》の顔《かお》——

福《ふく》澤《ざわ》諭《ゆ》吉《きち》

（一八三五～一九〇一）

005 劉怡臻／著

時事新報

◀時事新報為明治 15 年（1882 年）開始發行的日本新聞報
©Wikipedia

福澤諭吉《ふくざわゆきち》は一九八四年《ねん》から発行《はっこう》されている一万円《いちまんえん》紙幣《しへい》の肖像《しょうぞう》として描《えが》かれている人物《じんぶつ》である。福澤諭吉《ふくざわゆきち》は明治《めいじ》初《はじ》めの思想家《しそうか》とされることもあるが、実《じつ》は人生《じんせい》の半分《はんぶん》は幕藩《ばくはん》体制《たいせい》の下《もと》で生《い》きてきた人間《にんげん》である。彼《かれ》は慶応義塾大学《けいおうぎじゅくだいがく》を創設《そうせつ》して人材《じんざい》を育《そだ》て、『時事新報《じじしんぽう》』を創刊《そうかん》し、社会問題《しゃかいもんだい》や婦人問題《ふじんもんだい》など多《おお》くの評論《ひょうろん》を発表《はっぴょう》した。

幕府時代《ばくふじだい》に重要視《じゅうようし》されていた儒教《じゅきょう》を諭吉《ゆきち》は常《つね》に批判《ひはん》していた。それは昔《むかし》、植民地《しょくみんち》であった台湾《たいわん》にも伝《つた》えられ、大《たい》正《しょう》五年《ねん》の雑誌《ざっし》『実業《じつぎょう》の台湾《たいわん》』では「故《こ》福沢諭吉《ふくざわゆきち》の独立自尊《どくりつじそん》」という文章《ぶんしょう》で修《しゅう》身処世《しんしょせい》の秘訣《ひけつ》が二十九《にじゅうきゅう》ヶ条《かじょう》紹介《しょうかい》されている。その中《なか》に「男尊女卑《だんそんじょひ》は野蛮《やばん》の陋《ろう》習《しゅう》なり、文明《ぶんめい》の男女《だんじょ》は同等同位《どうとうどうい》互《たがい》に相《そう》敬愛《けいあい》して各々其《おのおのその》独立自尊《どくりつじそん》を全《まった》からしむ可《べ》し」と明確《めいかく》に説《と》かれ[1]ているように、彼《かれ》は男女差別《だんじょさべつ》の意識《いしき》を改革《かいかく》すべく熱心《ねっしん》に説《と》き続《つづ》けたが、社会《しゃかい》からは受《う》け入《い》れられなかったようである。男女《だんじょ》を問《と》わず平等《びょうどう》に生《い》きることは個人《こじん》の独立《どくりつ》につながる。一国《いっこく》の独立《どくりつ》を追求《ついきゅう》する前《まえ》に、個人《こじん》の独立《どくりつ》を重《おも》んじる必要《ひつよう》があるというのが福沢思想《ふくざわしそう》の中核《ちゅうかく》でもある。人民《じんみん》は一方的《いっぽうてき》に国家《こっか》に依存《いぞん》すべきではない、共同体《きょうどうたい》にも衰弱性《すいじゃくせい》があるという認《にん》識《しき》を抱《いだ》い[2]ている。

諭吉《ゆきち》がそのような思想《しそう》を持《も》ったのは偶然《ぐうぜん》ではなく、彼《かれ》の出身《しゅっしん》に深《ふか》く関連《かんれん》している。彼《かれ》は下級武士《かきゅうぶし》の家《いえ》に生《う》まれた。厳《きび》しい身分制度《みぶんせいど》に囚《とら》われ[3]た家族《かぞく》の姿《すがた》を見《み》て、出身《しゅっしん》で上下関係《じょうげかんけい》が決《き》まる社会《しゃかい》構造《こうぞう》に対《たい》して常《つね》に疑問《ぎもん》を持《も》っていた。それが後《のち》に刊行《かんこう》される『学問《がくもん》のすゝめ』の冒頭文《ぼうとうぶん》「天《てん》は人《ひと》の上《うえ》に人《ひと》を造《つく》らず人《ひと》の下《した》に人《ひと》を造《つく》らず」という言葉《ことば》を生《う》み出《だ》す契機《けいき》となる。

もう一《ひと》つは、欧米《おうべい》との出会《であ》いである。独立《どくりつ》の精神《せいしん》を日本《にほん》で発展《はってん》させるために、幕府時代《ばくふじだい》から明治時代《めいじじだい》に至《いた》るまで、諭吉《ゆきち》は攘夷論《じょういろん》に反対《はんたい》していた。巨大《きょだい》な時代《じだい》の変化《へんか》の中《なか》で、外交《がいこう》の重要性《じゅうようせい》を認《にん》識《しき》し、生涯熱心《しょうがいねっしん》に外国語《がいこくご》の勉強《べんきょう》に取《と》り組《く》み、通訳《つうやく》を担当《たんとう》するなど、海外《かいがい》にも三度渡《さんどわた》った。彼《かれ》は封建社会《ほうけんしゃかい》を批判《ひはん》することに立脚《りっきゃく》し、独立《どくりつ》の方法《ほうほう》として、外《がい》国《こく》に文明《ぶんめい》を求《もと》めなくてはならないと考《かんが》えた。

しかし、幕末《ばくまつ》から維新《いしん》の激動《げきどう》[4]期《き》を生《い》きた諭吉《ゆきち》は西洋文明《せいようぶんめい》を導入《どうにゅう》した先覚《せんかく》者《しゃ》でありながら、西洋文明《せいようぶんめい》にも限界《げんかい》があり、それが最終目標《さいしゅうもくひょう》ではないと冷静《れいせい》に見極《みきわ》めた。『民情一新《みんじょういっしん》』において諭《ゆ》吉《きち》は、「文明《ぶんめい》とは本来《ほんらい》、国王《こくおう》も、貴族《きぞく》も、貧民《ひんみん》も、金持《かねも》ちも、良民《りょうみん》も、かたくな[5]な民《たみ》も、みな許容《きょよう》し、清濁剛柔《せいだくごうじゅう》の一切《いっさい》をこのなかに包《つつ》み込《こ》めるはずのもの」と述《の》べている。包容力《ほうようりょく》こそ文明《ぶんめい》の表現《ひょうげん》だという考《かんが》えは今日《こんにち》の社会《しゃかい》にとっても処方箋《しょほうせん》となっている。

▲「天は人の上に人を造らず、人の下に人を造らず」 日本慶應大學東館上以拉丁文刻著諭吉這句名言 ©Shutterstock

▲明治 24 年（1891 年）的相片。日本萬元鈔票上的頭像即依此相片畫製 ©Wikipedia

一萬元鈔票——福澤諭吉（一八三五～一九〇一）

福澤諭吉是一九八四年起發行的一萬元紙幣上的肖像人物。福澤諭吉常被視為是明治初期的思想家，其實，他人生將近一半都在幕藩體制下度過。他創設慶應義塾大學培育人材，也創立《時事新報》，針對社會問題或婦人問題等發表了許多評論。

諭吉常常批判在幕府時代所尊崇的儒教。而且他的教誨也在殖民地台灣廣傳，大正五年的雜誌《實業台灣》「已故福澤諭吉的獨立自尊」這篇文章中介紹二十九條修身處世的秘訣。如同文章裡頭明確倡導的「男尊女卑是野蠻的陋習，文明男女應相互平等、互相敬愛，保持各自的獨立及自尊」，福澤熱心地不斷提倡應當改革男女差別的意識，但似乎並沒有被社會所接受。不分男女，平等的活著，才能保有個人獨立。追求一國獨立之前，必須先重視個人獨立這件事，構成他的思想核心。他認為人民不應一昧地依賴國家，共同體也有其脆弱的部分。

福澤諭吉之所以會抱持那樣的想法並非偶然，跟他的出身有很深的關聯。他出身於下級武士的家庭，目睹家人受限於嚴格身份制度而痛苦的模樣，對於這種以出身來決定上下關係的社會構造經常帶著懷疑。這也埋下後來大家所熟知的名著《勸學》開頭那句「天不在人上造人，也不在人下造人」誕生而來的契機。

另外一個，便是與歐美的相遇了。為了能讓日本發展獨立精神，從幕府時代到明治時代，諭吉始終反對攘夷論。在巨大的時代變化中，他認識外交重要性，一生樂衷於學習外語，擔任口譯官等，此外也曾三次參訪海外。立基於對封建社會的批判，諭吉認為作為獨立的方法，應向外國學習文明。

經歷過幕末到維新這段激動時期的諭吉，雖然是引進西洋文明的先覺者，但他冷靜地看清西洋文明也有其限制，這並非最終目標。在《民情一新》中他寫道：「不論是國王、貴族、貧民、有錢人、良民、固執的人民，所謂的文明本應包容全部，所有的清濁剛柔都能海納於其中」。認為包容力才是文明的表現這樣的想法，對於今日社會來說，也是非常合適的處方籤吧？

單字與句型

單字

1. 説《と》かれる：被提倡（「説く」的被動形）
2. 抱《いだ》く：抱持
3. 囚《とら》われる：拘泥於、受限於某觀念
4. 激動《げきどう》：情勢劇烈變動
5. かたくな：頑固的

句型

- ～べく：為了～盡最大可能去努力（「～ため」的強調）
- ～を問わず：不論是～
- ～べきではない：不應該（「～べきだ」的否定）

006

大衆《たいしゅう》の苦《く》を自《みずか》らの苦《く》とした即席《そくせき》麺《めん》生《う》みの親《おや》——安藤《あんどう》百福《ももふく》

（一九一〇～二〇〇七）

王文萱／著

▲ 安藤百福發明紀念館內，牆上展示發賣以來所有泡麵品目的包裝 ©Shutterstock

お湯《ゆ》と卵《たまご》を入《い》れ、蓋《ふた》をして三分間《さんぷんかん》待《ま》ったら、おいしい「日清《にっしん》チキンラーメン」が完成《かんせい》。このインスタントラーメンを食《た》べたことがある人《ひと》は少《すく》なくないだろうが、インスタントラーメンの基《き》本製法《ほんせいほう》を確立《かくりつ》したのは、台湾出身《たいわんしゅっしん》の実《じつ》業家《ぎょうか》——安藤百福《あんどうももふく》だということを知《し》っているだろうか。彼《かれ》はかの[1]有名《ゆうめい》な日《にっ》清食品《しんしょくひん》の創業者《そうぎょうしゃ》である。

安藤百福《あんどうももふく》（呉百福）は日本統治時《にほんとうじじ》代《だい》の台湾嘉義《たいわんかぎ》に生《う》まれた。二十二歳《にじゅうにさい》の時《とき》、父親《ちちおや》の遺産《いさん》で、台北永楽町《たいぺいえいらくちょう》の市場《いちば》で繊維会社《せんいがいしゃ》「東洋莫大小（とうようメリヤス）」を設立《せつりつ》し、後《あと》の企業家《きぎょうか》への道《みち》を開《ひら》い[2]た。その後《ご》百福《ももふく》は日本《にほん》に渡《わた》り会社《かいしゃ》を設立《せつりつ》したが、戦争《せんそう》の時《とき》、国《くに》から支給《しきゅう》された資材《しざい》の横流《よこなが》し[3]を疑《うたが》われ、憲兵《けんぺい》に厳《きび》しく拷問《ごうもん》され、生理的《せいりてき》にも心理的《しんりてき》にも苦《くる》しめられた。戦後《せんご》、食糧難《しょくりょうなん》の厳《きび》しさの中《なか》で、食《しょく》の大切《たいせつ》さを痛感《つうかん》し、食品事業《しょくひんじぎょう》に携《たずさ》わる[4]ことを決《けつ》意《い》した。彼《かれ》は「中交総社《ちゅうこうそうしゃ》（後《あと》の日清食《にっしんしょく》

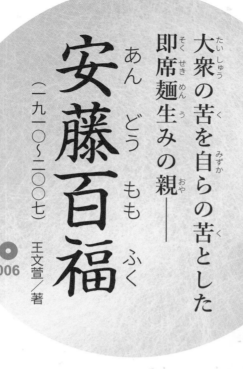

品《ひん》）」という会社《かいしゃ》を設立《せつりつ》し、牛《うし》や豚《ぶた》の骨《ほね》から抽出《ちゅうしゅつ》されたエキス[5]をもとにした、パンに塗《ぬ》って食《た》べるペースト[6]状の「ビセイクル」という栄養補助食品《えいようほじょしょくひん》を開発《かいはつ》し、病院《びょういん》にも供給《きょうきゅう》していた。

百福《ももふく》は一年間《いちねんかん》にわたり、朝《あさ》から晩《ばん》まで小屋《こや》に籠《こも》り[7]、インスタントラーメン作《つく》りに取《と》り組《く》んでいた。彼《かれ》が定義《ていぎ》したインスタントラーメンとは、「1.おいしくて飽《あ》きがこない　2.保存性《ほぞんせい》がある　3.調理《ちょうり》に手間《てま》がかからない　4.安《あん》価《か》である　5.安全《あんぜん》で衛生的《えいせいてき》である」というものであった。そして一九五八年《ねん》、ついに「チキンラーメン」が日本《にほん》で発売《はつばい》され、ヒットした。ところが、同業《どうぎょう》との競合《きょうごう》は避《さ》けられず、チキンラーメンに似《に》せた類似品《るいじひん》が多数《たすう》出回《でまわ》る[8]ようになり、日清《にっしん》品質《ひんしつ》にもばらつき[9]があったため、日清《にっしん》食品《しょくひん》への評判《ひょうばん》にも影響《えいきょう》した。

だが、百福《ももふく》は不屈《ふくつ》の精神《せいしん》を持《も》ち、前《まえ》に進《すす》み続《つづ》け、危機《きき》を転機《てんき》として活《い》かした。ある日《ひ》、アメリカを訪《おとず》れた百福《ももふく》は、アメリカの食習慣《しょくしゅうかん》からヒントを得《え》て、カップに入《い》れてフォークで食《た》べられるカップヌードルの開発《かいはつ》に着手《ちゃくしゅ》した。容《よう》器《き》の素材《そざい》や麺《めん》の揚《あ》げ方《かた》、麺《めん》の置《お》き方《かた》などを工夫《くふう》し、ようやくカップヌードルを完成《かんせい》させた。そのカップヌードルは、コストの高《たか》さで売《う》れ行《ゆ》きが伸《の》び悩《なや》んでいたが、一九七二年《ねん》に起《お》こった「あさま山荘事件《さんそうじけん》」と呼《よ》ばれる立《た》てこもり事《じ》件《けん》の際《さい》、山荘《さんそう》を包囲《ほうい》する機動隊員《きどうたいいん》がカップヌードルを食《た》べる姿《すがた》が何度《なんど》もテレビに放映《ほうえい》されたことから、カップヌードルが一躍有名《いちやくゆうめい》になった。

日清食品《にっしんしょくひん》は今《いま》も百福《ももふく》が掲《かか》げた四《よっ》つの精神《せいしん》「食足世平《しょくそくせへい》、食創為世《しょくそういせい》、美健賢《びけんけん》食《しょく》、食為聖職《しょくいせいしょく》」[1]を企業理念《きぎょうりねん》に掲《かか》げている。百福《ももふく》は没後《ぼつご》、天皇《てんのう》より正四位《せいよんい》[2]に叙《じょ》された。インスタントラーメンの発明者《はつめいしゃ》だから、という理由《りゆう》だけではない。彼《かれ》はインスタントラーメンを通《とお》して、世界《せかい》の食生活《しょくせいかつ》に大《おお》きな貢献《こうけん》を果《は》たしたのだ。

▲ 日清杯麵 ©Yumi kimura / Wikipedia

▲ 安藤百福發明紀念館內提供泡麵 DIY 體驗 ©Shutterstock

苦眾人所苦的泡麵之父——安藤百福（一九一〇～二〇〇七）

加入熱水、打個蛋，蓋上蓋子等三分鐘，香噴噴的「日清小雞麵」就完成了。相信許多人都吃過這碗方便美味的泡麵，但各位是否知道，開發泡麵基本製作方法的人，其實是台灣出身的企業家——安藤百福（吳百福），他同時也是日清食品創業者。

吳百福出生於日本統治時代的台灣嘉義，二十二歲時運用父親的遺產，在台北永樂町的市場經營纖維公司「東洋莫大小」，開創了他日後的企業家之路。其後百福到了日本開設公司，二戰時卻因被懷疑從事不法買賣，受憲兵嚴刑拷問，身心都受到很大的折磨。戰爭結束後，他感受到人們因糧食短缺而困苦，決定從事食品相關行業，設立「中交總社（日清食品的前身）」，還開發了用牛或豬的骨頭提煉出來的膏狀食品「BISEIKURU」，可塗抹在麵包上面食用，這種營養補給品還供應給醫院使用。

其後百福花了一年的時間，整天關在自己的小屋裡，嘗試製作即席麵。他對即席麵的定義是：「1.好吃不膩　2.能夠保存　3.能簡單調理　4.便宜　5.安全又衛生」。一九五八年，「小雞麵」在日本上市了，大受歡迎。百福成功開發出泡麵後，也面臨了大量同業競爭，甚至開始出現仿日清包裝的泡麵產品，這些仿冒泡麵品質參差不齊，導致日清品牌形象下降。

但百福沒有屈服也沒有停滯，繼續思考突破，將危機化為轉機。某次百福參訪美國，從美國的飲食習慣得到靈感，因此著手開發放在杯子當中、可用叉子食用的速食杯麵。無論是容器的材質、麵的油炸方法、放置麵條的方法等，他在每項都下了許多工夫，終於開發了杯麵，可惜卻因成本過高乏人問津。直到一九七二年在「淺間山莊」發生了綁架事件，當時電視上不斷播出包圍山莊的機動隊員手中拿著杯麵的樣子，杯麵突然備受矚目。

日清食品的企業理念，是「食足世平、食創為世、美健賢食、食為聖職」[1]。換句話說，百福得到國家敘勳正四位[2]，不只因為他是泡麵的發明者，而是因為他透過食物，對世界的飲食生活做出了很大貢獻。

【備註】

1. 食糧足夠了，世界也會變得和平，因此創造食物是為了世界。而且，美麗健康的身體，來自有智慧的飲食習慣。所以從事食品相關的工作，可說是一份神聖的職務。
2. 正四位是日本位階及神階的其中一個階位，一般是功勞顯著者死後被敘位。

單字與句型

單字

1. かの：傳說中那位（等於「あの」或「その」）
2. 開《ひら》く：展開
3. 横流《よこなが》し：不法之挪用
4. 携《たずさ》わる：從事、著手
5. エキス：精華、有效成分
6. ペースト：糊狀、膏狀
7. 籠《こも》る：深居不出門
8. 出回《でまわ》る：大量出現於市場上
9. ばらつき：參差不齊

句型

- ～をもとに：以～為基底

Part.2
充滿話題的文豪

在《我是貓》裡與跟著漱石笑看社會百態，在《癡人之愛》裡與潤一郎一同耽溺官能之美，在〈不畏風雨〉裡學著和賢治一樣擁抱生命，透過文學，我們與文豪相遇，然而文字淬鍊為經典的背後，雋刻的是怎樣的靈魂？激盪的是怎樣的生命火花？今天我們不談文學，只想與你慢慢訴說，關於六位文豪的人生絮語。

煩惱過多的作家——夏目漱石

情熱歌人——與謝野晶子

出讓妻子——谷崎潤一郎

因失戀奮發最終成為夏目愛徒——芥川龍之介

不畏雨不畏風——宮澤賢治

太愛肌肉訓練——三島由紀夫

悩《なや》み多《おお》き作家《さっか》——

夏《なつ》目《め》漱《そう》石《せき》

（一八六七～一九一六）

007

黄毓倫／著

▲ 書房中的漱石 (1914 年)©Wikipedia

夏目《なつめ》漱石《そうせき》は明治《めいじ》の文《ぶん》豪《ごう》の第一人者《だいいちにんしゃ》として、日本《にほん》の千円紙幣《せんえんしへい》の肖像《しょうぞう》（一九八四年《ねん》に発行開始《はっこうかいし》のD号券《ごうけん》）にもなり、日《に》本《ほん》のみならず、海外《かいがい》でも名高《なだか》い人物《じんぶつ》である。漢文《かんぶん》の造詣《ぞうけい》も深《ふか》い漱石《そうせき》は、唐《とう》代《だい》の『晋書《しんじょ》』にある故事《こじ》「漱石枕流《そうせきちんりゅう》」から取《と》った「漱石《そうせき》」を自分《じぶん》の雅号《がごう》とした。「漱石《そうせき》」とは負《ま》け惜《お》しみの強《つよ》い性格《せいかく》の意味《いみ》で、漱石自身《そうせきじしん》の性格《せいかく》だと思《おも》われがちであるが、実《じつ》は彼《かれ》はガラスのハートの持《も》ち主《ぬし》で、悩《なや》み多《おお》き人生《じんせい》を送《おく》っていたのである。

漱石《そうせき》は末《すえ》っ子《こ》（五男《ごなん》）として生《う》まれ、既《すで》に子《こ》だくさんの夏目家《なつめけ》にとって、望《のぞ》まれない子《こ》であった。生《う》まれた翌年《よくとし》、塩原昌之助《しおばらしょうのすけ》のところへ養子《ようし》に出《だ》されたが、やがて養父母《ようふぼ》の離婚《りこん》により、養《よう》母《ぼ》と共《とも》に生家《せいか》に戻《もど》ってきた。しかし実《じつ》父《ぷ》と養父《ようふ》の対立《たいりつ》のせいで、生家《せいか》に戻《もど》っても籍《せき》は塩原家《しおばらけ》に置《お》いたままとなり、二十一歳《にじゅういっさい》になってやっと夏目家《なつめけ》への復《ふく》籍《せき》がかなえられた。幼少期《ようしょうき》の漱石《そうせき》は、このようにアイデンティティの狭間《はざま》[1]に揺《ゆ》れて、自分《じぶん》の居場所《いばしょ》を探《さが》し求《もと》めて苦悩《くのう》していたのだろう。

英語《えいご》がずば抜《ぬ》け[2]て優《すぐ》れていた漱《そう》石《せき》は、一八九〇年《ねん》に東京帝国大学英文《とうきょうていこくだいがくえいぶん》科《か》に入学《にゅうがく》。しかしその前後《ぜんご》、長兄《ちょうけい》、次《じ》兄《けい》、さらに密《ひそ》かに恋心《こいごころ》を抱《いだ》いていた

三兄《さんけい》の妻《つま》と立《た》て続《つづ》けに死別《しべつ》し、厭世主義《えんせいしゅぎ》・神経衰弱《しんけいすいじゃく》に陥《おちい》り始《はじ》める。大学卒業《だいがくそつぎょう》後《ご》、高等師範学校《こうとうしはんがっこう》の英語教師《えいごきょうし》になったものの、日本人《にほんじん》が英文学《えいぶんがく》を学《まな》ぶことに違和感《いわかん》を覚《おぼ》え始《はじ》め、元々病弱《もともとびょうじゃく》な上《うえ》に肺結核《はいけっかく》の発症《はっしょう》も重《かさ》なって、極度《きょくど》の神経衰弱《しんけいすいじゃく》・強迫観念《きょうはくかんねん》[3]にとらわれるようになった。その後《ご》、中根鏡子《なかねきょうこ》と結婚《けっこん》したが、鏡子《きょうこ》は慣《な》れない環境《かんきょう》や流産《りゅうざん》でヒステリー症《しょう》が激《はげ》しく、元々《もともと》デリケートな神経《しんけい》の持《も》ち主《ぬし》である漱石《そうせき》をさらに悩《なや》ませていた。

一九〇〇年《ねん》、漱石《そうせき》は文部省《もんぶしょう》より英語教育法研究《えいごきょういくほうけんきゅう》のため、イギリス留学《りゅうがく》を命《めい》じられるが、そこでまた英文学研究《えいぶんがくけんきゅう》への違和感《いわかん》がぶり返《かえ》し[4]、海外《かいがい》にいる孤独感《こどくかん》も相《あい》まって[5]、自分《じぶん》の行《ゆ》くべき道《みち》を見失《みうしな》いそうになり、「夏目発狂《なつめはっきょう》」の噂《うわさ》が文部省内《もんぶしょうない》に流《なが》れたほどの猛烈《もうれつ》な神経衰弱《しんけいすいじゃく》に陥《おちい》ったため、急遽帰国《きゅうきょきこく》を命《めい》じられ、一九〇三年《ねん》に帰朝《きちょう》した。留学《りゅうがく》期間中《きかんちゅう》も手紙《てがみ》のやりとりをしていた、文学的《ぶんがくてき》・人間的《にんげんてき》な面《めん》において漱石《そうせき》に多《た》大《だい》な影響《えいきょう》を与《あた》えていた親友《しんゆう》の正岡子規《まさおかしき》が、その前《まえ》の一九〇二年《ねん》に結核《けっかく》で亡《な》くなったことも、漱石《そうせき》にはショックな出来事《できごと》だっただろう。

日本《にほん》に戻《もど》った後《あと》、漱石《そうせき》は第一高等学校《だいいちこうとうがっこう》と東京帝国大学《とうきょうていこくだいがく》の講師《こうし》になったが、どちらも順調《じゅんちょう》とは言《い》えなかった。東京《とうきょう》帝大《ていだい》では、小泉八雲《こいずみやくも》の後任《こうにん》として英文《えいぶん》学《がく》の講義《こうぎ》を受《う》け持《も》ったが、生真面目《きまじめ》な漱石《そうせき》の分析的《ぶんせきてき》な硬《かた》い講義《こうぎ》は学生《がくせい》に不評《ふひょう》であり、八雲留任運動《やくもりゅうにんうんどう》が起《お》こるほどだった。また、英文学《えいぶんがく》の講師《こうし》に日本人《にほんじん》を起用《きよう》することに対《たい》して疑《うたが》いの声《こえ》も上《あ》がったが、日本人《にほんじん》が英文学《えいぶんがく》を学《まな》ぶことに一番疑問《いちばんぎもん》を感《かん》じていたのは漱石自身《そうせきじしん》だった。また、一高《いちこう》の生徒《せいと》・藤村操《ふじむらみさお》が入《にゅう》水自殺《すいじさつ》したのは、そのやる気《き》のなさを自分《じぶん》がとがめ[6]たせいなのではないかという罪悪感《ざいあくかん》に、漱石《そうせき》は夜中《よなか》にうなされる[7]ほど激《はげ》しく悩《なや》まされていた。漱《そう》石《せき》の神経衰弱《しんけいすいじゃく》はいよいよエスカレートしていき、妻《つま》の鏡子《きょうこ》も耐《た》えられなくなったらしく、約二《やくに》ヶ月間別居《かげつかんべっきょ》することになった。

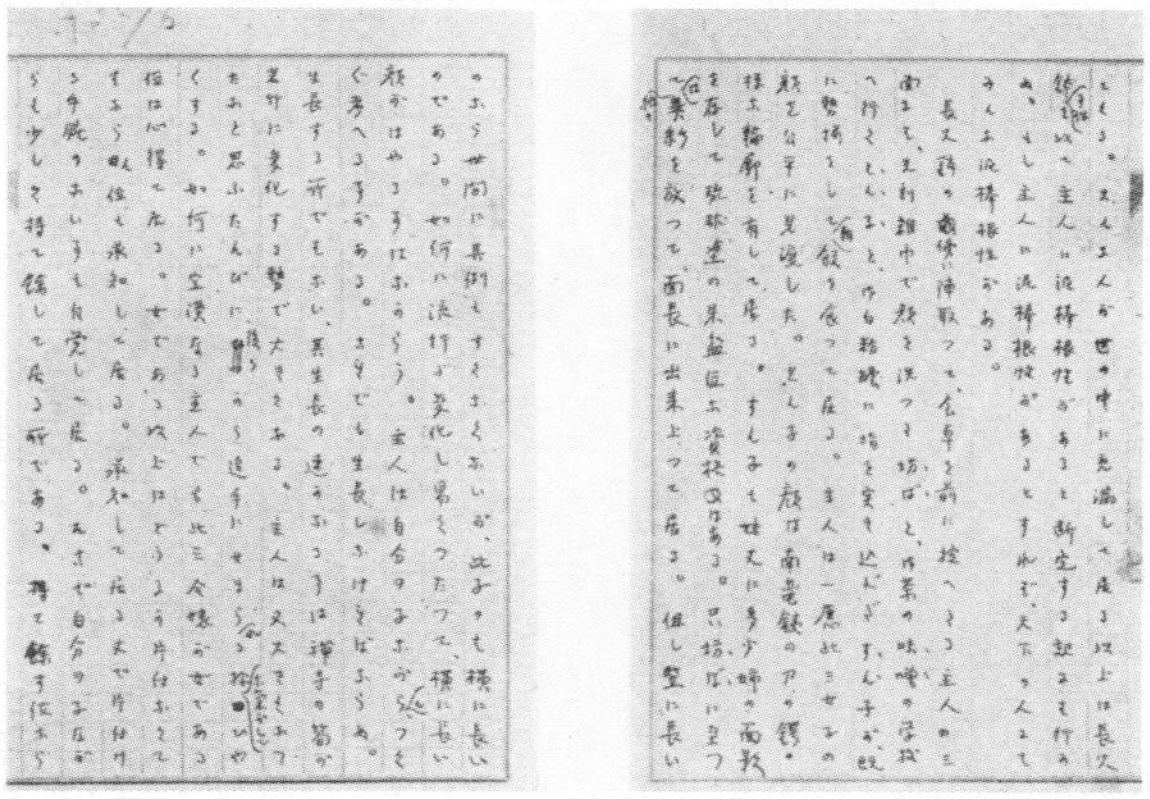

▲《我是猫》原稿 ©Wikipedia

そんな中《なか》、ひどい神経衰弱《しんけいすいじゃく》を和《やわ》らげるために、高浜虚子《たかはまきょし》の勧《すす》めで、漱石《そうせき》は処女作《しょじょさく》となる『吾輩《わがはい》は猫《ねこ》である』の執《しっ》筆《ぴつ》に取《と》り掛《か》かる。「吾輩《わがはい》は猫《ねこ》である。名前《なまえ》はまだ無《な》い」という書《か》き出《だ》しから始《はじ》まるこの作品《さくひん》は、猫《ねこ》の視点《してん》から、飼《か》い主《ぬし》とその家《いえ》に集《あつ》まる知人《ちじん》や、近所《きんじょ》の人々《ひとびと》の人間《にんげん》模様《もよう》を面白《おもしろ》おかしく描《えが》き出《だ》している。漱石《そうせき》の繊細《せんさい》で鋭《するど》い観察眼《かんさつがん》により、登場人物《とうじょうじんぶつ》のいきいきとした描写《びょうしゃ》を生《う》み出《だ》している。その後《ご》、イギリス留学中《りゅうがくちゅう》にロンドン塔《とう》を訪《おとず》れた際《さい》の随筆《ずいひつ》『倫敦塔《ロンドンとう》』や、愛媛県尋常中学校教諭《えひめけんじんじょうちゅうがっこうきょうゆ》時代《じだい》の体験《たいけん》を下敷《したじ》きに書《か》かれた『坊《ぼ》っちゃん』などの作品《さくひん》を次々《つぎつぎ》と発表《はっぴょう》し、人気作家《にんきさっか》としての地位《ちい》を獲得《かくとく》した。一九〇七年《ねん》に漱石《そうせき》は全《すべ》ての教職《きょうしょく》を辞《じ》して朝日新聞社《あさひしんぶんしゃ》に入社《にゅうしゃ》し、本格的《ほんかくてき》に職業《しょくぎょう》作家《さっか》として生《い》きていくことを決《き》めた。

しかし、それでも漱石《そうせき》は神経衰弱《しんけいすいじゃく》の地獄《じごく》から抜《ぬ》け出《だ》すことなく、作品《さくひん》執筆中《しっぴつちゅう》も度々《たびたび》神経衰弱《しんけいすいじゃく》に陥《おちい》る。加《くわ》えて様々《さまざま》な病気《びょうき》を抱《かか》え、一九一〇年《ねん》にひどい胃潰瘍《いかいよう》で生死《せいし》の間《あいだ》をさまよっ[8]た。いわゆる「修善寺《しゅぜんじ》の大患《たいかん》」である。一九一六年《ねん》に命取《いのちと》りとなったのも胃潰瘍《いかいよう》だった。漱石《そうせき》は胃弱《いじゃく》にもかかわらず大《だい》の甘党《あまとう》であり、当時《とうじ》出回《でまわ》り始《はじ》めたジャムが大好物《だいこうぶつ》で、毎日《まいにち》のようになめすぎたため医師《いし》に止《と》められたというエピソードが残《のこ》っている。幼少期《ようしょうき》からずっと悩《なや》み続《つづ》けてきた漱石《そうせき》にとって、甘《あま》い物《もの》を食《た》べているひと時《とき》は、傷《きず》つきやすいガラスのハートを癒《い》やしてくれる、至福《しふく》の瞬間《しゅんかん》だったのかもしれない。

煩惱過多的作家——夏目漱石（一八六七～一九一六）

夏目漱石是明治文豪的第一把交椅，曾經成為日本千元紙鈔上的肖像（一九八四年發行的D號券），不僅日本，在海外也是聲名響亮的人物。漱石漢文造詣深厚，他從唐代『晉書』裡「枕流漱石」的故事中，取「漱石」二字做為自己的雅號。「漱石」意味著好強不服輸的個性，一般認為是代表了漱石本身的個性，但其實他擁有一顆玻璃心，一生總是在眾多煩惱中度過。

漱石排行家中老么（五男），對於已經生了太多孩子的夏目家而言，漱石的出生不被期待。出生隔年就被送往塩原昌之助的家中當養子，但不久後由於養父母離婚，便和養母一同回到出生的家。不過由於生父和養父彼此對立，漱石雖然回到出生的家，戶籍仍然留在塩原家，一直到要二十一歲才得以將戶口遷回夏目家。漱石的童年於多個身分間搖擺不定，想必他為了尋求自己的定位而相當苦惱。

漱石的英語才能高人一等，於一八九〇年進入東京帝國大學英文科就讀。但於此前後，大哥、二哥、以及默默暗戀的三嫂接連死去，致使他開始陷入厭世主義與神經衰弱。大學畢業後成為高等師範學校的英文老師，但同時也開始認為日本人學習英文文學一事不合理，原本就體弱多病再加上肺結核病發，而陷入極度的神經衰弱與強迫症。之後與中根鏡子結婚，但鏡子由於水土不服和流產等引起激烈的歇斯底里症狀，讓原本就神經纖細的漱石更加煩惱。

一九〇〇年，漱石受文部省之命，為了研究英語教育法而遠赴英國留學，但又再度感到研究英文文學的不合理，再加上隻身在異國的孤獨，眼見就要迷失自己所該前往的道路。他陷入猛烈的神經衰弱，到了文部省內流傳「夏目發瘋」謠言的地步，於是急遽

位於千駄木的漱石故居▶
（現在移往愛知県・明治村保存）©Wikipedia

命令他回國，漱石便在一九〇三年回到日本。在留學期間也互有通信、於文學和人格形成上皆對漱石有很大影響的好友正岡子規，在他歸國前的一九〇二年由於肺結核過世一事，應該也對漱石造成很大的打擊。

回到日本後，漱石當上第一高等學校和東京帝國大學的講師，但兩邊的情況都不順利。在東京帝大，漱石身為小泉八雲的後任講師教授英文文學課，但他個性過於認真，分析式的生硬課程內容不受學生歡迎，甚至發生了訴求八雲留任的騷動。另外對於採用日本人當英文文學課講師一事，有人發聲表達疑慮，但對於日本人學習英文文學最感不解的其實就是漱石本身。另一方面，一高的學生藤村操之所以會跳水自殺，漱石認為很有可能是起因於自己責備他沒有幹勁，為此深感罪惡，到了每晚夢魘纏身的地步。漱石的神經衰弱愈發變本加厲，他的妻子鏡子似乎也無法忍受，而和他分居了兩個月左右。

在此情況下，為了緩解嚴重的神經衰弱，漱石接受高濱虛子的建議，開始著手寫作處女作『我是貓』。此作品以「我是貓，還沒有名字」一句開頭，從貓的角度，有趣又滑稽地描寫飼主、聚集家中的友人、以及鄰居人們的樣貌。漱石纖細且銳利的觀察，促成了對登場人物的生動描繪。此後，漱石陸續發表作品，例如留學英國時造訪倫敦塔之際的隨筆『倫敦塔』、以在愛媛縣的普通初中教書時的體驗為基底所寫成的『少爺』等等，而獲得人氣作家地位。一九〇七年，漱石辭掉所有的教職，進入朝日報社，決心正式以職業作家身分維持生計。

但即使如此，漱石仍然無法從神經衰弱的地獄中脫困，在創作途中也屢屢陷入神經衰弱。再加上百病纏身，一九一〇年罹患重度胃潰瘍而徘徊於生死之間，俗稱「修善寺大病」。一九一六年也喪命於胃潰瘍。漱石留有以下的趣聞：他雖然腸胃虛弱卻超愛吃甜食，尤其特別喜愛當時剛開始流通於市面上的果醬，每天都要舔上幾口，由於舔過頭而被醫生制止。對於自童年起就煩惱不斷的漱石而言，享受甜食的短暫時光，或許是能夠撫慰易碎玻璃心的極樂瞬間吧。

單字與句型

單字

1. 狭間《はざま》：夾縫中
2. ずば抜《ぬ》ける：超群的
3. 強迫観念《きょうはくかんねん》：無法抑制的念頭、想法；強迫症
4. ぶり返《かえ》す：再度惡化
5. 相《あい》まって：相輔相成、交互作用之下
6. とがめる：責難
7. うなされる：因噩夢而整晚未能好眠
8. さまよう：徬徨、徘徊

句型

- ～がち：總是有～的傾向（前接負面事物）
- ～ほど：以至於～的程度
- ～にもかかわらず：儘管～

情熱歌人《じょうねつかじん》——与《よ》謝《さ》野《の》晶《あき》子《こ》

（一八七八～一九四二）

008

劉怡臻／著

▲晶子與其夫鐵幹 ©Wikipedia

「むねの清水《きよみず》あふれてつひに濁《にご》りけり君《きみ》も罪《つみ》の子我《こわれ》も罪《つみ》の子《こ》」（筆者訳：あなたを思《おも》う心《こころ》は清《きよ》らか[1]な水《みず》であるが、ついに[2]濁《にご》りを帯《お》びてしまった。妻子《さいし》がありながらわたしのことを愛《あい》しているあなたも、そしてそういうあなたを愛《あい》した私《わたし》も罪深《つみぶか》い人間《にんげん》なのだ。）。

この歌《うた》は一九〇一年《ねん》八月《がつ》に刊行《かんこう》された与謝野晶子《よさのあきこ》の代表作《だいひょうさく》『みだれ髪《がみ》』に収《しゅう》録《ろく》されている。『みだれ髪《がみ》』は恋《こい》をしている乙女《おとめ》の美《うつく》しさを歌《うた》うだけではなく、妻《つま》を持《も》つ与謝野鉄幹《よさのてっかん》を慕《した》う[3]晶子《あきこ》自身《じしん》の罪悪感《ざいあくかん》をすら肯定《こうてい》する自己解《じこかい》放《ほう》、自我賛歌《じがさんか》の恋愛歌集《れんあいかしゅう》である。

「やは肌《はだ》のあつき血汐《ちしお》にふれも見《み》でさびしからずや道《みち》を説《と》く君《きみ》」という一《いっ》首《しゅ》はもっとも有名《ゆうめい》で、後年《こうねん》、晶子自身《あきこじしん》も自選集《じせんしゅう》に選《えら》んでいる。古典的《こてんてき》な匂《にお》いが濃《こ》いようにみえるが、柔《やわ》らかい肌《はだ》に包《つつ》まれた熱《あつ》い血潮《ちしお》に触《さわ》ることなく、道《どう》理《り》だけを考《かんが》えている男性《だんせい》に対《たい》して挑発《ちょうはつ》的《てき》な問《と》いを投《な》げかけた歌《うた》である。現歌《げんか》人《じん》・俵万智《たわらまち》は「燃《も》える肌《はだ》を抱《だ》くこともなく人生《じんせい》を語《かた》り続《つづ》けて寂《さび》しくないの」と、ズバリと現代語《げんだいご》で翻訳《ほんやく》した。現在《げんざい》の読者《どくしゃ》にとっても、全《まった》く違和感《いわかん》のない普遍的《ふへんてき》な感情《かんじょう》はこの歌《うた》を通《とお》して見事《みごと》に表現《ひょうげん》されている。『みだれ髪《がみ》』はそれまでの和歌《わか》にはない奔放《ほんぽう》さをもって、新世紀《しんせいき》を開《ひら》いた革命的《かくめいてき》な歌集《かしゅう》でもあり、当時《とうじ》、絶大《ぜつだい》な人気《にんき》と評判《ひょうばん》を得《え》た。晶子調《あきこちょう》を模倣《もほう》して、新聞《しんぶん》や雑誌《ざっし》の短歌《たんか》欄《らん》に投稿《とうこう》した青年《せいねん》たちの中《なか》に、石川《いしかわ》啄《たく》木《ぼく》、北原白秋《きたはらはくしゅう》、萩原朔太郎《はぎわらさくたろう》などがいた。

晶子《あきこ》の恋《こい》は実際《じっさい》、現代《げんだい》のドラマより波乱万丈《はらんばんじょう》だった。大阪《おおさか》の歌会《うたかい》に参加《さんか》し、鉄幹《てっかん》と知《し》り合《あ》いになった晶子《あきこ》は、その時《とき》、恋《こい》のライバルになる山川登美《やまかわとみ》子《こ》にも出会《であ》った。二人《ふたり》とも短歌《たんか》の革新《かくしん》に情熱的《じょうねつてき》な鉄幹《てっかん》に想《おも》いを寄《よ》せる[4]。晶《あき》子《こ》は実家《じっか》の堺《さかい》を出《で》て東京《とうきょう》まで鉄幹《てっかん》を追《お》いかけ、「狂《くる》ひの子《こ》我《われ》に焔《ほのお》の翅《はね》かろき百三十里《ひゃくさんじゅうり》あわただしの旅《たび》」と詠《えい》じている。恋《こい》に燃《も》える女性《じょせい》の情炎《じょうえん》[5]は今《いま》までの日本詩歌《にほんしいか》にない命《いのち》の躍動《やくどう》と輝《かがや》きを呈《てい》している。「春《はる》みじかし何《なに》に不滅《ふめつ》の命《いのち》ぞとちからある乳《ちち》を手《て》にさぐらせぬ」という歌《うた》はさらに愛情《あいじょう》のクライマックスを官能的《かんのうてき》に描写《びょうしゃ》している。青春《せいしゅん》が永《えい》遠《えん》に続《つづ》くことはないからこそ、いまの刹那《せつな》をひたむき[6]に生《い》きようとする歌《うた》の主人公《しゅじんこう》の姿《すがた》には恋《こい》する晶子《あきこ》を彷彿《ほうふつ》させる[7]。「ちからある乳《ちち》」は極《きわ》めて人間《にんげん》的《てき》な浪漫歌集《ろうまんかしゅう》の象徴的存在《しょうちょうてきそんざい》とも言《い》えるだろう。

やがて晶子《あきこ》と鉄幹《てっかん》の恋《こい》は成就《じょうじゅ》する[8]が、痛烈《つうれつ》な批判《ひはん》も浴《あ》びている。晶子《あきこ》はいかなる批判《ひはん》にも屈《くつ》することなく鉄幹《てっかん》とのあいだに十二人《じゅうににん》の子供《こども》を授《さず》かり、家庭《かてい》を維持《いじ》するために全力《ぜんりょく》を挙《あ》げて創《そう》作活動《さくかつどう》をした。一方《いっぽう》の鉄幹《てっかん》は、晶子《あきこ》が歌人《かじん》として名声《めいせい》を高《たか》めるにつれて自信《じしん》を失《うしな》い、晶子《あきこ》のアドバイスと支援《しえん》を受《う》け、パリへ留学《りゅうがく》した。だが、恋《こい》しさに耐《た》えられず、半年後《はんとしご》晶子《あきこ》は子供《こども》を置《お》いて夫《おっと》の鉄幹《てっかん》がいるパリへ行《い》く。

ヨーロッパから帰国《きこく》した晶子《あきこ》は、人《じん》道主義《どうしゅぎ》（愛《あい》と正義《せいぎ》）、民主主義《みんしゅしゅぎ》（自由《じゆう》と平等《びょうどう》）による婦人参政《ふじんさんせい》と普通選挙《ふつうせんきょ》のために多《おお》くの文章《ぶんしょう》を発表《はっぴょう》し、女性《じょせい》の地《ち》位向上《いこうじょう》に貢献《こうけん》した。晶子《あきこ》は女性《じょせい》の地位《ちい》を高《たか》めようとするには、お互《たが》いに現在《げんざい》の自己《じこ》の暗愚劣弱《あんぐれつじゃく》を徹底的《てっていてき》に自覚《じかく》することが第一歩《だいいっぽ》だと主張《しゅちょう》し、「想《おも》う婦《ふ》人《じん》、考《かんが》える婦人《ふじん》、頭脳《ずのう》の婦人《ふじん》、兼《か》ねて働《はたら》く婦人《ふじん》、行《おこな》う婦人《ふじん》、手《て》の婦人《ふじん》となることが急務《きゅうむ》である」[1]と婦人改造論《ふじんかいぞうろん》を唱《とな》えている。その婦人改造論《ふじんかいぞうろん》の基盤《きばん》には「我《われ》は人《ひと》である。男女《だんじょ》の性《せい》の区別《くべつ》はあっても、人《ひと》としての価値《かち》は対等《たいとう》である。」という男女平等《だんじょびょうどう》の観念《かんねん》が据《す》えられている。ところが、一方的《いっぽうてき》な母性偏《ぼせいへん》重《ちょう》を排除《はいじょ》すべきだと晶子《あきこ》は考《かんが》えていたため、山川菊栄《やまかわきくえ》、平塚《ひらつか》らいてうらと論争《ろんそう》を起《お》こした。たくさんの子供《こども》をもつ晶子《あきこ》は「母《はは》たることを拒《こば》みもしなければ悔《く》

南海本線堺駅前的晶子銅像 ©Wikipedia ▶

いもしない」とし、「女《おんな》が世《よ》の中《なか》に生《い》きていくのに、なぜ母《はは》となることばかりを中心要素《ちゅうしんようそ》とせねばならないか」という疑問《ぎもん》を投《な》げかけている。

第一次世界大戦《だいいちじせかいたいせん》の終結《しゅうけつ》、物価《ぶっか》の暴騰《ぼうとう》、米騒動《こめそうどう》など激動《げきどう》の時代《じだい》に、晶子《あきこ》も民主主義思想《みんしゅしゅぎしそう》の啓蒙団体《けいもうだんたい》「黎明会《れいめいかい》」に参加《さんか》し、歌《うた》、詩《し》、評論《ひょうろん》などを精力的《せいりょくてき》に発信《はっしん》している。また同時期《どうじき》に、西村伊作《にしむらいさく》、石井柏亭《いしいかしわてい》らとともに、「文化学院《ぶんかがくいん》」を創設《そうせつ》し、自由教育《じゆうきょういく》を実践《じっせん》した。そして生涯《しょうがい》において三回《さんかい》『源氏物語《げんじものがたり》』の現代語訳《げんだいごやく》に挑戦《ちょうせん》している。多彩《たさい》な一生《いっしょう》を送《おく》った晶子《あきこ》は明治四十四年《めいじよんじゅうよねん》に「よしあしは後《うし》ろの岸《きし》の人《ひと》にとへわれは颶《ぐ》風《ふう》に乗《の》りて遊《あそ》べり」（訳：私《わたし》のしていることの是非《ぜひ》は後世《こうせい》の人《ひと》が決《き》めてくれる。私《わたし》は世間《せけん》の非難《ひなん》の嵐《あらし》を波乗《なみの》り[9]のように楽《たの》しんでいるだけだ）[2]と詠《えい》じた。この歌《うた》はまさに彼女《かのじょ》の生《い》き方《かた》そのものだと言《い》えるだろう。

情熱歌人——與謝野晶子（一八七八～一九四二）

「情意滿溢心頭／清水終究化為污濁／你我皆背負戀愛的罪」（筆者譯：對你懷抱的心意原來如清澈的水般，但終究變得污濁。有家室卻愛上我的你，和愛著那樣你的我，都是罪孽深重的人啊！）這首短歌收錄於與謝野晶子於一九〇一年八月發行的《亂髮》。《亂髮》不僅歌詠了戀愛中少女的美麗，是一本自我解放、自我歌讚的戀愛短歌集，在其中，晶子甚至對於愛上有家室的與謝野鉄幹的自身的罪惡感都予以肯定。

「從不碰／這熱血洶湧的／柔軟肌膚嗎？你只顧著講道」這首是最有名的，後來晶子自己也將它選進自選集。乍看之下作品古典風味濃厚，卻是一首對於毫不碰觸為柔軟肌膚環繞著的洶湧熱血，只想著道理的男性拋出頗具挑戰意味的問題的一首短歌。現代歌人俵万智以現代日語明快地呈現翻譯：「不抱著熱情的身體只顧著講術人生，你不感到寂寞嗎」。對於現在的讀者來說，這完全沒有違和感的普遍情感，透過這首短歌精準呈現。《亂髮》帶有一種截至目前為止的和歌所沒有的奔放，開拓出新世紀的革命短歌集，當時獲得許多支持和好評。模仿「晶子調」，投稿報紙或雜誌短歌欄的青年中，有石川啄木、北原白秋、萩原朔太郎等人。

然而，晶子的戀愛實際上，比現代電視劇還波濤洶湧。參加大阪短歌歌會認識鐵幹的晶子，當時也遇見後來成為情敵的山川登美子。兩個人都愛慕著熱心改革短歌的鐵幹。晶子離開故鄉堺，追到東京找鐵幹，歌詠過這樣的作品「狂烈燃燒的情感／化為我的翅膀／飛越五百公里／奔向你」。為愛燃燒的女性情感，呈現出日本詩歌裡所沒有的生命的躍動和光輝。「春天短暫／生命裡有什麼事物不朽？／我讓他雙手盛滿我的乳房」這首短歌更是在官能上描繪出情愛的高潮。正因為青春不會永續，在瞬間的當下專心地活著的作品中的主角姿態中，彷彿就是戀愛晶子的化身。「具生命力量的乳房」可說是這本人類浪漫歌集極度具有象徵意味的存在吧！

晶子和鉄幹之間的戀愛，終於修成正果，但也遭受嚴厲的批評。她不輕易屈服於

詩集《亂髮》書封 ©Wikipedia ▶

任何的批評，和鐵幹之間也生了十二個孩子，為了維持家庭傾盡全力從事著創作活著動。另一方的鐵幹，卻因為晶子的短歌歌人名聲日益高漲，逐漸失去自信，在晶子的建議和支援下，他到巴黎去留學。只是，禁不住對鐵幹的思念，半年後晶子將孩子託付給友人追到巴黎，找鐵幹去。

從歐洲回國的晶子，發表了許多文章，立基於人道主義（愛與正義）以及民主主義（自由和平等）的婦人參政權與普通選舉，貢獻於女性地位的提昇。晶子主張，想要提升女性地位，彼此必須徹底自覺現在自身的愚蠢軟弱，提倡婦人改造論，她認為「當前首要是成為有想法的婦人、思考的婦人、有頭腦的婦人，以及工作的婦人、行動的婦人、有手的婦人」。那婦人改造論的基礎是根據一種「我身而為人，固然性別上有男女區別，但以人的價值來說，是對等的」男女平等觀念。但是，晶子認為應排除一味偏重母性，所以和山川菊栄、平塚雷鳥等人論戰。親身養育好幾個小孩的晶子說：「我並不抗拒成為母親也不曾感到後悔」，但提出了「女人活在世界上，為什麼必須光以成為母親為中心要素呢？」這樣的質疑。

第一次世界大戰結束、物價高漲、米騷動等激烈變化的時代裡，晶子也參加民主主義思想的啟蒙團體「黎明會」，精力充沛地發表短歌、詩和評論等。同時期，他和西村伊作、石井柏亭等人共同創立「文化學院」，實踐自由教育。而且，她一生當中挑戰了三回的《源氏物語》現代語譯。度過多彩多姿人生的晶子曾在明治四十四年時歌詠過：

「好壞留待後人評判／我乘著颶風／盡興一場」（現代語譯：我的所做所為，是非評判都交給後人，我只想要如乘著世間責難的暴風似地，樂在其中）。這首短歌無疑正是她的生存之道。

【備註】

1.括號內所述皆為引用，參考《与謝野晶子評論集》（岩波書店、一九八五年），適用於本文其他引用。

2.現代語譯引用自『コレクション日本歌人選 039 与謝野晶子』（笠間書院、二〇一一年）。

單字與句型

單字

1. 清《きよ》らか：清純的、純淨的
2. ついに：終究
3. 慕《した》う：愛慕、憧憬
4. 想《おも》いを寄《よ》せる：傾心
5. 情炎《じょうえん》：激情
6. ひたむき：專注於一件事物上
7. 彷彿《ほうふつ》させる：（「彷彿する」的使役形）讓人聯想起
8. 成就《じょうじゅ》する：開花結果
9. 波乗《なみの》り：乘著風浪

句型

- ～すら：就連～也
- ～からこそ：正因～（強調前面的原因）

妻《つま》を譲《ゆず》ってあげる——
谷《たに》崎《ざき》潤《じゅん》一《いち》郎《ろう》

（一八八六〜一九六五）

009

倉本知明／著

▲一高時代與校長新渡戶稻造（1908 年）©Wikipedia

谷崎《たにざき》潤《じゅん》一《いち》郎《ろう》の作品《さくひん》を考《かんが》える際《さい》、女性《じょせい》の存在《そんざい》を抜《ぬ》きに語《かた》ることはできない。明治《めいじ》生《う》まれの谷崎《たにざき》は、デビューから亡《な》くなるまでおよそ半世紀《はんせいき》に渡《わた》って執筆活動《しっぴつかつどう》を続《つづ》けてきた息《いき》の長《なが》い作家《さっか》であったが、尽《つ》きることないそのインスピレーションの影《かげ》には、常《つね》に女性《じょせい》の影《かげ》があった。

奔放《ほんぽう》な女性遍歴《じょせいへんれき》で有名《ゆうめい》な谷崎《たにざき》は、その生涯《しょうがい》において三度《みたび》の結婚《けっこん》を経験《けいけん》した。そのなかでも最《もっと》も有名《ゆうめい》なのが、一九三〇年《ねん》に起《お》こった「細君譲渡《さいくんじょうと》事《じ》件《けん》」である。事件《じけん》の経由《けいゆ》はこうだ。一九一五年《ねん》、当時《とうじ》二十八歳《にじゅうはっさい》だった谷崎《たにざき》は、馴染《なじ》みであった向島芸者《むこうじまげいしゃ》の妹石川《いもといしかわ》千代《ちよ》と結婚《けっこん》するが、その婚姻生活《こんいんせいかつ》はすぐに破綻《はたん》する[1]。そしてあろうことか、千代《ちよ》の妹《いもうと》せい子《こ》を愛《あい》するようになってしまったのだ。せい子《こ》はまだ十五歳《じゅうごさい》、千代《ちよ》と生《う》まれたばかりの子供《こども》は実家《じっか》へと戻《もど》され、谷崎《たにざき》はこの年端《としは》もゆかぬ[2]少女《しょうじょ》と同棲《どうせい》を始《はじ》める。まるで幼《おさな》い紫《むらさき》の上《うえ》を見初《みそ》め[3]て、自分好《じぶんごの》みの大人《おとな》に育《そだ》てあげようとした『源氏物語《げんじものがたり》』の光源《ひかるげん》氏《じ》のように、谷崎《たにざき》は少女《しょうじょ》のなかに男《おとこ》を虜《とりこ》にする[4]ミューズを見出《みいだ》し、禁忌《きんき》に満《み》ちた逢瀬《おうせ》[5]を楽《たの》しんだのだった。

今《いま》ならさすがに淫行条例《いんこうじょうれい》で捕《つか》まりそうだが、そこは文豪谷崎潤一郎《ぶんごうたにざきじゅんいちろう》、こうした経験《けいけん》を創作《そうさく》へと転換《てんかん》していく。美《うつく》しく奔放《ほんぽう》な性格《せいかく》をした十五歳《じゅうごさい》の美少《びしょう》女《じょ》ナオミを自分《じぶん》の理想《りそう》の女性《じょせい》に育《そだ》てあげて妻《つま》にしようと考《かんが》えていた男《おとこ》が、やがてその悪魔的《あくまてき》な魅力《みりょく》に身《み》を滅《ほろ》ぼしていく長篇小説《ちょうへんしょうせつ》『痴人《ちじん》の愛《あい》』（一九二五年《ねん》）は、まさに谷崎《たにざき》とせい子《こ》の関係《かんけい》をモデルにした作品《さくひん》であった。実際《じっさい》、欧《おう》米人《べいじん》のように深《ふか》い輪郭《りんかく》を持《も》ち、整《ととの》った容貌《ようぼう》をしていたせい子《こ》は、谷崎《たにざき》の手助《てだす》けで「葉山三千子《はやまみちこ》」として映画《えいが》デビューするなど、谷崎《たにざき》によって大切《たいせつ》に育《そだ》てられた女性《じょせい》だった。

一方《いっぽう》、かわいそうなのは、捨《す》てられた千代《ちよ》である。谷崎《たにざき》と親交《しんこう》を結《むす》んでいた詩人《しじん》で作家《さっか》の佐藤春夫《さとうはるお》は、こうした千代《ちよ》の身《み》の上《うえ》に同情《どうじょう》するが、同情《どうじょう》はやがて愛情《あいじょう》へと変《か》わっていく。谷崎《たにざき》は佐《さ》藤春夫《とうはるお》に千代《ちよ》を譲《ゆず》ることを約束《やくそく》するが、後《のち》にそれを撤回《てっかい》したことで両者《りょうしゃ》は絶縁状態《ぜつえんじょうたい》になる。千代《ちよ》への思《おも》いを募《つの》らせる佐藤春夫《さとうはるお》は、このときの気持《きも》ちを自身《じしん》の作品《さくひん》「秋刀魚《さんま》の歌《うた》」において、

「あはれ、人《ひと》に捨《す》てられんとする人妻《ひとづま》と／妻《つま》にそむかれたる男《おとこ》と食卓《しょくたく》にむかへば」と、赤裸々《せきらら》に語《かた》っている。「人《ひと》妻《づま》」とは千代《ちよ》、「妻《つま》にそむかれたる男《おとこ》」とは、当時女優《とうじじょゆう》の川路歌子《かわじうたこ》との婚《こん》姻生活《いんせいかつ》が破綻《はたん》していた佐藤春夫《さとうはるお》を指《さ》している。

一九三〇年《ねん》、佐藤春夫《さとうはるお》の一途《いちず》な思《おも》いが叶《かな》って、千代《ちよ》は谷崎《たにざき》と正式《せいしき》に離婚《りこん》、佐藤春夫《さとうはるお》と結婚《けっこん》する。その際《さい》、千代《ちよ》を佐藤春夫《さとうはるお》に譲《ゆず》ることを三人《さんにん》の連署《れんしょ》によって公表《こうひょう》した挨拶状《あいさつじょう》が報道《ほうどう》されて大《おお》きな話題《わだい》となった。自身《じしん》の細君《さいくん》[6]を他人《たにん》に譲渡《じょうと》するといったこの事件《じけん》に世間《せけん》は大《おお》いに驚《おどろ》き沸《わ》いたが、この細君譲渡事《さいくんじょうとじ》件《けん》すら谷崎《たにざき》は創作《そうさく》のインスピレーションに変《か》えてしまっている。妻《つま》に愛人《あいじん》を作《つく》ることを許《ゆる》した夫《おっと》が、両者《りょうしゃ》の再婚《さいこん》を認《みと》めようとする心理状態《しんりじょうたい》を描《か》いた長篇《ちょうへん》小説《しょうせつ》『蓼食《たでく》ふ虫《むし》』（一九二九年《ねん》）は、まさに谷崎《たにざき》と千代《ちよ》、そして佐藤春夫《さとうはるお》の三角関係《さんかくかんけい》から生《う》まれた作品《さくひん》だった。

「倚松庵」（神戸市東灘區）。1936 年 -1943 年的住所、▶
作品『細雪』開頭部分於此執筆 ©Wikipedia

では、妻《つま》を他人《たにん》に譲《ゆず》った谷《たに》崎《ざき》自身《じしん》は、その後《ご》どのような女性関係《じょせいかんけい》をもっていたのだろうか。千代《ちよ》を譲渡《じょうと》した翌年《よくとし》、谷崎《たにざき》はさっそく文藝春秋《ぶんげいしゅんじゅう》の女《じょ》性編集者《せいへんしゅうしゃ》であった古川丁未子《ふるかわとみこ》と結婚《けっこん》する。しかし、キャリアウーマンであった丁未子《とみこ》との婚姻生活《こんいんせいかつ》も長《なが》くは続《つづ》かず、一九三五年《ねん》には豪商《ごうしょう》の妻《つま》であった根津《ねづ》（森田《もりた》）松子《まつこ》と三度《さんど》目《め》の結婚《けっこん》を果《は》たす。松子《まつこ》は谷《たに》

崎《ざき》にとって理想《りそう》の女性《じょせい》であったらしく、谷崎《たにざき》は「松《まつ》に倚《よ》る」という意味《いみ》から「倚松庵《いしょうあん》」の号《ごう》を名乗《なの》るほど彼女《かのじょ》に入《い》れ込《こ》ん[7]でいった。新《あら》たなミューズを手《て》に入《い》れた谷崎《たにざき》は、同世代《どうせだい》の他《ほか》の作家《さっか》たちの才能《さいのう》が次々《つぎつぎ》と枯渇《こかつ》していくなか、老境《ろうきょう》に差《さ》し掛《か》かっ[8]てもなお旺盛《おうせい》な創作意欲《そうさくいよく》を見《み》せてきた。以降《いこう》、谷崎《たにざき》は『盲目物語《もうもくものがたり》』、『蘆刈《あしかり》』、『春琴抄《しゅんきんしょう》』など、松子《まつこ》をモデルとした作品《さくひん》を次々《つぎつぎ》と発表《はっぴょう》し続《つづ》けていった。

谷崎《たにざき》にとって女性《じょせい》とは湧《わ》き出《で》る泉《いずみ》で、彼《かれ》はただそれを滾々《こんこん》と描写《びょうしゃ》し続《つづ》けるだけでよかった。その創作意欲《そうさくいよく》は老齢《ろうれい》になっても衰《おとろ》えることなく、息子《むすこ》の嫁《よめ》に性欲《せいよく》を覚《おぼ》える不能老人《ふのうろうじん》を描《か》いた長篇小説《ちょうへんしょうせつ》『瘋癲老人日記《ふうてんろうじんにっき》』（一九六二年《ねん》）では、老人《ろうじん》の異常性欲《いじょうせいよく》をあますところなく描《えが》き出《だ》した。いかにも谷崎《たにざき》らしいのは、その小説《しょうせつ》のヒロインが松子《まつこ》の連《つ》れ子《こ》である渡辺清治《わたなべせいじ》の妻千萬子《つまちまこ》がモデルとなっていることだ。

美《うつく》しい女性《じょせい》に支配《しはい》されたいマゾヒズム[9]の世界《せかい》を描《か》いた谷崎《たにざき》の世界《せかい》には、同時《どうじ》に本来美《ほんらいび》の支配者《しはいしゃ》であった多《おお》くの女性《じょせい》たちの苦《くる》しみと破滅《はめつ》が隠《かく》されている。

出讓妻子——谷崎潤一郎（一八八六～一九六五）

如果要談論谷崎潤一郎的作品，就無法忽視女性的存在。於日本明治時代出生的谷崎，自出道至逝世為止，創作活動不曾間斷，作家生涯長達約半個世紀。源源不絕的靈感背後，總是有著女性的影子。

以自由奔放的女性經歷著名的谷崎，一生結過三次婚。其中又屬一九三〇年發生的「讓妻事件」最為有名，以下簡述事件經過。

一九一五年，二十八歲的谷崎與熟識的向島藝妓的妹妹石川千代結婚，但婚姻生活很快就出現破綻，之後竟愛上了千代的妹妹聖子。當時聖子才十五歲，千代和剛出生的孩子被送回娘家，谷崎便和這位年紀尚輕的少女展開同居生活。宛如『源氏物語』中的光源氏，對年幼的紫之上一見鍾情，並想將其教養成自己所喜好的女性般，谷崎也在年幼的少女身上看見擄獲男人心的繆思女神，享受著充滿禁忌的密會。

如果是在現代，很有可能因為姦淫未成年少女而被問罪，但文豪谷崎潤一郎卻能將此經驗轉換成創作。長篇小說『痴人之愛』（一九二五年）中的男主角，想將美麗且個性自由奔放的十五歲美少女奈緒美教養成自己心目中的理想女性進而娶之為妻，但卻在奈緒美惡魔般的魅力下逐漸毀滅自身，很明顯是以谷崎和聖子的關係為原型所寫成的作品。實際上容貌姣好、輪廓如歐美人般深邃的聖子，在谷崎的幫助下以「葉山三千子」之名演出電影成為女演員，確實是谷崎費盡心思養育的女性。

另一方面令人憐惜的，便是被拋棄的千代。和谷崎友情深厚的詩人及作家佐藤春夫，對千代的遭遇頗為同情，而同情很快就轉變為愛情。谷崎承諾將千代讓給佐藤春夫，但之後又反悔，兩人因此幾近絕交。佐藤春夫對千代的愛意日益漸深，在作品「秋刀魚之歌」中赤裸裸地闡述自己當時的心情：「哀啊、快被拋棄的人妻／與被妻子背叛的男子同桌用餐」。「人妻」為千代，而「被妻子背叛的男子」，指的則是當時與女演員川路歌子之間婚姻生活不圓滿的佐藤春夫自己本身。

蘆屋市谷崎潤一郎紀念館庭院（館內建築均依谷崎潤一郎生前所喜歡的形式而建 ©Wikipedia ▶

一九三〇年，佐藤春夫的情意終於如願以償，千代正式與谷崎離婚，和佐藤春夫結婚。當時三人簽署的公開通知函中，寫著將千代讓給佐藤春夫一事，被大肆報導而蔚為話題。將自己的妻子讓渡他人的事件轟動社會鬧得沸沸揚揚，但就連這「讓妻事件」，谷崎也能將其轉變為創作靈感。長篇小說『食蓼蟲』（一九二九年）當中的丈夫，原諒擁有情夫的妻子，並承認他們再婚。作品中描述丈夫的心理狀態，正是從谷崎和千代，以及佐藤春夫的三角關係衍生而來。

那麼，將妻子讓給他人之後的谷崎自己，又有著怎樣的男女關係呢？出讓千代的隔年，谷崎馬上與文藝春秋的女性編輯古川丁未子結婚。但和職業女性丁未子之間的婚姻生活也不長久，一九三五年又與曾為富商之妻的根津（森田）松子結婚，也是谷崎的第三次婚姻。松子似乎是谷崎理想的女性，谷崎心醉於松子，到了將自己的雅號取為含有「倚靠松樹」之意的「倚松庵」的程度。與才能逐漸枯竭的同世代其他作家們相比，得到新繆思女神的谷崎，即便步入老境卻仍擁有旺盛的創作欲。此後，谷崎接連發表『盲目物語』、『割蘆』、『春琴抄』等以松子為原型的作品。

對谷崎而言，女性是一道道湧泉，他只需要滔滔不絕地描寫她們就好。即便邁入高齡，谷崎的創作欲望仍不見衰退，長篇小說『瘋癲老人日記』（一九六二年）的主角是一位對媳婦產生性欲的陽痿老人，作品當中毫不保留地描寫出老人的異常性欲。以松子與前夫之子，渡邊清治的妻子千萬子作為小說女主角原型這點，非常有谷崎的風格。

谷崎的作品世界當中，描繪受美麗女性支配的被虐性愛，同時也隱藏著原本應是美的駕馭者的多數女性們的苦痛與毀滅的命運。

單字與句型

單字

1. 破綻《はたん》する：（關係）出現裂痕
2. 年端《としは》もゆかぬ：年幼的
3. 見初《みそ》める：一見鍾情
4. 虜《とりこ》にする：擄獲
5. 逢瀬《おうせ》：男女幽會
6. 細君《さいくん》：對自己親近的友人稱自己的妻子為細君
7. 入《い》れ込《こ》む：著迷
8. 差《さ》し掛《か》かる：正值某時期
9. マゾヒズム：<masochism> 被虐性愛

句型

- ～を抜《ぬ》きに：除去～
- あろうことか～：匪夷所思的是～

失恋《しつれん》をバネにした漱石《そうせき》の愛弟子《まなでし》——
芥《あくた》川《がわ》龍《りゅう》之《の》介《すけ》

（一八九二〜一九二七）

010

高啟豪／著

▲東大畢業時 (1916 年) 的第 4 次『新思潮』成員。右邊數來第二位是芥川龍之介 ©Wikipedia

芥川《あくたがわ》龍之介《りゅうのすけ》は、明治《めいじ》二十五（一八九二）年《ねん》三《さん》月《がつ》一日《ついたち》、東京新宿《とうきょうしんじゅく》で牛乳《ぎゅうにゅう》搾取販売業《さくしゅはんばいぎょう》「耕牧舎《こうぼくしゃ》」を営《いとな》んでいた実父《じっぷ》・新原敏三《にいはらとしぞう》と実母《じつぼ》のフク（旧姓《きゅうせい》・芥川《あくたがわ》）の長男《ちょうなん》として、東京市京橋区入船町《とうきょうしきょうばしくいりふねちょう》（現《げん》・中央区明石町《ちゅうおうくあかしちょう》）に生《う》まれた。龍之介《りゅうのすけ》自筆《じひつ》の年譜《ねんぷ》によれば、辰年辰月辰日《たつどししんげつしんにち》辰刻《いっつ》に誕生《たんじょう》したため、龍之介《りゅうのすけ》と命名《めいめい》されたという。しかし、生母《せいぼ》フクの不注意《ふちゅうい》で龍之介《りゅうのすけ》の長姉《ちょうし》にあたるハツを龍之介誕生《りゅうのすけたんじょう》の前年《ぜんねん》に亡《な》くしたこともあってか、龍之介生後八ヶ月足《りゅうのすけせいごはっかげつた》らずでフクが突然発狂《とつぜんはっきょう》してしまった。父《ちち》は事業《じぎょう》の忙《いそが》しさで家庭《かてい》を顧《かえり》みる[1]暇《ひま》がなく、加《くわ》えて精神不安定《せいしんふあんてい》な母《はは》も育児《いくじ》が困難《こんなん》であったことから、龍之介《りゅうのすけ》はフクの実家《じっか》である芥川家《あくたがわけ》に預《あず》けられることとなる。生母《せいぼ》の発狂《はっきょう》は、龍之介《りゅうのすけ》の人生《じんせい》に大《おお》きな変化《へんか》をもたらしたのみならず、彼《かれ》の精神生活《せいしんせいかつ》に一生影響《いっしょうえいきょう》を与《あた》え続《つづ》けることとなる。

龍之介《りゅうのすけ》は生母《せいぼ》フクの兄《あに》である芥川道章《あくたがわどうしょう》・儔夫婦《ともふうふ》の家《いえ》に預《あず》けられ、結婚《けっこん》せず独身《どくしん》であった叔母《おば》フキ（フクの姉《あね》）によって養育《よういく》された。旧家《きゅうけ》の士族《しぞく》である芥川家《あくたがわけ》のもとで育《そだ》てられた龍之介《りゅうのすけ》は、幼少期《ようしょうき》から文学《ぶんがく》と芸術《げいじゅつ》に親《した》しんでいた。道章夫婦《どうしょうふうふ》に子《こ》どもがなかったこともあり、龍之介《りゅうのすけ》は芥川家《あくたがわけ》の家族《かぞく》の力強《ちからづよ》い支《ささ》えの中《なか》で成長《せいちょう》し、実父《じっぷ》敏三《としぞう》が実家《じっか》に引《ひ》き戻《もど》そうとする企《たくら》み[2]を断固《だんこ》として拒《こば》んだ。その後生母《ごせいぼ》が亡《な》くなり、明治《めいじ》三十七（一九〇四）年《ねん》東京地方裁判《とうきょうちほうさいばん》所《じょ》の判決《はんけつ》で龍之介《りゅうのすけ》は芥川家《あくたがわけ》と正式《せいしき》に養子縁組《ようしえんぐみ》をし、入籍《にゅうせき》することで、十二歳《じゅうにさい》のときに「芥川龍之介《あくたがわりゅうのすけ》」になった。

大正《たいしょう》二（一九一三）年《ねん》、東京帝国大学英文科《とうきょうていこくだいがくえいぶんか》に入学《にゅうがく》した龍之介《りゅうのすけ》は、翌年《よくとし》に学友《がくゆう》らと第三次《だいさんじ》『新思潮《しんしちょう》』を刊行《かんこう》した。そのころ幼馴染《おさななじみ》の女性《じょせい》と恋《こい》をしたが、芥川一家《あくたがわいっか》の反対《はんたい》で破局《はきょく》に終《お》わった。失恋《しつれん》の煩《わずら》い[3]から立《た》ち直《なお》る勢《いきお》いで、大正《たいしょう》四（一九一五）年《ねん》、『新思潮《しんしちょう》』に「羅生門《らしょうもん》」を発表《はっぴょう》した龍之介《りゅうのすけ》は、その年《とし》の暮《く》れに級友《きゅうゆう》の紹介《しょうかい》で漱石山房《そうせきさんぼう》の木曜会《もくようかい》に出席《しゅっせき》し、夏目漱石《なつめそうせき》に文学《ぶんがく》を師事《しじ》することになる。龍之介《りゅうのすけ》の「我々《われわれ》を恋愛《れんあい》から救《すく》うものは理性《りせい》よりも多忙《たぼう》である」という言葉《ことば》は、まさにこの時期《じき》の自分《じぶん》に言《い》い聞《き》かせたものであろう。

龍之介《りゅうのすけ》は中学時代《ちゅうがくじだい》の回覧雑誌《かいらんざっし》に「我輩《わがはい》も犬《いぬ》である」という機知《きち》に富《と》んだ作品《さくひん》を書《か》くほど、かねてから[4]漱石《そうせき》に憧《あこが》れていた。近代文学《きんだいぶんがく》の巨匠《きょしょう》である漱石《そうせき》の門下《もんか》に弟子入《でしい》りしたことは、龍之介《りゅうのすけ》にとって本格的《ほんかくてき》な作家生涯《さっかしょうがい》を送《おく》る決定的《けっていてき》な出来事《できごと》になったとも言《い》えよう。翌年《よくとし》、『新思潮《しんしちょう》』に「鼻《はな》」を発表《はっぴょう》した龍之介《りゅうのすけ》は、漱石《そうせき》から手放《てばな》しに賞賛《しょうさん》の言葉《ことば》を並《なら》べた書簡《しょかん》を受《う》けた。漱石《そうせき》は、龍之介《りゅうのすけ》の「鼻《はな》」について「大変面白《たいへんおもしろ》い」「上品《じょうひん》な趣《おもむき》があり」「文章《ぶんしょう》が要領《ようりょう》を得《え》てよく整《ととの》っています」「敬服《けいふく》しました」と喝采《かっさい》し、さらに「ああいうものをこれから二三十《にさんじゅう》並《なら》べてごらんなさい」「文壇《ぶんだん》で類《たぐい》のない[5]作家《さっか》になれます」と帝大在学中《ていだいざいがくちゅう》の龍之介《りゅうのすけ》を鼓舞《こぶ》した。この漱石評《そうせきひょう》が、どれほど龍之介《りゅうのすけ》に自信《じしん》と勇気《ゆうき》を与《あた》えたかは想像《そうぞう》するに余《あま》りある[6]。

龍之介《りゅうのすけ》は帝大卒業後《ていだいそつぎょうご》に、大手文学雑誌《おおてぶんがくざっし》『新小説《しんしょうせつ》』からの原稿依頼《げんこういらい》を受《う》け、「芋粥《いもがゆ》」を発表《はっぴょう》し一躍文壇《いちやくぶんだん》の寵児《ちょうじ》となるが、恩師漱石《おんしそうせき》はその年《とし》の暮《く》れに他界《たかい》した。明治《めいじ》から大正《たいしょう》へとバトンタッチ[7]するかのように、龍之介《りゅうのすけ》はその後《ご》も漱石《そうせき》の鼓舞《こぶ》を糧《かて》に、新進気鋭《しんしんきえい》な作家《さっか》として大《おお》いに羽《は》ばたき、やがて大正《たいしょう》の文豪《ぶんごう》となり、昭和《しょうわ》二（一九二七）年《ねん》自《みずか》ら生涯《しょうがい》を閉《と》じるまで、文壇《ぶんだん》の第一人者《だいいちにんしゃ》として大活躍《だいかつやく》を見《み》せたのである。

もともと鋭敏《えいびん》な観察眼《かんさつがん》をもって理知的《りちてき》に作品世界《さくひんせかい》を構築《こうちく》する龍之介《りゅうのすけ》だが、発狂《はっきょう》した生母《せいぼ》の遺伝《いでん》を生涯《しょうがい》にかけて恐《おそ》れていた上《うえ》、敏感《びんかん》すぎた神経《しんけい》に苦《くる》しんでいた。大正《たいしょう》十（一九二一）年《ねん》に、大阪毎日新聞《おおさかまいにちしんぶん》の海外視察員《かいがいしさついん》に任命《にんめい》された龍之介《りゅうのすけ》は中国《ちゅうごく》の上海《シャンハイ》・北京《ペキン》などを訪問《ほうもん》するが、帰国後《きこくご》三週間《さんしゅうかん》も入院《にゅういん》するほど健康《けんこう》が蝕《むしば》まれ、ここから体調《たいちょう》が衰《おとろ》えていく。その後《ご》、龍之介《りゅうのすけ》が三年《さんねん》にわたり編集作業《へんしゅうさぎょう》に取《と》り組《く》んだ興文社《こうぶんしゃ》の『近代日本文芸読本《きんだいにほんぶんげいとくほん》』全五巻《ぜんごかん》が大正《たいしょう》十四（一九二五）年《ねん》に刊行《かんこう》されたが、印税分配《いんぜいぶんぱい》の問題《もんだい》で「（龍之介《りゅうのすけ》が）私腹《しふく》を肥《こ》やし[8]た」という噂《うわさ》が広《ひろ》まり、ますます彼《かれ》を窮地《きゅうち》に追《お》い込《こ》んだ。

昭和《しょうわ》二年《ねん》、龍之介《りゅうのすけ》の健康《けんこう》が悪化《あっか》する中《なか》、姉《あね》の家《いえ》が全焼《ぜんしょう》し、姉《あね》の夫《おっと》が保険金《ほけんきん》目当《めあ》ての嫌疑《けんぎ》をかけられ、鉄道自殺《てつどうじさつ》を遂《と》げた。姉一家《あねいっか》には高額《こうがく》な借金《しゃっきん》が残《のこ》されており、龍之介《りゅうのすけ》はその借金《しゃっきん》の始末《しまつ》[9]に病身《びょうしん》を押《お》しつつ奔走《ほんそう》することとなる。不眠《ふみん》に苦《くる》しめられた龍之介《りゅうのすけ》は致死《ちし》量《りょう》の睡眠薬《すいみんやく》を飲《の》み、遺書《いしょ》に「僕《ぼく》の将来《しょうらい》に対《たい》する唯《ただ》ぼんやりした不安《ふあん》」と心境《しんきょう》を書《か》き記《しる》した上《うえ》で、妻《つま》・文《ふみ》と三人《さんにん》の子《こ》供《ども》を残《のこ》し、三十五歳《さんじゅうごさい》で帰《かえ》らぬ人《ひと》となった。帝大在学中《ていだいざいがくちゅう》の同人誌《どうじんし》から十数年《じゅうすうねん》という短《みじか》い間《あいだ》だが、彗星《すいせい》のように輝《かがや》きを放《はな》ち、瞬《またた》く間《ま》に燃《も》え尽《つ》きた作家生涯《さっかしょうがい》であった。

因失戀奮發最終成為夏目愛徒——芥川龍之介

（一八九二～一九二七）

明治二十五年（一八九二年）三月一日，芥川龍之介作為在東京新宿經營牛奶榨取銷售業「耕牧舍」的生父新原敏三和生母Fuku（フク，舊姓芥川）的長子，出生於東京市京橋區入船町（現中央區明石町）。根據他自撰的年譜，因為是在辰年辰月辰日辰時出生的，因此被命名為龍之介。但是，由於生母Fuku的疏忽，使龍之介的長姊Hatsu（ハツ）在龍之介誕生的前一年夭折，而龍之介出生不到八個月，Fuku就突然精神異常。父親無暇顧家，再加上精神不穩定的母親也難以擔起養育重責，龍之介就被寄養在Fuku的娘家芥川家。生母的發狂不僅讓龍之介的人生帶來巨大的變化，還對他的精神生活產生難以磨滅的影響。

之後龍之介被寄養在生母Fuku的兄長芥川道章・儔夫婦的家，而教養工作則是委由未結婚，單身的阿姨Fuki（フキ，Fuku的姐姐）擔任，在阿姨嚴格的教育下成長。龍之介從小在世家士族芥川家長大，自幼即受到文學和藝術的薰陶。且芥川道章夫婦膝下無子，龍之介在芥川家族的強而有力的支持下成長，本人也堅決拒絕親父敏三要把他領回新原家的企圖。生母逝世後，在明治三十七年（一九〇四年），根據東京地方法院的判決，龍之介正式入籍成為芥川家的養子，在十二歲時成為「芥川龍之介」。

大正二年（一九一三年），進入東京帝國大學英文系就讀的龍之介，第二年與同學們創辦了第三次《新思潮》文藝同人誌。那時，他與一位青梅竹馬的女子相戀，但卻遭逢全家的反對，最終以分手結束。一心想要從戀愛的煩惱中振作起來的龍之介，在大正四年（一九一五年）的《新思潮》中發表了〈羅生門〉[1]。同年年底，龍之介經同學介紹，參加了漱石山房的木曜會，拜夏目漱石為師。他自己的「從戀愛中拯救我們的東西，與其說是理性不如說是忙碌」這句話，或許正是對這個時期的自己所說的。

龍之介曾經在中學時代的傳閱雜誌上發表過〈我也是狗（我輩も犬である）〉這樣富有機智的作品，可見其自年少時就崇拜夏目漱石。爾後能在近代文學巨匠漱石的門下拜師，可以說是龍之介正式展開作家生涯的決定性事件。隔年，在《新思潮》上發表〈鼻子〉的龍之介，接到了來自漱石親筆寫的贊揚書信。漱石不吝美言盛贊龍之介的〈鼻子〉[2]，信中誇獎作品「非常有趣」、「流露高尚的韻致」、「文章頗得要領，結構完整」、「令我深表敬佩」，並進一步鼓勵還在東京大學就讀的龍之介說「這樣的東西今後再寫個二三十篇」、「你會成為文壇史無前例的作家」。不難想像，漱石的高評價給了龍之介多麼大的信心和勇氣。

龍之介在帝國大學畢業後，接受知名文學雜誌《新小說》的邀稿，發表了〈芋粥〉[3]，一躍成為文壇的寵兒，而恩師漱石卻在當年年底去世。彷如接過恩師從明治遞到大正的接力棒一般，芥川龍之介在此之後也將漱石的鼓舞銘記在心，以新進作家之姿展翅高飛，成為大正時代的文豪，活躍在文壇的第一線直到昭和二年（一九二七年）結束自己的生命為止。

龍之介天生具有敏銳的觀察力，理智地構建著作品世界，但他一生都恐懼著生母狂人的遺傳基因，再加上過於敏感的神經，總是深深地煩惱著他。大正十年（一九二一年），龍之介被任命為《大阪每日新聞》的海外視察人員，巡訪中國的上海、北京等地，然而他一踏上中國土地後，旋即住院三個星期，身體狀況自此開始走下坡，直到臨終。此後，龍之介耗時三年從事編輯興文社的《近代日本文藝讀本》全五卷，終於在大正十四年（一九二五年）出版問世，但卻因為版稅分配的問題，被惡意造謠指稱其「中飽私囊」，更是讓有精神潔癖的他陷入困境。

昭和二年，在龍之介健康惡化的情況下，更遭逢姐姐的房子遇火災全毀，被懷疑是為了保險金鋌而走險的姐夫遂以死明志，跳軌自殺身亡。姐姐一家留下了高額的債務，而龍之介則為了收拾殘局，拖著重病的身子四處奔走。飽受失眠症折磨的龍之介最後服用致死劑量的安眠藥，在遺書中形容自己「漠然不安」的心境，留下妻子・文和三個孩子，於三十五歲長眠不醒。從東京大學在學期間的同人開始，短短十幾年，他的作家生涯彷彿彗星一樣閃耀，而轉瞬間燃燒殆盡。

【備註】

1.〈羅生門〉大意

在災害頻仍的平安時代末期，羅生門上有一位老嫗把死人的頭髮拔下來做成假髮。某日到羅生門避雨的下人眼見這情境，心生憎恨之念，不久便剝下老嫗的衣服離開了那裡。

2.〈鼻子〉大意

禪智內供是一位擁有巨大鼻子的僧侶，多年來一直對自己的鼻子感到自卑，但在嘗試了縮短鼻子的方法後，變成了正常人的外貌，卻發現自己比以前更容易遭到別人恥笑。某天醒來，再次恢復長鼻子的禪智內供，反而放心了。

3.〈芋粥〉大意

參加宴會的下級武士五位，念著想吃自己最愛的芋粥吃到飽。生性好客的藤原利仁得知五位的願望後，準備了大量的芋粥欲招待五位，但五位卻只吃了一點點就說「已經夠了」，婉拒了利仁盛情款待的大量芋粥。

單字與句型

單字

1. 顧《かえり》みる：花心思照顧
2. 企《たくら》み：企圖
3. 煩い：煩惱
4. かねてから：從很久以前、早就開始
5. 類《たぐい》のない：傑出的、不可同日而語的（等於「類がない」）
6. 余《あま》りある：足以
7. バトンタッチ：接棒
8. 肥《こ》やす：獲取不當利益
9. 始末《しまつ》：善後的處理

句型

- ～こともあって：也是由於～的緣故
- （～から）～にかけて：在～時間範圍內持續某動作或狀態

011

雨《あめ》にも負《ま》けず風《かぜ》にも負《ま》けず——宮《みや》沢《ざわ》賢《けん》治《じ》（一八九六～一九三三）

黄毓倫／著

▲ 在盛岡高等農林學校就讀時的宮澤賢治（後排右側）
©Wikipedia

東北《とうほく》地方《ちほう》の岩手県《いわてけん》花巻《はなまき》市《し》生《う》まれの詩人《しじん》で童話作《どうわさっ》家《か》でもある宮沢賢治《みやざわけんじ》は、今《いま》でこそ世界中《せかいじゅう》の人々《ひとびと》に作品《さくひん》を愛読《あいどく》されている、日本《にほん》が誇《ほこ》る国民的作家《こくみんてきさっか》であるが、実《じつ》は生前《せいぜん》は全《まった》く無名《むめい》であった。唯一刊行《ゆいいつかんこう》された詩集《ししゅう》『春《はる》と修羅《しゅら》』と童話集《どうわしゅう》『注文《ちゅうもん》の多《おお》い料《りょう》理店《りてん》』は、どちらも自費《じひ》出版《しゅっぱん》で、しかも全《まった》く売《う》れなかったため、賢治《けんじ》が本《ほん》を知人《ちじん》に寄贈《きぞう》したり、父親《ちちおや》から金《かね》を借《か》りて買《か》い取《と》ったりする羽目《はめ》になった。とはいえ、当時《とうじ》の花巻《はなまき》に貧《まず》しい農家《のうか》が多《おお》い中《なか》、宮沢家《みやざわけ》は質屋《しちや》[1]・古《ふる》着商《ぎしょう》を営《いとな》ん[2]でおり、賢治《けんじ》はその裕福《ゆうふく》な家《いえ》の長男《ちょうなん》として生《う》まれ、金銭面《きんせんめん》の心《しん》配《ぱい》をする必要《ひつよう》はなく、子供《こども》の頃《ころ》から気《き》ままに、好《す》きなことをやって育《そだ》った。

小学校《しょうがっこう》の成績《せいせき》が優秀《ゆうしゅう》で、家族《かぞく》から「石《いし》っコ賢《けん》さん」というあだ名《な》を付《つ》けられたくらい、鉱物採集《こうぶつさいしゅう》や昆虫《こんちゅう》の標本《ひょうほん》づくりに熱中《ねっちゅう》していた。中学《ちゅうがく》を卒業《そつぎょう》した後《あと》、盛岡高等農林学校《もりおかこうとうのうりんがっこう》（現《げん》・岩手大《いわてだい》学農学部《がくのうがくぶ》）に首席《しゅせき》[3]で入学《にゅうがく》し、さらにその理系男子《りけいだんし》ぶり[4]を発揮《はっき》し、『腐植《ふしょく》質中《しっちゅう》ノ無機成分《むきせいぶん》ノ植物《しょくぶつ》ニ対《たい》スル価値《かち》』という難《むずか》しい内容《ないよう》の卒業論文《そつぎょうろんぶん》を提出《ていしゅつ》した。

高等農林《こうとうのうりん》への進学《しんがく》とほぼ同時期《どうじき》に法《ほ》華経《けきょう》の教《おし》えに触《ふ》れて以来《いらい》、法華経信仰《ほけきょうしんこう》を深《ふか》めていき、手紙《てがみ》で執拗《しつよう》[5]なまでに親友《しんゆう》に入信《にゅうしん》を勧《すす》めるばかりではなく、浄土真宗《じょうどしんしゅう》の信徒《しんと》である父《ちち》をも改宗《かいしゅう》させようとした。その宗教熱《しゅうきょうねつ》は生涯衰《しょうがいおとろ》えることなく、賢治《けんじ》の名言《めいげん》として記憶《きおく》されている「世界《せかい》がぜんたい幸福《こうふく》にならないうちは個人《こじん》の幸福《こうふく》はあり得《え》ない」（「農民芸術概論綱要《のうみんげいじゅつがいろんこうよう》」序論《じょろん》）という一文《いちぶん》に込《こ》められた「世界全体《せかいぜんたい》の幸福《こうふく》」は、賢治《けんじ》にとって永遠《えいえん》の課題《かだい》であり、それについて思索《しさく》した痕跡《こんせき》は、彼《かれ》の作《さく》品《ひん》の至《いた》る所《ところ》に残《のこ》されている。何《なに》をやっても、あり余《あま》る[6]パワーと情熱《じょうねつ》をもって、徹底的《てっていてき》に追求《ついきゅう》する人《ひと》だったのだろう。

物事《ものごと》をとことん突《つ》き詰《つ》めるという賢《けん》治《じ》の性格《せいかく》をよく表《あらわ》しているエピソードをもう一《ひと》つ。賢治《けんじ》は音楽愛好《おんがくあいこう》でもあり、レコードを多《おお》く買《か》い集《あつ》め、花巻一《はなまきいち》のレコード・コレクターであったと言《い》っても過言《かごん》ではない。そのおかげで、行《い》きつけの楽器店《がっきてん》の新譜《しんぷ》レコードがよく売《う》れた結果《けっか》、イギリスのポリドール・レコードから賢治宛《けんじあ》てに感謝状《かんしゃじょう》が贈《おく》られた。また、「音《おと》」にこだわる賢治《けんじ》は、蓄音機《ちくおんき》で使《つか》う高音質《こうおんしつ》のレコード針《ばり》を発《はつ》明《めい》して、米国《べいこく》ビクターにサンプルを送《おく》ったこともある。当時《とうじ》はレコードも蓄《ちく》音機《おんき》も高価《こうか》なものだったので、賢治《けんじ》がそこまで趣味《しゅみ》を追求《ついきゅう》することができたのは、やはり恵《めぐ》まれた環境《かんきょう》で育《そだ》ってきたからである。さらに、音楽《おんがく》は文学《ぶんがく》に必要不可欠《ひつようふかけつ》なものだと考《かんが》えた賢治《けんじ》は、楽器《がっき》にも手《て》を伸《の》ばし、農民楽団《のうみんがくだん》を組織《そしき》したり、自分《じぶん》の演奏技術《えんそうぎじゅつ》を向上《こうじょう》させるため、上京《じょうきょう》して三日間《みっかかん》のチェロ特訓《とっくん》を受《う》けるという、かなり無謀《むぼう》なこともしたりした。だが、その情熱《じょうねつ》のおかげで、賢治作品《けんじさくひん》の独特《どくとく》な個性《こせい》が生《う》み出《だ》されたの言《こと》だった。賢治作品《けんじさくひん》には「音読《おんどく》」することで感動《かんどう》がもたらされるものが多《おお》く、その言葉《ことば》の響《ひび》きの美《うつく》しさの原因《げんいん》は、「音楽性《おんがくせい》」に求《もと》めることができる。賢《けん》治《じ》作品《さくひん》は教科書《きょうかしょ》にも採用《さいよう》されており、日本人《にほんじん》の言葉《ことば》に対《たい》する美意識《びいしき》を形作《かたちづく》る一要素《いちようそ》であり、そこに賢治《けんじ》の独特《どくとく》な感《かん》性《せい》が大《おお》きく関《かか》わっていると言《い》える。

賢治《けんじ》は裕福《ゆうふく》な出自《しゅつじ》[7]のおかげで、好《す》きなことを自由《じゆう》にやってきたが、しかし一方《いっぽう》、優《やさ》しい心《こころ》の持《も》ち主《ぬし》の彼《かれ》は、自分《じぶん》の恵《めぐ》まれた環境《かんきょう》と農民《のうみん》の貧困《ひんこん》との対比《たいひ》から生《う》まれる罪意識《つみいしき》に悩《なや》まされ、苦《くる》しんでいた。葛藤《かっとう》の末《すえ》、自分《じぶん》も真《しん》の農民《のうみん》になろうと、二十五歳《にじゅうごさい》より四年半《よねんはん》近《ちか》く勤《つと》めていた花巻農学校《はなまきのうがっこう》の教職《きょうしょく》をやめて、「羅須地人協会《らすちじんきょうかい》」を設立《せつりつ》し、独《どっ》

▲ 羅須地人協会使用場地（1926 年宮沢賢治於現在岩手縣花巻市設立的私塾）©Wikipedia

居自炊生活《きょじすいせいかつ》に踏《ふ》み切《き》っ[8]た。しかしその活動《かつどう》もやがて挫折《ざせつ》し、もともと病弱《びょうじゃく》だった賢治《けんじ》はそのショックと、肥料相談《ひりょうそうだん》や稲作指導《いなさくしどう》に奔走《ほんそう》していた疲《つか》れで倒《たお》れてしまい、病床生活《びょうしょうせいかつ》を余儀《よぎ》なくされてしまった。病中《びょうちゅう》にあっても、最後《さいご》の最後《さいご》まで農民《のうみん》のことを思《おも》い、二千枚《にせんまい》を超《こ》える肥料設計書《ひりょうせっけいしょ》を残《のこ》した。賢治《けんじ》と仲《なか》の良《よ》い妹《いもうと》は、当時不治《とうじふじ》の病《やまい》とされる結核《けっかく》で二十四歳《にじゅうよんさい》の若《わか》さでこの世《よ》を去《さ》ったが、賢治《けんじ》もまた結核《けっかく》を患《わずら》い、三十七歳《さんじゅうななさい》で短《みじか》い生涯《しょうがい》を閉《と》じた。

このように、賢治《けんじ》は科学者《かがくしゃ》・芸術家《げいじゅつか》・宗教家《しゅうきょうか》という多面体的《ためんたいてき》な存在《そんざい》であり、その苦悩《くのう》や葛藤《かっとう》が、豊《ゆた》かな感受性《かんじゅせい》と相《あい》まって、文学者《ぶんがくしゃ》としての彼《かれ》の作品世界《さくひんせかい》を形成《けいせい》している。『銀河鉄道《ぎんがてつどう》の夜《よる》』に賢治《けんじ》の多分野《たぶんや》の知識《ちしき》が凝縮《ぎょうしゅく》されており、有名《ゆうめい》な詩《し》「雨《あめ》ニモマケズ」から、賢治《けんじ》の祈《いの》りの声《こえ》が聞《き》こえる。賢治《けんじ》は体《からだ》が病弱《びょうじゃく》でも何事《なにごと》も徹底的《てっていてき》に追求《ついきゅう》する、揺《ゆ》るぎない信念《しんねん》の持《も》ち主《ぬし》で、そのことは「雨《あめ》ニモマケズ／風《かぜ》ニモマケズ」により、もっともよく表《あらわ》されている。

不畏雨不畏風——宮澤賢治（一八九六～一九三三）

出生於日本東北地方岩手縣花卷市的詩人及童話作家宮澤賢治，其作品現今獲得全世界讀者的喜愛，是日本引以為傲的國民作家，但實際上其生前完全沒沒無聞。唯一問世的詩集『春與修羅』與童話集『要求很多的餐廳』皆為自費出版，而且由於完全賣不出去，賢治只得將書送給朋友，或是向父親借錢自己買下。話雖如此，相較於當時花卷的眾多貧農，宮澤家經營當舖及舊衣商，賢治身為如此富裕家庭的長子，不必擔心無錢花用，從小就隨心所欲做著喜歡的事情。

小學成績相當優秀，熱中於採集礦物及製作昆蟲標本，被家人取了「石子阿賢」的綽號。中學畢業後，以第一名的成績進入盛岡高等農林學校（現在的岩手大學農學部）就讀，更加發揮其理科男子的特質，寫出困難內容的畢業論文，題目為『腐植質中無機成分對植物的價值』。

升學進入高等農林的同時接觸到法華經教義，從此快速加深其法華經信仰，不只固執地寫信勸誘知心好友入信，也想讓身為淨土真宗信徒的父親改信法華經信仰。其對於宗教的熱誠生涯不衰，大家記憶深刻的賢治名言「若全世界不幸福，個人便不可能幸福」（『農民藝術概論綱要』序論）當中所言之「全世界的幸福」，對賢治而言是永遠的課題，在他的作品中，隨處可見關於此課題的思索痕跡。賢治應該是不管做什麼，皆會憑藉著其滿溢的精力及熱誠追求到底的人吧。

再說一件趣聞，能充分表現出賢治對任何事物都徹底追求的個性。賢治也是位音樂愛好者，購買蒐藏許多黑膠唱片，說他是當時花卷第一的黑膠唱片收藏家也不為過。託其之福，常光顧的樂器店新曲唱盤屢屢暢銷，英國寶麗多唱片公司（Polydor Records）甚至親自寄送感謝函給賢治。另外，對「音響」很講究的賢治，曾經自己發明使用在留聲機上的高音質唱針，並將樣本寄送至美國勝利留聲機公司（The Victor Talking Machine Company）。當時黑膠唱片與留聲機皆為奢侈品，賢治能夠徹底追求自己的興趣，還是得感謝他在富裕的環境下長大。認為音樂與文學關係密不可分的賢治，更進一步挑戰樂器，不只組成農民樂團，為了提升自身的演奏技術，更前往東京接受為期僅三天的大提琴特訓，相當有勇無謀。不過也由於其滿腔的熱情，才得以孕育出具獨特個性的賢治作品。多數賢治作品透過「朗讀」能帶給讀者莫大感動，其文字所擁有的優美音效，可歸因於其文學的「音樂性」。賢治作品也登上國語教科書，其獨特的感性是形成日本人語言美學的一大重要因素。

刻有「銀河鐵道」模樣之下水道蓋，▶
於電車釜石線經過的宮守橋梁附近 ©Wikipedia

賢治出生於富裕的家庭，因此能夠自由地做自己喜歡的事情，但另一方面，生性善良的他，對於自己的富裕與農民的貧困之間所形成的對比抱持著罪惡感，為此相當痛苦。煩惱到最後，決定自己也成為真正的農民，毅然決然辭去自二十五歲起任教約四年半的花卷農學校教師一職，設立「羅須地人協會」，開始獨居自炊的生活。但此一行動不久後便遭遇挫折，原本身體就虛弱的賢治，再加上奔走於肥料諮詢與稻作指導的疲勞，終於體力不支倒下，不得不躺在病床上休養。但即便抱病在床，直到最後仍憂心農民的處境，寫下了超過兩千張的肥料設計書。和賢治感情很好的妹妹，罹患當時被認為是不治之症的肺結核，年紀輕輕二十四歲時就離開人世。賢治的身體也同樣遭受結核菌侵襲，三十七歲就結束了短暫的生涯。

如上所述，賢治是科學家，同時也是宗教家、藝術家，是個多面體般的存在。其苦惱掙扎，與豐富的感性相互作用，形成文學者賢治的作品世界。『銀河鐵道之夜』中凝聚了賢治多方領域的知識，從有名的詩「不畏雨」當中，可以聽見賢治的祈禱聲。賢治雖然身體虛弱，卻擁有屹立不搖的信念，無論做什麼事皆追求到底。從「不畏雨／不畏風」一句當中，最能看出此一特質。

單字與句型

單字

1. 質屋《しちや》：當鋪
2. 営《いとな》む：經營
3. 首席《しゅせき》：第一名
4. ぶり：模樣（接在名詞或動詞連用形之後）
5. 執拗《しつよう》：執著
6. あり余《あま》る：多到有餘裕的
7. 出自《しゅつじ》：出身
8. 踏《ふ》み切《き》る：下定決心採取行動

句型

- ～羽目《はめ》になる：落入～的境地
- ～ばかりではない：不僅是～
- ～を余儀《よぎ》なくされる：不得已只好～

筋《きん》トレが好きすぎる——
三島由紀夫《みしまゆきお》
（一九二五〜一九七〇）

012

倉本知明／著

▲6歲時的三島 ©Wikipedia

生前《せいぜん》の三島由紀夫《みしまゆきお》は、常《つね》にメディアの寵児《ちょうじ》だった。今風《いまふう》に言《い》えば、セルフ・プロデュースが上手《うま》い作家《さっか》だった。派手《はで》な衣装《いしょう》を身《み》に纏《まと》い[1]、『金閣寺《きんかくじ》』や『宴《うたげ》のあと』など社会的事件《しゃかいてきじけん》を作品《さくひん》に取《と》り入《い》れるのも得意《とくい》で、何《なに》よりもボディ・ビルで鍛《きた》え上《あ》げられた彫刻《ちょうこく》のような肉体《にくたい》は、スキャンダラス[2]な面《めん》も含《ふく》めて衆目《しゅうもく》を集《あつ》め続《つづ》けてきた。作家《さっか》三島由紀夫《みしまゆきお》について考《かんが》える際《さい》、彼《かれ》の筋肉《きんにく》を抜《ぬ》きには語《かた》ることはできない。

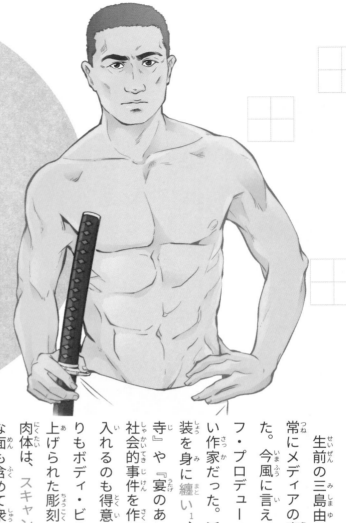

中年《ちゅうねん》から晩年《ばんねん》にかけて鋼《はがね》の肉体《にくたい》を手《て》に入《い》れた三島《みしま》だったが、その幼少期《ようしょうき》は貧弱《ひんじゃく》な体格《たいかく》が悩《なや》みの種《たね》だった。虚弱《きょじゃく》体質《たいしつ》で青白《あおじろ》かった三島《みしま》は、同級生《どうきゅうせい》から「蝋燭《ろうそく》」、「アオジロ」とからかわれるほど痩《や》せていた。あまりの虚弱体質《きょじゃくたいしつ》から、軍隊《ぐんたい》への入隊検査《にゅうたいけんさ》で肺浸潤《はいしんじゅん》と誤診《ごしん》されて、即日家《そくじついえ》に帰《かえ》されてしまったほどだった。

時《とき》は第二次世界大戦末期《だいにじせかいたいせんまっき》、同世代《どうせだい》の若者《わかもの》が次々《つぎつぎ》と戦死《せんし》していくなか、三島《みしま》はその貧弱《ひんじゃく》な体格《たいかく》が理由《りゆう》で幸《こう》か不幸《ふこう》かひとり生《い》き残《のこ》ってしまう。三島《みしま》と同時期《どうじき》に入隊《にゅうたい》検査《けんさ》を受《う》けた若者《わかもの》たちは、後《あと》にフィリピンの戦場《せんじょう》に派遣《はけん》されて全滅《ぜんめつ》してしまった。悲《かな》しいかな、「前途有望《ぜんとゆうぼう》な若者《わかもの》が戦場《せんじょう》で散華《さんげ》して、靖国神社《やすくにじんじゃ》の英霊《えいれい》になる」といった当時《とうじ》の「感動的《かんどうてき》な」人生《じんせい》コースから外《はず》れてしまった三《み》島《しま》は、「戦後《せんご》は余生《よせい》である」といった複雑《ふくざつ》なコンプレックスを抱《かか》えて生《い》きることになる。

三島《みしま》が最初《さいしょ》に自身《じしん》の肉体《にくたい》に絶望《ぜつぼう》したのが、戦中《せんちゅう》の入隊検査《にゅうたいけんさ》であったとすれば、そこに大《おお》きな希望《きぼう》を見出《みいだ》したのは、戦後《せんご》に計画《けいかく》された初《はつ》の海外旅行《かいがいりょこう》だった。当時二十六歳《とうじにじゅうろくさい》だった三島《みしま》は、「肉《にく》体的存在感《たいてきそんざいかん》をもった知性《ちせい》」を求《もと》めて、南北《なんぼく》アメリカとヨプロッパ各地《かくち》を周遊《しゅうゆう》する。この旅行《りょこう》で彼《かれ》がとりわけ[3]強《つよ》く惹《ひ》きつけられたのが、紺碧《こんぺき》に輝《かがや》くエーゲ海《かい》に逆三角形《ぎゃくさんかっけい》の美《うつく》しいプロポーションを持《も》つ若《わか》い男女《だんじょ》が行《ゆ》き交《か》う[4]ギリシアの地《ち》だった。帰国後《きこくご》、三島《みしま》は古代《こだい》ギリシアの恋愛物語《れんあいものがたり》『ダフニスとクロエー』を下敷《したじ》き[5]に、若《わか》く純朴《じゅんぼく》な漁夫《ぎょふ》と海女《あま》の純愛小説《じゅんあいしょうせつ》『潮騒《しおさい》』（一九五四年《ねん》）を描《か》き、ベストセラー作家《さっか》の道《みち》を歩《あゆ》むことになる。

『潮騒《しおさい》』の発表以降《はっぴょういこう》、三島《みしま》は小説《しょうせつ》の世界《せかい》だけでなく、自身《じしん》の肉体《にくたい》をも理想《りそう》的《てき》な美《び》の状態《じょうたい》へ近《ちか》づけようと考《かんが》えるようになっていく。ボディ・ビルコーチとの出会《であ》いをきっかけに、三十歳《さんじゅうさい》になった三島《みしま》は筋《きん》トレに励《はげ》みだしたのだ。わずか四十八《よんじゅうはち》キロほどしかなかった三《み》島《しま》の身体《しんたい》はみるみる[6]間《あいだ》に厚《あつ》い筋肉《きんにく》の壁《かべ》に覆《おお》われていき、当初十《とうしょじゅっ》キロほどしか持《も》ち上《あ》げられなかったベンチ・プレスも、数年後《すうねんご》には六十《ろくじゅう》キロまで持《も》ち上《あ》げられるようになっていった。肉体的《にくたいてき》な変化《へんか》はやがて作品《さくひん》にも現《あらわ》れていく。資産家《しさんか》の令嬢《れいじょう》とそのサロンに集《あつ》まる四《よ》人《にん》の青年《せいねん》たちの群像劇《ぐんぞうげき》を描《えが》いた長篇小《ちょうへんしょう》説《せつ》『鏡子《きょうこ》の家《いえ》』（一九五九年《ねん》）では、痩《や》せた身体《しんたい》に劣等感《れっとうかん》を持《も》つ美貌《びぼう》の俳優《はいゆう》が、大学《だいがく》の先輩《せんぱい》から「筋肉《きんにく》は筋肉《きんにく》それ自体《じたい》を目的《もくてき》として鍛《きた》えられねばならない」とアドバイスされる場面《ばめん》が出《で》てくる。筋肉《きんにく》は筋肉《きんにく》であることに意味《いみ》がある！主人公《しゅじんこう》は純粋《じゅんすい》に肉体《にくたい》を美《うつく》しく培養《ばいよう》することによって自身《じしん》の内面《ないめん》の虚無《きょむ》を補填《ほてん》しようとしているが、それは「精神《せいしん》と肉体《にくたい》は男《おとこ》と女《おんな》のやうに、美《うつく》しく和合《わごう》しなければならない」と考《かんが》える三島《みしま》ならではの筋《きん》トレ観《かん》だった。

三島《みしま》はボディ・ビルだけに止《とど》まらず、剣道《けんどう》や居合《いあ》い、ボクシングにも手《て》を伸《の》ばしていった。筋肉《きんにく》の鎧《よろい》はますます厚《あつ》みを増《ま》し、そこで彼《かれ》は自身《じしん》を一個《いっこ》の芸《げい》術品《じゅつひん》と見《み》なすようになっていく。一九六三年《ねん》にはヌード写真《しゃしん》集《しゅう》『薔薇刑《ばらけい》』が出版《しゅっぱん》されるが、

30 歲的三島（1955 年秋於自家庭院）©Wikipedia ▶

被写体《ひしゃたい》はもちろん三島本人《みしまほんにん》。ボディ・ビルで鍛《きた》え上《あ》げられた肉体《にくたい》に、かつての「アオジロ」の面影《おもかげ》はどこにも見《み》あたらない。作家《さっか》の安部公房《あべこうぼう》は、「芸術《げいじゅつ》家《か》の真《しん》の願望《がんぼう》は芸術《げいじゅつ》を生《う》み出《だ》すことにあるのではなく、あんがい、自分自身《じぶんじしん》が、芸術《げいじゅつ》そのものに変身《へんしん》してしまうことだったのかもしれない」と述《の》べているが、三島《みしま》の肉体《にくたい》への執着《しゅうちゃく》から生《う》まれた『薔薇刑《ばらけい》』は、美《うつく》しい作品《さくひん》を「作《つく》る」ことと美《うつく》しいものに「なる」ことが重《かさ》なっていったその芸術観《げいじゅつかん》を端的《たんてき》に象徴《しょうちょう》している。

さらにその五年後《ごねんご》、三島《みしま》は作家《さっか》澁澤《しぶさわ》龍彦《たつひこ》が編集《へんしゅう》した雑誌《ざっし》『血《ち》と薔薇《ばら》』の巻《かん》頭《とう》グラビア[7]で自身《じしん》のヌードを披露《ひろう》する。三島《みしま》が扮《ふん》したのは、筋骨隆々《きんこつりゅうりゅう》[8]の「聖《せい》セバスチャンの殉教《じゅんきょう》」。自身《じしん》の同《どう》性愛《せいあい》を告白《こくはく》した初期《しょき》の長篇小説《ちょうへんしょうせつ》『仮面《かめん》の告白《こくはく》』において、主人公《しゅじんこう》に初《はじ》めて自《じ》流《とく》を促《うなが》した登場人物《とうじょうじんぶつ》に自《みずか》らを重《かさ》ね合《あ》わせたのだ。まさに、「美《うつく》しいと思《おも》うものになりたい！」と考《かんが》えてきた三島《みしま》の願望《がんぼう》がかなった瞬間《しゅんかん》でもあった。

しかしそのわずか二年後《にねんご》、三島《みしま》は鍛《きた》え上《あ》げたその美《うつく》しい筋肉《きんにく》に自《みずか》ら刃《やいば》を突《つ》き立《た》てて果《は》てる[9]。彼《かれ》の「余生《よせい》」は、こうしてその芸術的《げいじゅつてき》な肉体《にくたい》とともに幕《まく》を閉《と》じたのだった。

太愛肌肉訓練——三島由紀夫（一九二五～一九七〇）

三島由紀夫生前，經常是媒體寵兒。用現代的說法，就是很擅長自我推銷的作家。身穿光彩絢爛的服裝、巧妙地將社會事件寫進『金閣寺』和『宴後』等作品當中，最重要的是透過健美所鍛鍊出有如雕像般的肉體，包含醜聞層面在內，一直是眾所注目的焦點。要認識作家三島由紀夫，便無法忽視他的肌肉。

自中年至晚年這段期間，三島獲得了如同鋼鐵般的肉體，但童年時期，纖弱的體格是其煩惱的根源。虛弱體質、膚色蒼白且體格瘦弱的三島，被同學戲稱為「蠟燭」、「蒼白仔」。由於實在是過於虛弱，在軍隊的入隊檢查時被誤診為肺浸潤，當天就被遣返回家。

當時正處第二次世界大戰末期，同世代的年輕人先後陸續戰死，而三島由於其纖弱體格獨自生存了下來，不知該說是幸運還是不幸。和三島同時期接受入隊檢查的年輕人們，日後被送往菲律賓戰場，全數犧牲無一倖免。悲傷之中，在當時將「前途似錦的年輕人於戰場光榮戰死，成為靖國神社的英魂」視為「感動的」人生道路的風潮下，偏離軌道的三島對於自己的「餘生為戰後」一事，抱持著複雜的自卑感。

如果說三島在戰爭期間的入隊檢查時第一次對自己的肉體感到絕望，那麼戰後所計畫的首次海外旅行，便是從中看見希望之光的時刻。當時二十六歲的三島，為了追求「伴隨肉體存在感的知性」而周遊南北美與歐洲各地。這趟旅程中，面向湛藍閃耀的愛琴海、擁有倒三角形美麗均衡體態的年輕男女來來往往的希臘這塊土地，特別擄獲了三島的心。回國後，三島以古代希臘的戀愛故事『達

▲『潮騷』的舞台歌島（現在的神島）©Alpsdake / Wikipedia

芙妮斯與克洛伊』為基底，創作純愛小說『潮騷』（一九五四年），描寫純樸年輕漁夫與海女之間的愛戀，一夕之間成為暢銷作家。

『潮騷』問世後，不僅是小說當中的世界，三島也思考著如何讓自身的肉體更接近理想中美的狀態。和健美教練結識為一大契機，三十歲的三島開始致力於肌肉訓練。原本只有四十八公斤的三島的身體很快地便覆蓋上豐厚的肌肉，最初仰臥推舉只能舉起十公斤，但幾年後便能舉起高達六十公斤重。肉體的變化也逐漸反映在作品當中，長篇小說『鏡子之家』（一九五九年），為描繪富裕人家的千金小姐與聚集於其沙龍的四名青年之間的群像劇，其中有以下場景。對於自己的瘦弱體格感到自卑的美男子演員，大學學長給了他如下的建言：「肌肉必須以肌肉本身為目的來鍛鍊」。肌肉之所以為肌肉是有意義的！故事的主角欲透過鍛鍊純粹的肉體美來填補自身內心的空虛，這也反映了三島獨特的肌肉訓練觀：「精神和肉體必須如同男女關係般完美調和」。

不僅健美，三島也多方挑戰劍道、居合道和拳擊等。肌肉盔甲日漸增厚，三島便開始將自己視為一件藝術品。一九六三年裸體寫真集『薔薇刑』出版，模特兒當然是三島本人。健美鍛鍊出的肉體，看不見任何一絲以往「蒼白仔」的影子。作家安部公房曾經說過：「藝術家真正的願望，意外地可能並不在於創造藝術品，而是自己本身變身成為藝術」。三島對於肉體的執著促成了『薔薇刑』的誕生，明確象徵了其「創作」美麗事物的同時，自身也「成為」美麗事物的藝術觀。

五年後，三島更在作家澀澤龍彥所編輯的雜誌『血與薔薇』的封面照片中展現自己的裸體。三島所扮演的是擁有強健肉體的「聖塞巴斯蒂安之殉難」。在揭露自身同性愛傾向的初期長篇小說『假面的告白』當中，讓故事主角第一次自慰射精的人物便是聖塞巴斯蒂安。三島將自己與其重疊，也正是他一直以來「想成為我所認為的美麗事物！」的願望實現的瞬間。

但在那之後僅僅過了兩年，三島便自己在鍛鍊出的完美肌肉上插進利刃，結束了生命。三島的「餘生」，就此與其藝術般的肉體一同落幕。

單字與句型

單字

1. 纏《まと》う：身穿
2. スキャンダラス：醜聞的
3. とりわけ：特別地
4. 行《ゆ》き交《か》う：來來往往
5. 下敷《したじ》き：創作的根基
6. みるみる：逐漸
7. グラビア：刊頭
8. 筋骨隆々《きんこつりゅうりゅう》：體魄強健的樣子
9. 果《は》てる：結束、死亡

句型

- ～ならではの：只屬於～的、～特有的

文豪們的愛情面面觀

張好／繪

夏目漱石

ぼくの存在《そんざい》には貴方《あなた》が必要《ひつよう》だ。どうしても必要《ひつよう》だ。僕《ぼく》はそれだけの事《こと》を貴方《あなた》に話《はな》したいためにわざわざ貴方《あなた》を呼《よ》んだのです。

——『それから』

有你在我才算是活著。無論如何我都需要你。我只是為了跟你說這件事特地把你叫過來。——出自《從那之後》

與謝野晶子

私《わたし》たちの夫婦関係《ふうふかんけい》は毎日毎日新規蒔直《まいにちまいにちしんきまきなお》しを試《こころ》み、毎日毎日《まいにちまいにち》以《い》前《ぜん》にない新《あたら》しい愛《あい》の生活《せいかつ》を築《きず》き上《あ》げているのです。

我們夫妻倆每天每天都回到原點重新嘗試，每天每天都在建構之前所沒有過的愛的生活。

三島由紀夫

初恋《はつこい》に勝《か》って人生《じんせい》に失敗《しっぱい》するというのは良《よ》くある例《れい》で、初恋《はつこい》は破《やぶ》れるほうがいいと言《い》う説《せつ》もある。

在初戀中勝利、人生中卻失敗的例子比比皆是。所以搞不好初戀失敗還比較好哦。

情話怎麼說才動聽？失戀的解藥是什麼？情感細膩的文學家們，不只在文學作品中描繪出各種愛情的面貌，不少文學家也在現實中歷經過刻骨銘心與情場坎坷，而留下各種充滿個性的愛情箴言：令人心動的、令人莞爾的、令人拍案叫絕的……EZJapan 編輯部蒐集了本期六位文豪，於作品中留下的名言或生活中對於愛情或男女關係的獨到見解，讓我們一起用文學家的心情來「談」戀愛吧！

谷崎潤一郎

恋《こい》というのは一《ひと》つの芝居《しばい》なんだから、筋《すじ》を考《かんが》えなきゃ駄目《だめ》だよ。

——『黒白』

戀愛是一齣戲，可得先想好橋段。

——出自《黑白》

芥川竜之介

我我《われわれ》を恋愛《れんあい》から救《すく》うものは理性《りせい》よりも寧《むし》ろ多忙《たぼう》である。恋愛《れんあい》も亦完全《またかんぜん》に行《おこな》われる為《ため》には何《なに》よりも時間《じかん》を持《も》たなければならぬ。

——『侏儒の言葉』

把我們從戀愛中拯救出來的，與其說是理性，不如說是忙碌。為了進行十全十美的戀愛，最需要的無非時間。

——出自《侏儒的話》

宮澤賢治

新鮮《しんせん》な野《の》の食卓《しょくたく》にだな、露《つゆ》のようにおりてきて、あいさつをとりかわし、一椀《いちわん》の給仕《きゅうじ》をしてくれ、すっと消《き》え去《さ》り、またあくる朝《あさ》やってくるといったような女性《じょせい》なら、ぼくは結婚《けっこん》してもいいな。

——『宮沢賢治の肖像』

在充滿新鮮野味的餐桌上像露珠一般降臨，跟我寒暄問暖、給我端上一碗飯之後，隨即悄然消失，直到隔天早上再度出現。如果有這樣的女性，我就能跟她結婚吧。

——出自《宮澤賢治的肖像》

Part.3
令人心動的型男

風流倜儻的平安才子，四時風物流轉譜作你；足智多謀的天才軍師，

運籌帷幄智取四方只為你；鐵血手腕的鬼之副長，畢生溫柔都留給你……

讀個歷史而已，腦內妄想為什麼停不下來，這些歷史人物未免也太讓人

小鹿亂撞了！真想穿越時空，和他們談場刻骨銘心的戀愛……各系型男

任君挑選，給你八種不同的怦然心動。

花花公子系——在原業平

悲劇英雄系——源義経

智慧系——竹中半兵衛

美少年系——森蘭丸

忠義仁愛系——直江兼続

成熟帥氣大叔系——桂小五郎

憂鬱美男子系——土方歲三

頹廢風流系——高杉晉作

プレーボーイ系《けい》——
在原業平《ありわらのなりひら》
（八二五～八八〇）

013

游翔皓／著
冨永圭太／譯

男《おとこ》の使命《しめい》はしっかり家族《かぞく》を養《やしな》い、事業《じぎょう》を成功《せいこう》させることだとよく言《い》われる。その使命《しめい》を果《は》たそ[1]うとしない男《おとこ》はわがままで軽薄《けいはく》と批判《ひはん》されがちだ。だが、辛《つら》く短《みじか》い人《じん》生《せい》をただ自分《じぶん》らしく生《い》きたいと願《ねが》う男《おとこ》がいたら、そのような男《おとこ》を我々《われわれ》はどう評価《ひょうか》すべきか。平安初期《へいあんしょき》の美形貴族《びけいきぞく》、在原業平《ありわらのなりひら》はまさに[2]そのような男《おとこ》だった。

在原業平《ありわらのなりひら》について、ある歴史書《れきししょ》には「体貌閑麗《たいぼうかんれい》、放縦不拘《ほうしょうふこう》[1]」と記《しる》されている。和歌《わか》の才能《さいのう》もあり、当時《とうじ》の文《ぶん》人《じん》が編纂《へんさん》した和歌集《わかしゅう》に「六歌仙《ろっかせん》」、「三十六歌仙《さんじゅうろっかせん》」の一人《ひとり》に数《かぞ》えられた。平安時代《へいあんじだい》は戦乱《せんらん》が少《すく》なかったため、貴《き》

▲ 在原業平與二条皇后（月岡芳年繪）©Wikipedia

族《ぞく》は優《すぐ》れた戦功《せんこう》や統治《とうち》によって出世《しゅっせ》することが難《むずか》しく、血筋《ちすじ》[3]の良《よ》し悪《あ》しが重要《じゅうよう》だった。業平《なりひら》は天皇《てんのう》の血《ち》を引《ひ》い[4]ていたが、先祖《せんぞ》が権力闘争《けんりょくとうそう》に敗《やぶ》れたため、臣籍降下《しんせきこうか》して「在原《ありわら》」氏《し》を名乗《なの》った。先祖《せんぞ》の失敗《しっぱい》に加《くわ》え、血筋《ちすじ》の上《うえ》でも皇族《こうぞく》から離《はな》れて久《ひさ》しかったので、業平《なりひら》の出世《しゅっせ》の道《みち》は閉《と》ざさ[5]れていた。そんな境遇《きょうぐう》に置《お》かれたら、大抵《たいてい》の人《ひと》は酒《さけ》で気《き》を紛《まぎ》らす[6]日々《ひび》を送《おく》るしかないだろう。

だが、業平《なりひら》が求《もと》めていたのは出世《しゅっせ》や繁栄《はんえい》ではなく、かっこよく、ひたむきに生《い》きることだった。有《ゆう》名《めい》な歌人《かじん》だった業平《なりひら》は心《こころ》の思《おも》いを歌《うた》に託《たく》して表現《ひょうげん》することができ、平安時《へいあんじ》代《だい》の男女《だんじょ》にとって和歌《わか》はラブレターのようなものだったので、美男子《びなんし》の業《なり》平《ひら》が和歌《わか》で多《おお》くの美女《びじょ》の心《こころ》を簡単《かんたん》に奪《うば》うことができたのは当然《とうぜん》だった。文学作品《ぶんがくさくひん》の『伊《い》勢物語《せものがたり》』、『大和物語《やまとものがたり》』には、業平《なりひら》と皇后《こうごう》、親王《しんのう》の妹《いもうと》との禁断《きんだん》のが描《えが》かれており、そんなことをすれば、ただでさえ[7]厳《きび》しい官僚人生《かんりょうじんせい》に汚点《おてん》がつくのは当然《とうぜん》だが、業平《なりひら》に悔《く》いはなかった。辛《つら》く短《みじか》い人生《じんせい》に真摯《しんし》に向《む》き合《あ》い、愛《あい》の潤《うるお》いを与《あた》える。それこそが業平《なりひら》が求《もと》めた生《い》き方《かた》だ。そして、そんな生《い》き方《かた》ができたのは、業平《なりひら》に「遊《あそ》び心《ごころ》」があったからだろう。業平《なりひら》は無責任《むせきにん》でふざけた生《い》き方《かた》をしたというより、純粋《じゅんすい》に楽《たの》しさを求《もと》めて遊《あそ》ぶ子供《こども》のようで、利害《りがい》を計算《けいさん》する大人《おとな》ではなかった。そういう素直《すなお》な人《ひと》だったから、業平《なりひら》の和歌《わか》には独特《どくとく》の魅力《みりょく》があり、業平《なりひら》に接《せっ》した人《ひと》はみな魅了《みりょう》されたのだ。

『古今和歌集《こきんわかしゅう》』には業平《なりひら》の和歌《わか》である「世《よ》の中《なか》にたえて桜《さくら》のなかりせば春《はる》の心《こころ》はのどけからまし」が収《おさ》められている。これは「春《はる》になると、人々《ひとびと》は桜《さくら》の満開《まんかい》を心待《こころま》ちにし、咲《さ》いてからは散《ち》ってしまわないかと心配《しんぱい》になる。この世《よ》に桜《さくら》がなかったら、春《はる》にそこまで心《こころ》を乱《みだ》されることもないだろう」という意味《いみ》だ。春《はる》に桜《さくら》がなければ、気楽《きらく》にはなるがつまらない。遊《あそ》び心《ごころ》のない人生《じんせい》も同《おな》じだ。この和歌《わか》はそんな業平《なりひら》の人《じん》生観《せいかん》を表《あらわ》しているに違《ちが》いない。

▲浮世繪「新形三十六怪撰」中的在原業平，因得罪朝廷被處剪髮，失意旅途中聽見小野小町所作的歌 ©Wikipedia

花花公子系——在原業平◆

（八二五～八八〇）

男人的使命常被認為是要務實地養家活口，繼而建功立業，不遵此道的男人，往往得到自私或輕浮的批評，但若男人只想將短暫且苦悶的人生，活出一個「真」字，又該如何去評價呢？平安時代初期，有位叫在原業平的俊俏貴族男性，就是一個這樣的典型。

史書以「體貌閑麗、放縱不拘」[1]形容在原業平。他還具和歌之才，在當時文人所編纂的和歌集中，他被認定為「六歌仙」與「三十六歌仙」的其中一員。平安時代天下承平，鮮少戰亂，平安朝的王公貴族，很難以戰功或治世出人頭地，因此血緣尊貴與否十分重要。業平雖出自天皇血脈，無奈先祖在權力鬥爭中失敗，降為臣籍，並以「在原」為姓。先祖官場失敗，血緣上又與天皇本家分隔已久，業平的仕途注定不如意，一般人在這樣的處境下大多也只能藉酒消愁，消極度日。

但業平要的不是官運亨通榮華富貴，他只想瀟灑認真地活一回。他是聞名於世的歌人，透過和歌，他能抒發感受、傳達情意。對平安時代的男女而言，和歌等同於情書。

▲『五色染六歌仙』 在原業平與小野小町（喜多川歌麿 1798）

有著俊俏姿容的業平輔以和歌攻勢，自然能輕易地偷走眾多美麗女子的心。依據文學作品『伊勢物語』、『大和物語』中的記載，他與天皇之妃、親王之妹都有過一段禁斷之戀。這當然會對在業平原就不算平坦的宦途上更增污點，但他無怨無悔。人生苦短，誠實面對、以愛滋潤才是他畢生所求。能如此坦率地面對人生，恐怕就是因業平的一顆「玩心」。與其說是不負責任地遊戲人間，他更像純粹為了快樂而遊戲的孩童，而非計算利害得失的大人。業平的真性情，讓他的和歌散發著獨特的魅力，也讓與他接觸的人們都折服。

『古今和歌集』中收錄了業平的一首和歌。「世の中にたえて桜のなかりせば 春の心はのどけからまし」。春臨人間之時，人人心繫櫻花，期待她的盛開，憂心她的凋落，故世間若無櫻花，吾人的春之心，也就不再輕易地為其所牽動了吧。沒有櫻花可以期待的春天，不必憂其凋零，輕鬆卻也無趣，缺少玩心的人生亦如是，這首和歌無疑是業平的處世觀的註解。

【備註】

1.容貌俊秀、隨興不拘小節之意

單字與句型

單字

1. 果《は》たす：達成
2. まさに：確實是、實在是
3. 血筋《ちすじ》：血統
4. 血《ち》を引《ひ》く：繼承（血緣）
5. 閉《と》ざす：封閉、阻塞（常以被動式出現）
6. 気《き》を紛《まぎ》らす：轉移注意力
7. ただでさえ：光是這樣的狀況就已經

句型

- ～というより：與其說～倒不如說
- ～に違《ちが》いない：肯定是～沒錯

014

悲劇《ひげき》の英雄系《えいゆうけい》——源《みなもとの》義《よし》経《つね》

（一一五九～一一八九）

月翔／著
冨永圭太／譯

京都《きょうと》で最《もっと》も有名《ゆうめい》な武将《ぶしょう》といえば源義経《みなもとのよしつね》だろう。義経《よしつね》はギリシア神話《しんわ》に登場《とうじょう》する悲劇《ひげき》の英雄《えいゆう》のようだ。幼《おさな》くして父《ちち》を亡《な》くし、戦《いくさ》で輝《かがや》かしい手柄《てがら》[1]を立《た》てても兄《あに》の源頼朝《みなもとのよりとも》に疑《うたが》われ、最後《さいご》は逃亡先《とうぼうさき》の異郷《いきょう》で亡《な》くなった。義経《よしつね》の数奇《すうき》[2]な生涯《しょうがい》は人々《ひとびと》の同情《どうじょう》の涙《なみだ》を誘《さそ》い、義経《よしつね》は日本人《にほんじん》にとっての悲劇《ひげき》の英雄《えいゆう》となった。

源義経《みなもとのよしつね》は平安末期《へいあんまっき》に生《う》まれた。父親《ちちおや》は源氏《げんじ》と平家《へいけ》の争《あらそ》いで平清盛《たいらのきよもり》に敗《やぶ》れ[3]て死《し》んだが、義経《よしつね》は母親《ははおや》の奔走《ほんそう》により一命《いちめい》を取《と》り留《と》め[4]、十一歳《じゅういっさい》の時《とき》に鞍馬寺《くらまでら》で修行《しゅぎょう》をするようになった。義経《よしつね》は色白《いろじろ》

▲ 源義經與弁慶 (歌川國芳繪)©Wikipedia

▲『芳年武者無類』中「九郎判官源義経 武蔵坊弁慶」。源義経（遠）與弁慶（近）（月岡芳年繪）©Wikipedia

[5]で背《せ》が低《ひく》く、毎晩《まいばん》、鞍馬山《くらまやま》で天狗《てんぐ》に武術《ぶじゅつ》を教《おそ》わっていたと言《い》われており、京都《きょうと》の鞍馬駅前《くらまえきまえ》にはその伝説《でんせつ》にちなんだ巨大《きょだい》な天狗《てんぐ》の像《ぞう》がある。武芸《ぶげい》に優《すぐ》れた義経《よしつね》は京都《きょうと》の五条大橋《ごじょうおおはし》で刀狩《かたなが》りをしていた弁慶《べんけい》と出会《であ》い、激戦《げきせん》の末《すえ》、二人《ふたり》は主従関係《しゅじゅうかんけい》を結《むす》んだ。

義経《よしつね》と弁慶《べんけい》は平清盛《たいらのきよもり》の支配《しはい》から逃《のが》れるため遠《とお》い東北《とうほく》・平泉《ひらいずみ》に赴《おもむ》き[6]、藤原《ふじわら》一族《いちぞく》に歓迎《かんげい》された。当時《とうじ》は平清盛一族《たいらのきよもりいちぞく》が権力《けんりょく》を独占《どくせん》し、その尊大《そんだい》な振《ふ》る舞《ま》いに朝廷《ちょうてい》が反感《はんかん》を抱《いだ》い[7]ていた。朝廷《ちょうてい》が源氏《げんじ》の武士《ぶし》に平清盛打倒《たいらのきよもりだとう》を呼《よ》び掛《か》けると、義経《よしつね》は弁慶《べんけい》ら従者《じゅうしゃ》と兵士《へいし》を従《したが》え[8]、異母兄《いぼけい》の源頼朝《みなもとのよりとも》を支援《しえん》するため鎌倉《かまくら》へ向《む》かった。義経《よしつね》は奇襲《きしゅう》が得意《とくい》で、部隊《ぶたい》と山中《さんちゅう》の獣道《けものみち》を進《すす》み、崖《がけ》を駆《か》け下《お》り敵軍《てきぐん》を奇襲《きしゅう》して勝利《しょうり》したと伝《つた》えられている。その後《ご》も嵐《あらし》の中《なか》で奇襲《きしゅう》を仕掛《しか》け、平家《へいけ》との海戦《かいせん》で連勝《れんしょう》した。

義経《よしつね》は戦功《せんこう》を立《た》てたが、政治《せいじ》理念《りねん》の違《ちが》いから兄《あに》と反目《はんもく》するようになり、追討令《ついとうれい》を出《だ》されてしまう。窮地《きゅうち》に陥《おちい》った義経《よしつね》は藤原一族《ふじわらいちぞく》を頼《たよ》って平泉《ひらいずみ》へ逃《のが》れていった。この義経主従《よしつねしゅじゅう》の逃亡劇《とうぼうげき》を描《えが》いた歌舞伎《かぶき》の演目《えんもく》が『勧進帳《かんじんちょう》』で、弁慶《べんけい》が義経《よしつね》を山伏《やまぶし》に変装《へんそう》させ、安宅《あたか》の関《せき》を通《とお》り抜《ぬ》けようとする場面《ばめん》が登場《とうじょう》する。義経《よしつね》が関守《せきもり》に疑《うたが》いをかけられると、弁慶《べんけい》は怒《おこ》ったふりをして義経《よしつね》を打《う》ち叩《たた》く。関守《せきもり》は弁慶《べんけい》の義経《よしつね》に対《たい》する忠誠心《ちゅうせいしん》に心《こころ》を打《う》たれ、義経《よしつね》たちを通《とお》す。

義経主従《よしつねしゅじゅう》は千辛万苦《せんしんばんく》の末《すえ》に平泉《ひらいずみ》に辿《たど》り着《つ》いたが、藤原一族《ふじわらいちぞく》は頼朝《よりとも》の勢力《せいりょく》を恐《おそ》れ、軍隊《ぐんたい》で義経《よしつね》たちを包囲《ほうい》して攻撃《こうげき》した。弁慶《べんけい》は扉《とびら》の前《まえ》に立《た》ち塞《ふさ》がり、多《おお》くの矢《や》に射《い》られて死《し》んでも倒《たお》れず、義《よし》経《つね》は自害《じがい》してその数奇《すうき》な一生《いっしょう》を終《お》えたとされる。兄《あに》に疑《うたが》われて命《いのち》を落《お》とすことになったが、義経《よしつね》の物語《ものがたり》は日本文化《にほんぶんか》に深《ふか》い影響《えいきょう》を与《あた》えた。義経《よしつね》は九番目《きゅうばんめ》の子供《こども》で、律令制《りつりょうせい》の四等官《しとうかん》で判官《ほうがん》に相当《そうとう》する左衛門尉《さえもんのじょう》に任命《にんめい》されたことがあるため、歌舞伎《かぶき》では義経《よしつね》を九郎判官《くろうほうがん》と呼《よ》ぶことが多《おお》い。日本語《にほんご》の四字熟語《よじじゅくご》「判《ほう》

▲當時被鞍馬寺住持賜法名為遮那王的源義經，與大天狗僧正房修練劍術（月岡芳年繪）©Wikipedia

「官贔屓《がんびいき》」はは義経《よしつね》の悲劇《ひげき》に対《たい》する同情《どうじょう》を意味《いみ》したが、転《てん》じて弱者《じゃくしゃ》に対《たい》する同《どう》情《じょう》の意味《いみ》となった。

悲劇英雄系——源義経◆

（一一五九～一一八九）

京都最有名的武將，大概非源義經莫屬吧。源義經就像是希臘神話裡面的悲劇英雄，他自幼喪父，即使立下輝煌的戰功，但受到兄長源賴朝的猜忌而逃亡，最後客死異鄉。源義經傳奇且賺人熱淚的一生，引起日本人的同情，也成為日本人心中的悲劇英雄。

源義經出生於平安時代末期的源氏家族，他的父親在源平合戰中敗給平清盛而死。在母親的奔走下義經得以保全性命，他在十一歲進入鞍馬寺修行。傳說義經身材矮小且膚色白皙，他每天晚上在鞍馬山上向天狗學習武術，在京都的鞍馬車站前，立有巨大的天狗頭像來紀念這一段傳說。武藝高超的源義經，在五條大橋遇到了攔路奪刀的弁慶，兩人經過一場激戰之後，締結了主從的關係。

義經和弁慶為了脫離平清盛的掌控，千里迢迢地前往東北的平泉，受到藤原一族的歡迎。當時平清盛一族獨掌大權，囂張跋扈的行為引起朝廷的反感，朝廷號召源氏武將起兵打倒平清盛，義經帶著士兵以及弁慶等隨從，前往鎌倉協助同父異母的哥哥源賴朝。源義經擅長奇襲戰，相傳他率領軍隊走獸徑，衝下山谷突擊敵軍取得勝利。隨後又趁著暴風雨展開奇襲，接連在海戰擊敗平家的軍隊。

雖然源義經在戰場上立下功勞，但是義經跟兄長賴朝對於政治的理念不同，導致兩人反目成仇，賴朝下令追捕義經。走投無路的義經，決定回到平泉尋求藤原一族的庇護。義經主從逃亡的故事，被改編為歌舞伎的演目《勸進帳》，描述弁慶讓義經扮成山伏的模樣，企圖要通過安宅關。就在關卡守將對義經起疑之時，弁慶假裝生氣地痛打義經。關卡守將感嘆這對主僕的忠義之心，讓義經主從通過關卡。

義經主從費盡千辛萬苦，終於回到平泉。可惜平泉的藤原一族畏懼源賴朝的勢力，帶著軍隊圍攻義經主從。相傳弁慶守在門前，即使被亂箭射死仍然站立不倒，義經則自盡身亡，結束傳奇的一生。源義經雖然遭到兄長的猜忌而死，但是他的故事深深影響了日本文化。義經排行第九，曾經被任命為左衛門尉，相當於律令制四等官的判官，因此在歌舞伎中常稱呼義經為九郎判官。日文慣用語「判官贔屓」原意是同情義經的悲劇，後來延伸成為對弱者寄予同情的意思。

單字與句型

單字

1. 手柄《てがら》：功勞
2. 数奇《すうき》：不幸的、充滿波折的
3. 敗《やぶ》れる：戰敗
4. 取《と》り留《と》める：保住性命
5. 色白《いろじろ》：皮膚白皙
6. 赴《おもむ》く：前往
7. 反感《はんかん》を抱《いだ》く：抱持反感
8. 従《したが》える：率領

句型

- ～にちなんだ：因～的淵源而（原形為「～にちなむ」，也可用「～にちなむ」的形態）
- ～（よ）うとする：正要～

015

知恵系《ちえけい》——竹中半兵衛《たけなかはんべえ》

（一五四四～一五七九）

游翔皓／著
冨永圭太／譯

武士《ぶし》といえば、主君《しゅくん》に懸命《けんめい》に尽《つ》くすイメージだ。主従関係《しゅじゅうかんけい》になれば、命《いのち》に代《か》えても主君《しゅくん》の任務《にんむ》を遂行《すいこう》する。主君《しゅくん》の賢愚《けんぐ》は問《と》わない。実《じつ》は、武士《ぶし》がこのような覚悟《かくご》を持《も》つようになったのは江戸時《えどじ》代以降《だいいこう》のことだ。動乱《どうらん》の戦国時代《せんごくじだい》、武士《ぶし》の運命《うんめい》は主君《しゅくん》の賢愚《けんぐ》に右《ゆう》されたため、主君《しゅくん》が人望《じんぼう》のない暗君《あんくん》であれば、武士《ぶし》は隠居《いんきょ》したり、他国《たこく》に身《み》を投《とう》じたり、クーデター[1]で主君《しゅくん》を追放《ついほう》することさえあった。弱肉強食《じゃくにくきょうしょく》の戦国時代《せんごくじだい》は、時局《じきょく》を見通《みとお》す目《め》が重要《じゅうよう》で、武士《ぶし》は天下《てんか》の流《なが》れを読《よ》み、主君《しゅくん》の器《うつわ》[2]を見極《みきわ》め[3]た。主君《しゅくん》に忠義《ちゅうぎ》を尽《つ》くすかは、自《みずか》らの家《いえ》を守《まも》れるかどうか次第《しだい》だった。戦国時代《せんごくじだい》の知将《ちしょう》は多《おお》いが、一般《いっぱん》によく知《し》られる知将《ちしょう》で諸葛孔明《しょかつこうめい》に匹敵《ひってき》する大《だい》スターといえば竹中半兵衛《たけなかはんべえ》だ。

半兵衛《はんべえ》は美濃国《みののくに》（岐阜県《ぎふけん》）の武士《ぶし》に生《う》まれた。舅《しゅうと》の安藤守就《あんどうもりなり》が美濃三人衆《みのさんにんしゅう》の一人《ひとり》だったため、半兵衛《はんべえ》は早《はや》くから主君斎藤家《しゅくんさいとうけ》の政治舞台《せいじぶたい》に立《た》っていた。その頃《ころ》、織田信長《おだのぶなが》は桶狭間《おけはざま》で今川義元《いまがわよしもと》を討《う》ち、上洛《じょうらく》を目指《めざ》し北《きた》の美濃《みの》を攻《せ》めた。信長《のぶなが》の怒涛《どとう》の侵攻《しんこう》の中《なか》、半兵衛《はんべえ》は智謀《ちぼう》によって斎藤家《さいとうけ》を大《おお》いに助《たす》け、信長《のぶなが》の美濃進出《みのしんしゅつ》を食《く》い止《と》めた。だが、主君《しゅくん》の斎藤龍興《さいとうたつおき》は酒色《しゅしょく》に溺《おぼ》れる暗君《あんくん》で、半兵衛《はんべえ》の忠告《ちゅうこく》に耳《みみ》を貸《か》さなかった。そこで半兵衛《はんべえ》は龍興《たつおき》を諌《いさ》める[4]ために手荒《てあら》[5]な手段《しゅだん》をとる。病人《びょうにん》の見舞《みま》いと称《しょう》し、わずか十六人《じゅうろくにん》の従者《じゅうしゃ》と難攻不《なんこうふ》落《らく》の稲葉山城《いなばやまじょう》を乗《の》っ取《と》ったのだ。無論《むろん》、私欲《しよく》のためではなかった。城《しろ》はすぐに主君《しゅくん》に返《かえ》し、自《みずか》らは地方《ちほう》に隠居《いんきょ》した。主君《しゅくん》の龍興《たつおき》は救《すく》いようがなく、これ以上《いじょう》の忠義《ちゅうぎ》は尽《つ》くせないと悟《さと》ったのだ。案《あん》の定《じょう》[6]、

◀ 竹中半兵衛使用過的署名印鑑「千年おゝとり」（鳳凰），據說與織田信長「麟」字型印鑑一樣含有祈求和平之意 ©Wikipedia

斎藤家《さいとうけ》はやがて信長《のぶなが》に滅《ほろ》ぼされた。

だが、半兵衛《はんべえ》ほどの知将《ちしょう》が日《ひ》の目《め》を見《み》[7]ないわけがない。斎藤家《さいとうけ》の滅亡《めつぼう》後《ご》、半兵衛《はんべえ》は信長《のぶなが》に責任《せきにん》を問《と》われなかったばかりか、織田家《おだけ》の家臣《かしん》となり、前線《ぜんせん》で戦《たたか》う羽柴秀吉《はしばひでよし》の元《もと》に軍師《ぐんし》として派遣《はけん》された。このあたりの経緯《けいい》については、江戸時代《えどじだい》に流行《りゅうこう》した『三国志演義《さんごくしえんぎ》』の場面《ばめん》を連想《れんそう》させる話《はなし》が多《おお》く伝《つた》わっているが、史実《しじつ》がどうであれ、秀吉《ひでよし》が仕《つか》える価値《かち》のある名君《めいくん》であり、半兵衛《はんべえ》が秀吉《ひでよし》のために懸命《けんめい》に智慧《ちえ》を働《はたら》かせ、秀吉《ひでよし》の領地拡大《りょうちかくだい》の礎《いしずえ》を築《きず》いたのは事実《じじつ》だ。

半兵衛《はんべえ》は「その容貌《ようぼう》、婦人《ふじん》の如《ごと》し」だったという。残念《ざんねん》なことに、この智《ち》謀《ぼう》に秀《ひい》でた美男子《びなんし》は、秀吉《ひでよし》が山陽戦線《さんようせんせん》（岡山《おかやま》、広島県《ひろしまけん》）の総大将《そうだいしょう》に出世後《しゅっせご》、前線《ぜんせん》で肺結核《はいけっかく》により若《わか》くして亡《な》くなってしまう。半兵衛《はんべえ》は人生《じんせい》の最盛期《さいせいき》を秀《ひで》吉《よし》に捧《ささ》げ、秀吉《ひでよし》が天下人《てんかびと》となるのを支《ささ》えたが、二人《ふたり》の努力《どりょく》が実《み》を結《むす》ぶのを見《み》ることはできなかった。だが、堕落《だらく》していく秀吉《ひでよし》の晩年《ばんねん》を見《み》ずに済《す》んだのは幸運《こううん》だったと言《い》えるだろう。

智慧系——竹中半兵衛

（一五四四～一五七九）

為主君鞠躬盡瘁是人們對武士的印象。一旦形成主從關係，便要以生命為代價完成主君交付的任務，至於主君是賢明或昏愚一概不論，事實上，武士擁有這等覺悟是進入江戶時代後的事。在紛亂的戰國時代，主君的愚賢將直接決定武將的命運，所以若侍奉的主君是個不得人望的昏君，武將或隱居自求多福，或改投他國另謀出路，甚至會以政變方式直接驅逐主君。在弱肉強食的戰國時代，具有看清時局的眼光非常重要，分析天下大勢、觀察主君的器量以保自身家族存續，這才是武士盡忠奉公的前提。戰國時代的智將不少，但一般人所熟稔的智將中有個堪比諸葛的超級明星——竹中半兵衛。

半兵衛是美濃國（岐阜縣）出身的地方武將。由於岳父安藤守是美濃三人眾之一，

半兵衛甚早就登上了主君斎藤家的政治舞台。織田信長在桶狹間大破來犯的今川義元後，便把攻勢轉北，以求早日打通上洛之道。在織田家怒濤般的侵攻中，半兵衛之智為主君斎藤家幫了大忙，使織田的美濃進出暫成僵局。但主君斎藤龍興是個沉溺酒色的昏君，對半兵衛的勸諫充耳不聞。半兵衛便思考用更激烈的方式敲山鎮虎。某日，半兵衛只帶了十六位隨從，以探病之名智取了號稱難攻不落的稻葉山城（岐阜城）。但他並非基於私慾而攻城，不久後便將稻葉山城還給主君，自己退隱地方。半兵衛清楚主君龍興終究是扶不起的阿斗，他能盡到的忠也不過如此而已。果然不久後，斎藤家就被信長所滅了。

但如此智將絕無埋沒之理。主家滅亡後的半兵衛，不但沒被信長究責，反而成為織田家臣，發配給前線的羽柴秀吉作為軍師。關於這一段經緯，由於江戶時代盛行三國志，穿鑿附會了不少三國的情節。但無論史實為何，秀吉是個值得託付的名君，半兵衛也願意為其鞠躬盡瘁，發揮其智，為秀吉開疆拓土奠定基礎。

據聞半兵衛的相貌秀麗如女子（その容貌、婦人の如し）。可惜這樣一位足智多謀的美男子，在秀吉升任山陽戰線（岡山、廣島縣）總大將後，便因肺結核早逝於前線。他將人生最精華的階段奉獻給秀吉，輔助其走向天下人之道，卻無緣看到與秀吉一起打的天下開花結果，不過看不到秀吉墮落腐敗的晚年，也算是一種幸運吧。

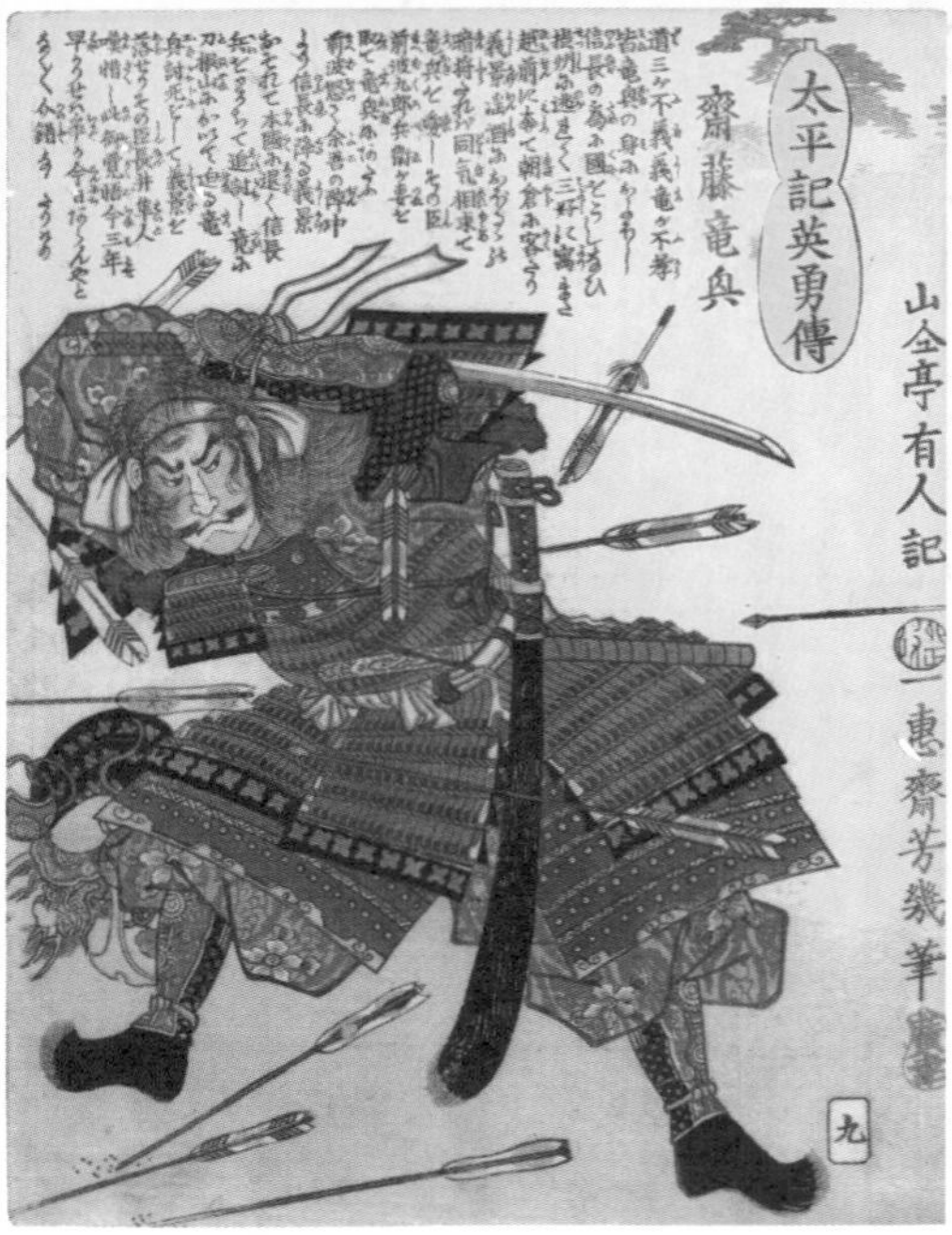

▲竹中半兵衛曾侍奉過但放棄之主君斎藤龍興（落合芳幾繪）©Wikipedia

單字與句型

單字

1. クーデター：政變
2. 器《うつわ》：器量
3. 見極《みきわ》める：看清
4. 諫《いさ》める：忠告、勸諫
5. 手荒《てあら》：粗暴的
6. 案《あん》の定《じょう》：一如所料
7. 日《ひ》の目《め》を見《み》：為世間所知

句型

- ～次第：依據～（前接名詞）
- ～ようがない：想要～也沒辦法
- ～であれ：不論～、即使～
- ～ずに済む：免於～

016

美少年系《びしょうねんけい》——森《もり》蘭《らん》丸《まる》

（一五六五～一五八二）

游翔皓／著
冨永圭太／譯

天正《てんしょう》十年《じゅうねん》六月《ろくがつ》二日《ふつか》、京都《きょうと》本能寺《ほんのうじ》。天下統一《てんかとういつ》を目前《もくぜん》にした織田信長《おだのぶなが》がわずか百人《ひゃくにん》余《あま》りの従者《じゅうしゃ》と夜《よる》を過《す》ごしていた。深夜《しんや》、本能寺《ほんのうじ》は明智光秀《あけちみつひで》率《ひき》いる一万《いちまん》余《あま》りの大軍《たいぐん》に包囲《ほうい》され、猛攻《もうこう》を受《う》けた。激《げき》怒《ど》した信長《のぶなが》は奮闘《ふんとう》し敵《てき》を倒《たお》すが、多勢《たぜい》に無勢《ぶぜい》[1]だった。そんな信長《のぶなが》の傍《そば》には、ある若《わか》い武士《ぶし》が片時《かたとき》[2]も離《はな》れずにいた。信長《のぶなが》は抵抗《ていこう》を諦《あきら》め、自害《じがい》を決《けつ》意《い》。自分《じぶん》の首《くび》が敵《てき》の手《て》に落《お》ちれば恥《は》ずかしめ[3]られると考《かんが》え、本能寺《ほんのうじ》に火《ひ》を放《はな》つことを命《めい》じた。信長《のぶなが》のこの生涯《しょうがい》最《さい》後《ご》の願《ねが》いを叶《かな》えたのが、信長《のぶなが》から厚《あつ》い信頼《しんらい》を受《う》けていたその武士《ぶし》、森蘭丸《もりらんまる》だった。

武士《ぶし》の時代《じだい》、主君《しゅくん》と「小姓《こしょう》」と呼《よ》ばれる側近《そっきん》[4]の少年《しょうねん》の間《あいだ》には、主従《しゅじゅう》の関《かん》係《けい》を越《こ》えた男同士《おとこどうし》の感情《かんじょう》が生《う》まれることがよくあった。主君《しゅくん》には常《つね》に傍《そば》で仕《つか》える側近《そっきん》が必要《ひつよう》だが、女《おんな》の召使《めしつか》いより武芸《ぶげい》に長《た》け[5]た武士《ぶし》の方《ほう》が主君《しゅくん》の身《み》を守《まも》りやすい。そこで、若《わか》くて忠誠心《ちゅうせいしん》のある美少年《びしょうねん》が小姓《こしょう》として最適《さいてき》だった。朝夕《あさゆう》を共《とも》にするため、主君《しゅくん》と小姓《こしょう》の間《あいだ》には主従《しゅじゅう》の関係《かんけい》を越《こ》えた感情《かんじょう》が生《う》まれやすい。戦国時代《せんごくじだい》には、恋文《こいぶみ》を交《か》わす主君《しゅくん》と小姓《こしょう》もいたことを示《しめ》す多《おお》くの記《き》録《ろく》が残《のこ》っている。だが、命《いのち》をもって君《くん》臣《しん》の絆《きずな》の深《ふか》さを示《しめ》した主君《しゅくん》と小姓《こしょう》とい

▲『太平記英雄傳』中的森蘭丸（歌川國芳繪）
© 東京都立圖書館 / Wikipedia

えば、本能寺《ほんのうじ》の変《へん》で最期《さいご》を遂《と》げた信長《のぶなが》と蘭丸《らんまる》がまず挙《あ》げられる。

当時《とうじ》、小姓《こしょう》は元服《げんぷく》（成人《せいじん》の式《しき》）後《ご》、一人前《いちにんまえ》の武士《ぶし》として重役《じゅうやく》を任《まか》されていたが、蘭丸《らんまる》の美貌《びぼう》は女《おんな》に勝《まさ》り、信長《のぶなが》は髪《かみ》を垂《た》らした蘭丸《らんまる》の姿《すがた》を特《とく》に好《この》んだため、元服《げんぷく》の歳《とし》を過《す》ぎた蘭丸《らんまる》を小姓《こしょう》のままにさせておいた。信長《のぶなが》がそこまで蘭《らん》丸《まる》を寵愛《ちょうあい》したのは、蘭丸《らんまる》の美貌《びぼう》が抜《ぬ》きん出《で》[6]ていただけでなく、信長《のぶなが》に対《たい》する固《かた》い忠誠心《ちゅうせいしん》と配慮《はいりょ》の深《ふか》さがあったからだ。こんな逸話《いつわ》がある。ある時《とき》、信《のぶ》長《なが》は切《き》り落《お》とした爪《つめ》を捨《す》てこいと蘭丸《らんまる》に命《めい》じた。散《ち》らばった爪《つめ》を拾《ひろ》うと、蘭丸《らんまる》は爪《つめ》が一《ひと》つ足《た》りないと信長《のぶなが》に言《い》った。敵《てき》の爪《つめ》や髪《かみ》で呪《のろ》いをかける時代《じだい》だったので、蘭丸《らんまる》はひどく焦《あせ》った。そこで、信長《のぶなが》が袖《そで》を一振《ひとふ》りすると、爪《つめ》が落《お》ちてきた。蘭丸《らんまる》は慎重《しんちょう》に全《すべ》ての爪《つめ》を集《あつ》め、庭《にわ》に穴《あな》を掘《ほ》って埋《う》めた。小姓《こしょう》が主《しゅ》君《くん》に懸命《けんめい》に尽《つ》くすのは当然《とうぜん》だが、主君《しゅくん》のことをここまで配慮《はいりょ》できるのは蘭丸《らんまる》くらいだろう。

蘭丸《らんまる》にとって信長《のぶなが》は単《たん》なる主君《しゅくん》でなかったのかもしれない。蘭丸《らんまる》は不平《ふへい》不満《ふまん》なく最後《さいご》まで信長《のぶなが》に仕《つか》えた。本能《ほんのう》寺《じ》の変《へん》で蘭丸《らんまる》に命《めい》じられた最後《さいご》の任務《にんむ》は、信長《のぶなが》が自害《じがい》できる時間《じかん》を稼《かせ》ぐために敵《てき》を食《く》い止《と》める[7]ことと、信長《のぶなが》の死《し》を確認《かくにん》後《ご》、火《ひ》を放《はな》つことだった。蘭丸《らんまる》はもちろん自分《じぶん》も敵《てき》に殺《ころ》されると分《わ》かっていた。だが、主君《しゅくん》を追《お》って黄泉《よみ》に行《い》けて幸《しあわ》せだったとも言《い》えるだろう。

美少年系——森蘭丸◆
（一五六五～一五八二）

天正十年六月二日，京都本能寺。即將一統天下的織田信長僅帶著百餘位隨從在此過夜。半夜，本能寺被部將明智光秀的萬餘人大軍包圍猛攻。盛怒的信長奮力殺敵，但終究敵眾我寡，大勢已定。在信長奮戰的身影旁，有位年輕武士一直隨侍左右，信長最終放棄抵抗決定自刃，因擔心自己的屍首落入叛敵手中會受盡侮辱，命令在本能寺放火，執行信長此生最後願望的便是這位深得信任的武士——森蘭丸。

在武士的時代，主君與稱為「小姓」的侍童之間，常有超越主僕關係的同性情誼出現。主君需要有人隨侍身旁。但比起侍女，精通武藝的武士更能貼身保護主君安全。年輕又忠誠的清秀美形男，便成為擔任小姓的最佳人選。朝夕相伴便容易發展出超越主僕間的感情，戰國時代有許多相關紀錄可證

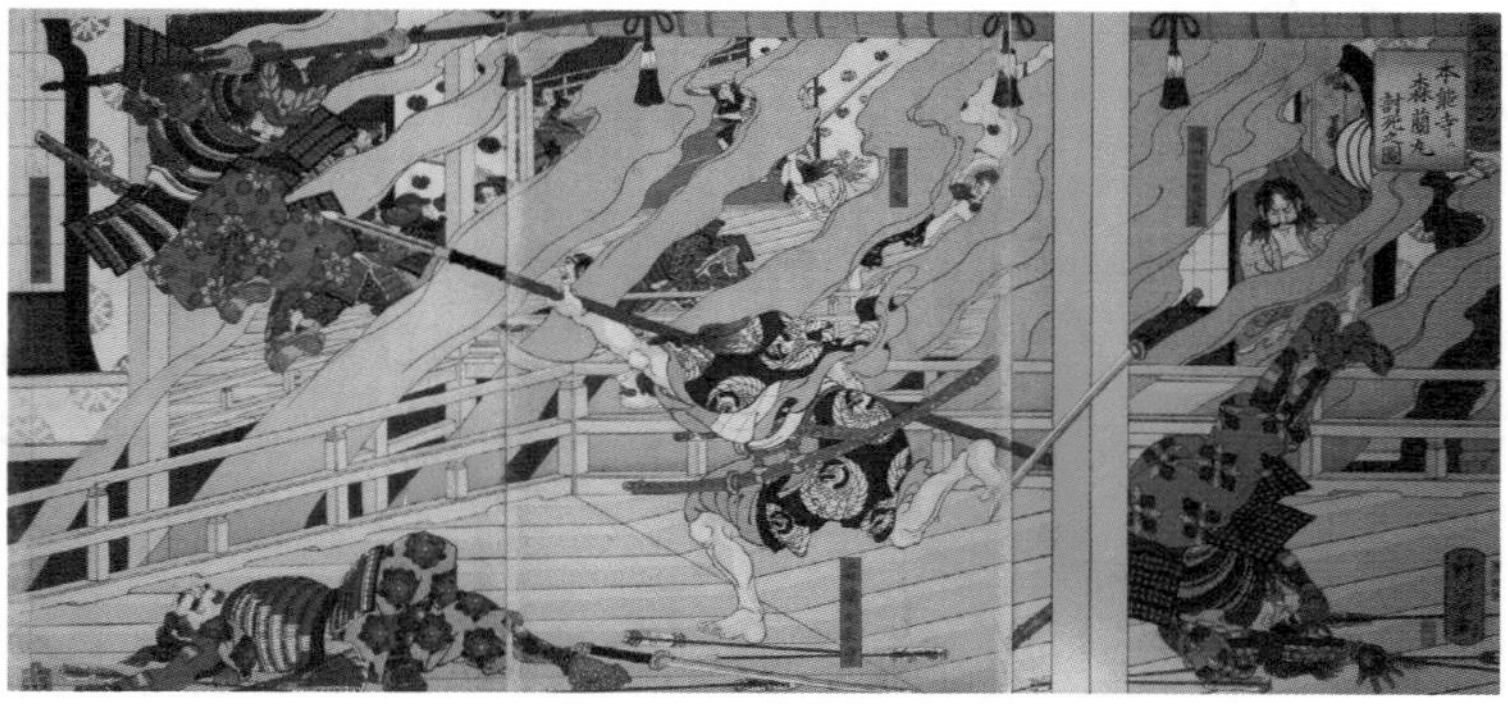
▲『豐臣勳功記』「本能寺二森蘭丸討死之図」於本能寺中決一死戰的森蘭丸（右田年英繪）©Wikipedia

實，有些主君與小姓間甚至還留有情書傳世。不過，說到以生命見證君臣情誼的，首推本能寺之變中的信長與蘭丸。

當時擔任小姓的侍童，在行元服之禮（成人禮）後，便被視為可獨當一面的武將而委以重任，但由於蘭丸的清秀遠勝女子，信長尤其喜歡蘭丸披髮的樣貌，所以即便蘭丸早過了元服的年紀，信長仍執意要他繼續以侍童的身分繼續擔任小姓。信長之所以如此鍾愛蘭丸並不只因他面貌出眾，蘭丸對信長除了無可動搖的忠誠之外，還極其細心。據說有次信長剪完指甲，要蘭丸拿去丟棄。蘭丸拿起了散落的指甲後，對信長說他所撿拾到的數量比信長剪下的少了一片，當時是個敵人可以透過指甲頭髮等物進行施咒的年代，所以蘭丸十分著急，此時信長一揮袖子，最後的那片指甲才落地。蘭丸於是小心翼翼將所有指甲收齊後至院子內挖洞埋藏。身為小姓盡心奉公本是理所當然，但會為主君設想到如此地步的，恐怕就只有蘭丸一個吧。

蘭丸眼中的信長，或許也不僅是個主君而已，他無怨無悔地守在信長身邊直到最後。本能寺之變中，蘭丸最後的任務是拖住敵人，讓信長有足夠的時間自刃，還要在確認信長身故後放火，蘭丸當然知道自己也會被來犯之敵殲滅，但能緊隨著主君踏上黃泉，也算得上一種幸福吧。

單字與句型

單字

1. 多勢《たぜい》に無勢《ぶぜい》：寡不敵眾
2. 片時《かたとき》：片刻
3. 恥《は》ずかしめる：侮辱
4. 側近《そっきん》：權貴之人的親近
5. 長《た》ける：擅長於
6. 抜《ぬ》きん出《で》る：超群、突出
7. 食《く》い止《と》める：防範

句型

- ～のまま：維持～的狀態（「のまま」前接名詞）
- ～くらい：也只有～了（表示程度之低、數量之少）

▲錦繪「本能寺焼討之図」3枚續（楊斎延一繪）©Wikipedia

017

仁《じん》愛《あい》の忠《ちゅう》臣《しん》系《けい》——

直《なお》江《え》兼《かね》続《つぐ》

（一五六〇～一六二〇）

游翔皓／著
冨永圭太／譯

武《ぶ》士《し》にとって忠《ちゅう》義《ぎ》は当《とう》然《ぜん》のことだ。主《しゅ》君《くん》にとって武《ぶ》士《し》の忠《ちゅう》義《ぎ》は能《のう》力《りょく》より重《じゅう》要《よう》だろう。平《へい》時《じ》は無《む》私《し》無《む》欲《よく》で主《しゅ》君《くん》に懸《けん》命《めい》に奉《ほう》仕《し》し、戦《せん》時《じ》は危《き》険《けん》を顧《かえり》み[1]ず勇《ゆう》敢《かん》に敵《てき》を倒《たお》す。これも忠《ちゅう》義《ぎ》と言《い》えるだろう。だが、亡《ぼう》国《こく》の危《き》機《き》に直《ちょく》面《めん》した場《ば》合《あい》、武《ぶ》士《し》はどうすれば忠《ちゅう》義《ぎ》を果《は》たせるのか。戦《せん》国《ごく》時《じ》代《だい》に軍《ぐん》神《しん》と称《しょう》された上《うえ》杉《すぎ》謙《けん》信《しん》は、越《えち》後《ごの》国《くに》（新《にい》潟《がた》県《けん》）に生《う》まれた。謙《けん》信《しん》は領《りょう》地《ち》拡《かく》張《ちょう》のための出《しゅっ》兵《ぺい》はせず、「信《しん》義《ぎ》」と「弱《じゃく》者《しゃ》救《きゅう》済《さい》」を特《とく》に重《おも》んじた。比《ひ》類《るい》のない謙《けん》信《しん》の軍《ぐん》事《じ》行《こう》動《どう》を支《ささ》えたのは、一《いっ》致《ち》団《だん》結《けつ》した家《か》臣《しん》団《だん》と、豊《ゆた》かではない越《えち》後《ご》の国《こく》土《ど》だった。そのため、謙《けん》信《しん》の死《し》後《ご》、後《こう》継《けい》者《しゃ》の上《うえ》杉《すぎ》景《かげ》勝《かつ》が引《ひ》き継《つ》いだ越《えち》後《ごの》国《くに》は資《し》源《げん》がほぼ枯《こ》渇《かつ》していた。幸《さいわ》い、景《かげ》勝《かつ》には常《つね》に、無《む》二《に》[2]の忠《ちゅう》臣《しん》、直《なお》江《え》兼《かね》続《つぐ》の支《ささ》えがあった。

謙《けん》信《しん》の死《し》後《ご》、上《うえ》杉《すぎ》家《け》は天《てん》下《か》統《とう》一《いつ》を目《め》指《ざ》す織《お》田《だ》信《のぶ》長《なが》によって絶《た》えず存《そん》続《ぞく》の危《き》機《き》に立《た》たされていた。そうした劣《れつ》悪《あく》な情《じょう》勢《せい》の中《なか》で登《とう》場《じょう》したのが兼《かね》続《つぐ》だ。兼《かね》続《つぐ》は謙《けん》信《しん》が残《のこ》した流《りゅう》儀《ぎ》と家《か》訓《くん》に則《のっと》り[3]、危《き》機《き》の迫《せま》る上《うえ》杉《すぎ》家《け》を支《ささ》えようとした。景《かげ》勝《かつ》と兼《かね》続《つぐ》の君《くん》臣《しん》は心《こころ》を一《ひと》つにし、耐《た》えて好《こう》機《き》を待《ま》った。そして豊《とよ》臣《とみ》秀《ひで》吉《よし》の時《じ》代《だい》になると、上《うえ》杉《すぎ》家《け》は危《き》機《き》から一《いっ》転《てん》、百万石級《ひゃくまんごくきゅう》の大大名《だいだいみょう》に上《のぼ》り詰《つ》め[4]、豊臣政権《とよとみせいけん》の重要《じゅうよう》な支柱《しちゅう》となった。

だが、兼続《かねつぐ》が支《ささ》える上杉家《うえすぎけ》は徳川家《とくがわいえ》康《やす》を筆頭《ひっとう》[5]とする武将勢力《ぶしょうせいりょく》と次第《しだい》に[6]相容《あいい》れなくなり、豊臣秀吉《とよとみひでよし》の死後《しご》、上《うえ》杉《すぎ》と徳川《とくがわ》の衝突《しょうとつ》が表面化《ひょうめんか》した。天下《てんか》の趨勢《すうせい》を決《き》めた一六〇〇年《ねん》の関《せき》ケ《が》原《はら》の戦《たたか》い。その導火線《どうかせん》となったのは、家康《いえやす》の野心《やしん》と不徳《ふとく》を批判《ひはん》した兼続《かねつぐ》の「直《なお》江状《えじょう》」だった。腹《はら》を立《た》てた家康《いえやす》は上杉《うえすぎ》家征伐《けせいばつ》の軍《ぐん》を挙《あ》げる。関《せき》ケ《が》原《はら》の戦《たたか》いは家康《いえやす》を筆頭《ひっとう》とする東軍《とうぐん》が勝利《しょうり》し、上杉《うえすぎ》家《け》は幸《さいわ》い減封処分《げんぽうしょぶん》で済《す》んだが、石高《こくだか》を四分《よんぶん》の一《いち》に減《へ》らされた。これは上杉家《うえすぎけ》の家臣《かしん》の四分《よんぶん》の三《さん》が領地《りょうち》を失《うしな》い、浪人《ろうにん》になることを意味《いみ》する。それでも兼続《かねつぐ》は景勝《かげかつ》を支《ささ》え続《つづ》けた。極力《きょくりょく》一人《ひとり》の家臣《かしん》も解雇《かいこ》せず、自《みずか》らの領地《りょうち》（山形県米沢《やまがたけんよねざわ》市《し》）を主君《しゅくん》に差《さ》し出《だ》した。また、大小《だいしょう》の家臣《かしん》と収入増《しゅうにゅうぞう》に努《つと》めた結果《けっか》、上杉家《うえすぎけ》は危機《きき》を乗《の》り越《こ》え、江戸時代《えどじだい》を迎《むか》えることができた。

上杉家《うえすぎけ》の愛《あい》と義《ぎ》は、謙信《けんしん》の流儀《りゅうぎ》を基《き》礎《そ》とし、景勝《かげかつ》の物事《ものごと》を貫《つらぬ》き通《とお》す意志《いし》によって一層輝《いっそうかがや》かしいものとなったが、その背後《はいご》には常《つね》に忠臣兼続《ちゅうしんかねつぐ》の支《ささ》えがあった。兼続《かねつぐ》は懸命《けんめい》に奉公《ほうこう》したが、死《し》後《ご》、直江家《なおえけ》は跡継《あとつ》ぎがなく断絶《だんぜつ》した。直江家《なおえけ》の主《あるじ》としては無念《むねん》[7]だったかもしれないが、上杉家《うえすぎけ》の家臣《かしん》として兼続《かねつぐ》が示《しめ》した忠義《ちゅうぎ》は間違《まちが》いなく武士《ぶし》の鑑《かがみ》だ。兼続《かねつぐ》の死《し》を知《し》り、普段《ふだん》は無表情《むひょうじょう》の景勝《かげかつ》も激《はげ》しく泣《な》いたという。得難《えがた》い忠《ちゅう》臣《しん》を失《うしな》った悲《かな》しみがあまりにも深《ふか》かったのだろう。

忠義仁愛系——直江兼続◆（一五六〇～一六二〇）

對武將而言忠義兩字理所當然；對主君而言，武將的忠義恐怕比能力更重要。平素無私無欲盡心奉公，戰時不顧安危奮勇殺敵，或許就可稱得上忠義，但當面臨亡國危機時，武士應該怎麼做，才對得起忠義兩個字呢？戰國時代的越後國（新潟縣），被奉為軍神的上杉謙信橫空出世。謙信不為領土野心而出兵，格外強調「信義」和「濟弱」，支撐他無與倫比的軍事行動的，是萬眾一心的家臣團以及算不上富庶的越後國。所以當他辭世後，後繼者上杉景勝接手的是幾乎已被榨乾資源的越後國，所幸景勝的身邊，有位無比忠義的家臣「直江兼

上杉景勝與直江兼續主從像，▶
位於山形縣米澤市松岬公園內 ©Shutterstock

續」一直支持著他。

謙信亡故後，欲統一天下的織田信長不斷逼迫上杉家的生存空間。兼續就是在這種惡劣局勢下登場。但他堅持用謙信遺留下來的作風和家訓，支撐起危在旦夕的上杉家。兼續與景勝君臣一心，苦撐待變。終於，進入豐臣時代後，上杉家轉危為安，晉升為百萬石等級的大大名，並成為豐臣政權的重要支柱。

但兼續所支撐的上杉家日益不見容於以德川家康為首的武將勢力。豐臣秀吉亡故後，上杉和德川的衝突浮上檯面。一六〇〇年決定未來天下大勢的關原之戰，導火線即是兼續在其「直江狀」中痛斥家康的野心及失德，惱羞成怒的家康因而糾眾討伐上杉家。關原之戰最終由德川為首的東軍獲勝，上杉家雖僥倖只被處以減封，但俸祿遽減為原來的四分之一。這意味著上杉家有四分之三的家臣將會失去領地淪為浪人。不離不棄的兼續繼續輔佐景勝，儘量不解雇任何家臣，將自己的領地（山形縣米澤市）供出給主君，帶領大小家臣一起努力增加經濟收入，使上杉家安然渡過危機邁入江戶時代。

直江兼続所用「金小札浅葱糸威二枚胴具足」▶
上杉神社所蔵品 ©Uesugishrine / Wikipedia

上杉家的愛與義，肇基於謙信的處事信念，發揚光大於及景勝的貫徹及堅持，但這背後，是忠義的兼續一直在默默予以支撐。兼續鞠躬盡瘁，死後卻因無人繼承，致使直江家斷絕。身為直江家當主，兼續或許留下了不少遺憾，但作為上杉家家臣，兼續的忠義無疑是武將的典範。據說，兼續過世時，平時面無表情的主君上杉景勝也為之痛哭，除了因兼續的辭世，恐怕也是為失去這段難逢的知遇而慟吧。

單字與句型

單字

1. 顧《かえり》みる：在意、擔心
2. 無二《むに》：唯一
3. 則《のっと》る：遵循
4. 上《のぼ》り詰《つ》める：升到最高位
5. 筆頭《ひっとう》：為首
6. 次第《しだい》に：逐漸
7. 無念《むねん》：遺憾

句型

- ～あまりにも：太過～

◀ 米澤城下町法泉寺庭園的直江兼續詩碑 ©Shutterstock

018

渋《しぶ》いおっさん系《けい》——

桂《かつら》小《こ》五《ご》郎《ろう》

（一八三三〜一八七七）

游翔皓／著
冨永圭太／譯

「命《いのち》あっての物種《ものだね》」という諺《ことわざ》がある。危険《きけん》な時《とき》に「逃《に》げる」のは恥《はじ》だが役《やく》に立《た》つということだ。

だが、このような人生哲《じんせいてつ》学《がく》は日本《にほん》では卑怯者《ひきょうもの》の考《かんが》え方《かた》とされる。正々堂々《せいせいどうどう》と戦《たたか》いを受けて立《た》ち、多《た》勢《ぜい》に無勢《ぶぜい》でも戦《たたか》って死《し》ぬ。これこそ称賛《しょうさん》に値《あたい》する[1]模範的行為《もはんてきこうい》とされる。しかし、日《に》本《ほん》の歴史上《れきしじょう》には危険《きけん》を避《さ》けることの重《じゅう》要性《ようせい》を理解《りかい》していた人物《じんぶつ》もいた。悲劇《ひげき》の英雄《えいゆう》を尊《たっと》ぶ[2]日本人《にほんじん》に好《す》かれるとは限《かぎ》らないが、伝統的《でんとうてき》な考《かんが》え方《かた》とは違《ちが》う知恵《ちえ》を示《しめ》したのは事実《じじつ》だ。幕末《ばくまつ》に「逃《に》げの小五郎《こごろう》」と呼《よ》ばれた長州藩《ちょうしゅうはん》の武《ぶ》士《し》、桂小五郎《かつらこごろう》はまさにそうした人物《じんぶつ》の一人《ひとり》だ。

長州藩《ちょうしゅうはん》は関《せき》ヶ原《がはら》の戦《たたか》いで徳川家《とくがわけ》に敗《やぶ》れ、徳川幕府《とくがわばくふ》の時代《じだい》になってからも常《つね》に不服《ふふく》だった。代々《だいだい》の家臣《かしん》には幕府打《ばくふだ》倒《とう》の志《こころざし》もあったが、太平《たいへい》の世《よ》では謀反《むほん》したくても機会《きかい》がなく、とりあえず[3]諦《あきら》めるしかなかった。だが、黒船《くろふね》が来航《らいこう》し、世《よ》の中《なか》が揺《ゆ》れ動《うご》き始《はじ》めると、これを好機《こうき》と見《み》た反幕《はんばく》の志士《しし》が京都《きょうと》に結集《けっしゅう》し、将軍《しょうぐん》の代《か》わりに天皇《てんのう》をトップに据《す》えて日本《にほん》を立《た》て直《なお》そうとした。長州《ちょうしゅう》の上級武士《じょうきゅうぶし》の家《いえ》に生《う》まれた桂小五郎《かつらこごろう》は、その血筋《ちすじ》からして幕府《ばくふ》に恭順《きょうじゅん》なはずがなく、事務方《じむかた》として京都《きょうと》にいる間《あいだ》に倒《とう》幕《ばく》に関《かか》わるようになったのも自然《しぜん》な成《な》り行《ゆ》きだった。

当時《とうじ》、幕府《ばくふ》は力《ちから》を増《ま》す維新勢力《いしんせいりょく》を厳《きび》しく取《と》り締《し》まり、京都《きょうと》で活動《かつどう》する志《し》士《し》は危険《きけん》にさらされ[7]ていった。兵力《へいりょく》で勝《まさ》る治安部隊《ちあんぶたい》を前《まえ》に、志士《しし》の大半《たいはん》は無念《むねん》を抱《いだ》きながらも死《し》んで名《な》を残《のこ》そうとした。だが、桂小五郎《かつらこごろう》は危険《きけん》を察知《さっち》すると本能的《ほんのうてき》に逃《に》げた。京都《きょうと》の旅館《りょかん》・池田屋《いけだや》に集《あつ》まっていた維新派《いしんは》の志士《しし》を新選組《しんせんぐみ》が襲撃《しゅうげき》した一八六四年《ねん》の池田屋《いけだや》事件《じけん》の時《とき》、会合《かいごう》に遅《おく》れた桂小五郎《かつらこごろう》は近《ちか》くまで来《き》たところで異変《いへん》に気《き》づいた。一緒《いっしょ》にいた同志《どうし》は助《たす》けに入《はい》ろうとしたが、桂小五郎《かつらこごろう》はすぐに逃《に》げた。

死《し》ぬのが怖《こわ》かったからではない。「倒幕《とうばく》と維新《いしん》」という大志《たいし》を実現《じつげん》するまでは血気《けっき》の勇《ゆう》にはやっ[5]て危険《きけん》な状《じょう》況《きょう》に身《み》を置《お》いてはならないと考《かんが》えていたのだ。このような考《かんが》え方《かた》には異論《いろん》もあろうが、桂小五郎《かつらこごろう》が逃《に》げ続《つづ》けることで力《ちから》を蓄《たくわ》えていったのは事実《じじつ》だ。桂小《かつらこ》五郎《ごろう》の主導《しゅどう》により、長州藩《ちょうしゅうはん》は宿敵《しゅくてき》の薩《さつ》摩藩《まはん》と手《て》を組《く》む。「薩長同盟《さっちょうどうめい》」はその後《ご》、幕府《ばくふ》を倒《たお》し日本《にほん》を前進《ぜんしん》させる原動《げんどう》力《りょく》となった。

桂小五郎《かつらこごろう》は「大道《だいどう》行《ゆ》くべし、又《また》何《なん》ぞ防《ふせ》げん」という言葉《ことば》を残《のこ》している。人《じん》生《せい》で最《もっと》も重要《じゅうよう》なのは、自《みず》らが選《えら》んだ道《みち》を堂々《どうどう》と歩《あゆ》み、何《なに》にも邪魔《じゃま》させないことという意味《いみ》だ。この言葉《ことば》には桂小五《かつらこご》郎《ろう》の人生哲学《じんせいてつがく》が表《あらわ》れている。桂小五郎《かつらこごろう》のような真《しん》の勇者《ゆうしゃ》にとっては、自《みず》らの大志《たいし》に恥《は》じる[6]ことがなければ、流言《りゅうげん》蜚語《ひご》など取《と》るに足《た》らない[7]のだ。

▲ 桂小五郎與伊藤博文學（後排右）等人攝於 1870 年 © 国立歴史民俗博物館 - 侯爵家のアルバム / Wikipedia

▲ 岩倉使節團。從左至右為桂小五郎、山口尚芳、岩倉具視、伊藤博文、大久保利通 ©Wikipedia

成熟帥氣大叔系——桂小五郎◆（一八三三～一八七七）

俗話說「留得青山在不怕沒柴燒」。危

難之際，「逃跑」雖然可恥卻似乎有效。，但在日本文化中，此種人生哲學卻被認為是卑怯者的思考方式。堂堂正正地迎戰，即使寡不敵眾力戰而亡，卻是值得敬佩的典型。不過，在日本歷史上也有熟稔趨吉避凶之道者。雖然未必受到崇尚悲劇英雄的日本人所青睞，卻也展現出不同於傳統觀念的智慧。幕末，一位被嘲笑為「逃げの小五郎」（逃跑的小五郎）的長州藩武士-桂小五郎，正是其中著名的一位。

長州藩自從關原之戰敗給德川家之後，在德川幕府時代一直懷有不服之心，所以世代的家臣也在潛意識中以打倒幕府為職志。無奈天下太平，想造反也找不到機會，只好暫且將大志擱置。直到黑船襲來，天下震動。反幕志士看到機會，聚集於京都，期望能以天皇取代幕府將軍，重振日本。桂小五郎出身自長州的上級武士家，基因上就不可能是對幕府恭順，所以當他被派駐京都處理事務時，自然也把觸角延伸至倒幕。

當時的幕府嚴格取締日益坐大的維新勢力，因此志士在京都的活動日益危險。志士在面對優勢的取締兵力時，心中所想大多是今生遺憾但求人死留名。不過，桂小五郎一嗅到危險，本能的反應就是逃。一八六四年池田屋事件中，新選組取締了聚集於京都池田屋的維新志士。桂小五郎當日本應出席，但因為遲到，抵達時發現周遭有異狀。同行的同志有人想衝進去救人，桂小五郎卻是立刻逃離現場。

桂小五郎之所以逃離現場，並非因為貪生怕死，而是為實踐「倒幕與維新」這個大志。為此，他不能因血氣之勇使自己身陷險境。此般價值觀或有爭議，但他確實在一次次的逃跑中保全了自己，保留了實力。在他的主導下，長州藩與宿敵薩摩藩攜手合作。「薩長同盟」成為日後打倒幕府，推動日本向前的原動力。

▲明治5年4月於美國華盛頓 ©Wikipedia

桂小五郎曾說「大道行くべし、又何ぞ防げん」。人生最重要的就是在自己認定的大道之上昂首闊步，為此不能受任何妨礙所阻。這句話展現了桂小五郎的人生哲學。對於像桂小五郎這般真正的勇者，只要無愧於自己心中的大志，流言蜚語皆不值一提。

單字與句型

單字

1. 値《あたい》する：值得
2. 尊《たっと》ぶ：尊崇
3. とりあえず：姑且
4. さらされる：置身、曝露於不利的狀況中（「さらす」的被動式）
5. 血気《けっき》の勇《ゆう》にはやる：逞一時之勇
6. 恥《は》じる：感到羞恥
7. 取《と》るに足《た》らない：不足掛齒

句型

- ～とは限《かぎ》らない：不見得～
- ～からして：從～來判斷
- ～はずがない：不可能～
- ～たところで：～的時候，卻（含有逆接語氣）

019

うつ美《び》男《なん》子《し》系《けい》――

土《ひじ》方《かた》歳《とし》三《ぞう》

（一八三五～一八六九）

游翔皓／著
冨永圭太／譯

男《おとこ》は人生《じんせい》で何《なに》を追《お》いめるべきだろうか。その答《こた》えは十人十色《じゅうにんといろ》[1]かもしれないが、「美《うつく》しさ」と答《こた》える人《ひと》がいるとは思《おも》わないだろう。しかし、今《いま》から約百五十年前《やくひゃくごじゅうねんまえ》の日本《にほん》に、こんな言葉《ことば》を残《のこ》した美男子《びなんし》がいた。「男《おとこ》の一生《いっしょう》は、美《うつく》しさをつくるためのものだ。俺《おれ》はそう信《しん》じている。」その男《おとこ》とは新選組副長《しんせんぐみふくちょう》の土方歳三《ひじかたとしぞう》だ。

歳三《としぞう》は江戸城《えどじょう》に近《ちか》い豪農《ごうのう》に生《う》まれた。江戸時代《えどじだい》の農家《のうか》に十人兄弟《じゅうにんきょうだい》の末《すえ》っ子《こ》として生《う》まれれば、普通《ふつう》なら他《ほか》の農《のう》家《か》に養子《ようし》に出《だ》されるか、しがない[2]仕《し》事《ごと》で糊口《ここう》をしのぎ[3]平凡《へいぼん》な人生《じんせい》を終《お》えるところだが、幕末《ばくまつ》の乱世《らんせ》がこの農家《のうか》の青年《せいねん》の運命《うんめい》を変《か》えた。幕府《ばくふ》は尊皇攘《そんのうじょう》夷《い》を掲《かか》げ[4]勢力《せいりょく》を拡大《かくだい》する京都《きょうと》の浪人《ろうにん》志士《しし》を鎮圧《ちんあつ》するため、関東《かんとう》の農村《のうそん》の青《せい》年《ねん》を集《あつ》めて軍事警察《ぐんじけいさつ》を組織《そしき》することを決定《けってい》。好機到来《こうきとうらい》と見《み》た歳三《としぞう》は、親友《しんゆう》の近藤勇《こんどういさみ》や剣道場《けんどうじょう》の仲間《なかま》と新結成《しんけっせい》された「新選組《しんせんぐみ》」に入《はい》り、やがて[5]近藤勇《こんどういさみ》と共《とも》にリーダー格《かく》になった。

新選組《しんせんぐみ》は当初《とうしょ》、京都《きょうと》の治安《ちあん》を維持《いじ》するために幕府《ばくふ》が数多《かずおお》く組織《そしき》した部隊《ぶたい》の一《ひと》つに過《す》ぎなかった。歳三《としぞう》は、厳格《げんかく》な規律《きりつ》を敷《し》き、強力《きょうりょく》な部隊《ぶたい》にしなければ、新選組《しんせんぐみ》が功績《こうせき》を上《あ》げ頭角《とうかく》を現《あらわ》すことはできないと分《わ》かっていた。そこで歳三《としぞう》は「局中法度《きょくちゅうはっと》」の制定《せいてい》を主導《しゅどう》。また、美的感覚《びてきかんかく》が鋭《するど》かった歳三《としぞう》は、赤地《あかじ》に金《きん》字《じ》の「誠《まこと》」を入《い》れた旗《はた》と水色《みずいろ》の羽織《はおり》を新選組《しんせんぐみ》のシンボルにした。

規律《きりつ》と宣伝《せんでん》を強化《きょうか》したことで新選《しんせん》組《ぐみ》はさらに力《ちから》を増《ま》した。一八六四年《ねん》の池田屋事件《いけだやじけん》では、京都《きょうと》に火《ひ》を放《はな》ち天皇《てんのう》を拉致《らち》し[6]ようとした倒幕派浪人《とうばくはろうにん》の計《けい》画阻止《かくそし》に成功《せいこう》。この功績《こうせき》により新選組《しんせんぐみ》は幕府《ばくふ》に重要視《じゅうようし》されるようになり、その後《ご》の禁門《きんもん》の変《へん》などの重大《じゅうだい》な事件《じけん》でも重要《じゅうよう》な役割《やくわり》を果《は》たした。また、歳三《としぞう》は「旗本《はたもと》」という武士《ぶし》の身分《みぶん》も得《え》た。農《のう》家《か》の末《すえ》っ子《こ》だった歳三《としぞう》にとって大変名《たいへんめい》誉《よ》なことだった。

だが、時代《じだい》は倒幕《とうばく》に傾《かたむ》い[7]ていた。歳三《としぞう》ら新選組《しんせんぐみ》は、鳥羽伏見《とばふしみ》の戦《たたか》いがあった京都近郊《きょうときんこう》から蝦夷地《えぞち》（北海道《ほっかいどう》）へと、破竹《はちく》の勢《いきお》いの新政府軍《しんせいふぐん》にどんどん追《お》い詰《つ》められていった。歳三《としぞう》は新政府《しんせいふ》に対抗《たいこう》するため蝦夷共和国《えぞきょうわくに》を設立《せつりつ》したが、新政府軍《しんせいふぐん》の攻撃《こうげき》を受《う》けることになった。五稜郭《ごりょうかく》の戦《たたか》いでは多勢《たぜい》に無勢《ぶぜい》だったが、歳三《としぞう》は戦《たたか》って死《し》ぬことを選《えら》び、壮烈《そうれつ》な最期《さいご》を遂《と》げた。

歳三《としぞう》には洋式《ようしき》の軍服姿《ぐんぷくすがた》で座《すわ》る有名《ゆうめい》な写真《しゃしん》が残《のこ》っており、そこには気概《きがい》に溢《あふ》れた姿《すがた》が写《うつ》っている。歳三《としぞう》は洋式軍服《ようしきぐんぷく》の凛々《りり》しさ[8]に惚《ほ》れ込《こ》んでいたようだが、歳三《としぞう》が軍服姿《ぐんぷくすがた》で伝《つた》えたかったのは、世《よ》の中《なか》がどれほど酷《ひど》くても、世《よ》の中《なか》を変《か》えられなくても、美《うつく》しく生《い》きたいということだった。美《うつく》しく生《い》き、美《うつく》しく死《し》ぬ。歳三《としぞう》はその美学《びがく》を貫《つらぬ》いたのだ。

▲ 新選組隊士的穿著（蠟像）
©Wikipedia

▲ 新選組旗幟
©Wikipedia

憂鬱美男子系——土方歲三◆

（一八三五～一八六九）

思考一下什麼是男人應該追求的人生目標吧！或許每個人有不同答案，但很難想像「美的追求」會是其中之一。然而，距今約一百五十年前的日本。一位公認的美男子卻這麼說：「男の一生は、美しさをつくるためのものだ。俺はそう信じている。」（我相信男人畢生的目標，就是要創造美的事物。）這位堅信男人畢生的目標，就是新選組的副長土方歲三。

歲三出生於江戶城近郊的一個豪農之家，在十人兄弟中排行老么，這樣的條件在江戶時代的農村，不是過繼給其他農家，就是做些小手工餬口，平淡過完一生。但幕末的亂世給了這位農村青年不一樣的機運。幕府為了壓制在京都打著尊王攘夷大旗卻日益囂張的浪人志士，決定從關東農村招募一批青年，訓練後以軍事警察的身分前往京都進行鎮壓。歲三清楚他的機會來了，他與好友近藤勇，及一批在道館練劍的同志一同加入這個新挑選而成立的「新選組」，並與近藤勇快速取得領導地位。

初期的新選組不過是幕府為維持京都秩序的諸多道具之一。歲三知道他必須為整個組織立下嚴格的紀律和規範，將組員統整成一股強大的力量，新選組才可能脫穎而出、建功立業。在他的主導下「局中法度」制定了，此外，對美學敏感的歲三，選擇了紅底金字的「誠」字旗及水藍色羽織做為新選組的標記。

強化了紀律和宣傳後的新選組果然如虎添翼。在一八六四年的池田屋事件中，新選組取締了計畫火燒京都，挾持天皇的倒幕派浪人。憑藉這項功績，幕府對新選組日益重視。後來的禁門之變等重大事件中，新選組也扮演重要的角色。歲三甚至獲得「旗本」的武士地位，對農家末子出身的他可謂莫大的榮耀。

終究，歷史的大勢是偏向倒幕的。面對勢不可擋的新政府軍，歲三和新選組節節敗退。從京都近郊的伏見鳥羽之戰開始，一路退至蝦夷地（北海道）。他策劃成立蝦夷共和國力圖與新政府對抗，無奈最終仍被新政府軍攻滅。在五稜郭之役，儘管敵眾我寡大勢已定，歲三仍選擇力戰而亡，用壯烈之美為此生畫下句點。

歲三有張著名的洋式軍裝坐姿照，照片裡的他氣宇軒昂，西洋軍服的英挺固然深深吸引了歲三，但他更想透過戎裝的姿態，向世人傳達一件事——他或許無法改變世道，但世道再糟，他仍想創造美麗的人生。美麗的活著，美麗的死去，這就是歲三所堅持的美學。

▲ 土方歲三最著名之西式軍服照
©Wikipedia

單字與句型

單字

1. 十人《じゅうにん》十色《といろ》：一種米養百種人、人個有志
2. しがない：無聊的、不起眼的
3. しのぐ：忍耐
4. 掲《かか》げる：揭示
5. やがて：終於
6. 拉致《らち》する：綁架
7. 傾《かたむ》く：傾向
8. 凜々《りり》しさ：威嚴凜然（形容詞「凜々しい」的名詞化）

句型

- ～べき：應當
- ～ところだが：原本應該是～但
- ～にすぎない：不過只是～

020

風流《ふうりゅう》なダメンズ系《けい》――

高杉晋作《たかすぎしんさく》

（一八三九～一八六七）

游翔皓／著
冨永圭太／譯

若《わか》い時《とき》は破茶滅茶《はちゃめちゃ》[1]なくらいがいい。特《とく》に、時《じ》代《だい》の先《さき》を行《ゆ》く聡明《そうめい》な若者《わかもの》には狂気《きょうき》じみ[2]たところがあるもので、普通《ふつう》でない振《ふ》る舞《ま》いをして世間《せけん》に疎《うと》まれやすい。だが、そうした狂気《きょうき》の裏《うら》には往々《おうおう》にして[3]勇猛果断《ゆうもうかだん》な気概《きがい》と情熱《じょうねつ》がある。幕末《ばくまつ》の長州藩《ちょうしゅうはん》（現在《げんざい》の山口県《やまぐちけん》）からは英雄《えいゆう》が輩出《はいしゅつ》されたが、中《なか》でも精彩《せいさい》を放《はな》つのが高杉晋作《たかすぎしんさく》だ。晋作《しんさく》はまさに前述《ぜんじゅつ》したような若者《わかもの》だった。

晋作《しんさく》は長州藩《ちょうしゅうはん》の上級武士《じょうきゅうぶし》の家《いえ》に生《う》まれた。親《おや》たちが敷《し》くレールに従《したが》っていれば安定《あんてい》した人生《じんせい》を送《おく》ることができたが、晋作《しんさく》は平坦《へいたん》で退屈《たいくつ》な人生《じんせい》など望《のぞ》んでいなかった。師《し》・吉田松陰《よしだしょういん》と出会《であ》い、松陰《しょういん》の「草莽崛起《そうもうくっき》」の思想《しそう》に目《め》を開《ひら》かされた晋作《しんさく》。長州藩《ちょうしゅうはん》の上級武士《じょうきゅうぶし》として衣食《いしょく》に困《こま》らず、将来《しょうらい》は要職《ようしょく》に就《つ》くこともできたが、晋作《しんさく》にとっては既存《きぞん》のあらゆるものがつまらなくて、息苦《いきぐる》しかった。松陰《しょういん》は幕府《ばくふ》に処刑《しょけい》され、長州藩《ちょうしゅうはん》は守旧派《しゅきゅうは》が実権《じっけん》を握《にぎ》り、反対勢力《はんたいせいりょく》の改革派《かいかくは》を全面的《ぜんめんてき》に弾圧《だんあつ》し始《はじ》めた。

このような状況下《じょうきょうか》で、晋作《しんさく》の中《なか》にあった反抗的《はんこうてき》な狂気《きょうき》は抑《おさ》えつけられ[4]、晋作《しんさく》は道楽《どうらく》[5]に現《うつつ》を抜《ぬ》かす[6]ようになり、本来《ほんらい》の志《こころざし》を見失《みうしな》ってしまった。晋作《しんさく》が作《つく》った都々逸《どどいつ》の一節《いっせつ》「三千世界《さんぜんせかい》の鴉《からす》を殺《ころ》しぬしと朝寝《あさね》をしてみたい」か

功山寺舉兵像 ▶
©663highland / Wikipedia

らは、この世《よ》の中《なか》を変《か》えられないのなら、とことん愛《あい》と情《じょう》欲《よく》の世界《せかい》に浸《ひた》ってやるという当時《とうじ》の心境《しんきょう》が窺《うかが》える。

だが、天才《てんさい》が堕落《だらく》していくことを天《てん》は許《ゆる》さなかったようだ。晋作《しんさく》は長州藩《ちょうしゅうはん》守旧派《しゅきゅうは》による改革派《かいかくは》弾圧《だんあつ》に耐《た》えかね、功《こう》山寺《ざんじ》で挙兵《きょへい》した。これに先立《さきだ》ち、晋作《しんさく》は藩内《はんない》で「奇兵隊《きへいたい》」を結成《けっせい》していた。松陰《しょういん》の草莽崛起《そうもうくっき》の考《かんが》えを受《う》け継《つ》ぎ、志《こころざし》さえあれば武士《ぶし》以外《いがい》の身分《みぶん》の者《もの》も加入《かにゅう》できた部隊《ぶたい》で、晋作《しんさく》にとって退屈《たいくつ》な世《よ》の中《なか》を一掃《いっそう》するための手段《しゅだん》でもあった。晋作《しんさく》は長州藩《ちょうしゅうはん》守旧《しゅきゅう》派《は》を倒《たお》し、長州藩《ちょうしゅうはん》は倒幕《とうばく》の急先鋒《きゅうせんぽう》となった。

この動《うご》きを幕府《ばくふ》が放置《ほうち》するはずはなかった。一八六六年《ねん》の第二次《だいにじ》長州征《ちょうしゅうせい》討《とう》。幕府軍《ばくふぐん》は強大《きょうだい》で、将軍《しょうぐん》・家茂《いえもち》が自《みずか》ら大阪城《おおさかじょう》で指揮《しき》をとった。長州藩《ちょうしゅうはん》はかつてない[7]滅亡《めつぼう》の危機《きき》に直面《ちょくめん》したが、晋作《しんさく》は彼《かれ》の狂気《きょうき》に感染《かんせん》した奇兵隊《きへいたい》の仲《なか》間《ま》らと共《とも》に、四境戦争《しきょうせんそう》と呼《よ》ばれる長州《ちょうしゅう》防衛戦《ぼうえいせん》で奇跡的《きせきてき》に幕府軍《ばくふぐん》を撃退《げきたい》し、長《ちょう》州《しゅう》の危機《きき》を救《すく》った。この戦《たたか》いは晋作《しんさく》の生涯《しょうがい》のピークで、晋作《しんさく》の狂気《きょうき》が最《もっと》も炸《さく》裂《れつ》した舞台《ぶたい》でもあった。

晋作《しんさく》の辞世《じせい》の句《く》「面白《おもしろ》き事《こと》もなき世《よ》を面白《おもしろ》くすみなすものは心《こころ》なりけり」には、「つまらない世《よ》の中《なか》を面白《おもしろ》くしてやる」という激《はげ》しい心《こころ》の叫《さけ》びと、それができるかは心持《こころも》ち[8]次第《しだい》という考《かんが》えが表現《ひょうげん》されている。晋作《しんさく》は天才《てんさい》かつ狂人《きょうじん》、そして地《ち》に足《あし》のついた情熱家《じょうねつか》だった。

頹廢風流系——高杉晉作（一八三九～一八六七）

人不輕狂枉少年，而年少早慧、具超越時代眼光之人更難免有些狂氣，容易因行事作風異於大眾而不見容於當世，但其狂妄下隱藏的是勇敢果決的霸氣及熱情。幕末的長州藩（山口縣）可謂英雄輩出，「高杉晉作」便是其中耀眼的一位，上述特質幾乎就是他的寫照。

晉作出身自藩內上級武士家庭，原本他只要聽從長輩的安排便可過著一帆風順的人生，但他所求的並非平順卻無趣的一生。當他接觸到吉田松陰老師及其「草莽崛起」的思想後，晉作的視野及思路都被打開了。儘管身為藩內的上級武士衣食無缺，未來還可望身居要職，但舊有的一切無趣地令他窒息。老師吉田松陰被幕府治罪，處以死刑；

藩內的保守派掌握權力，全面鎮壓企盼革新的反對勢力。

晉作處於這樣的高壓之下，桀敖不馴的狂被壓抑成近乎出世的玩物喪志。「三千世界の鴉を殺し　ぬしと朝寝をしてみたい」[1]（殺盡三千世界鴉，與君相伴至天明），這首「都々逸」[2]寫出了他當時的心境：既然自己無力改變這個世道，那就乾脆縱情於兒女情長，專注於情慾的世界吧。

▲ 奇兵隊隊員合照 ©Wikipedia

天道似乎不允諾天才自甘墮落。晉作終究無法坐視藩內保守勢力對改革派的追殺。他毅然崛起，在「功山寺」舉兵。先前，他在藩內組織了「奇兵隊」，秉承松陰老師草莽崛起的思想，不侷限武士，不問出身，只要心懷忠義大志者皆可參加。這支部隊成為晉作掃蕩這個無聊世界的利器。功山寺舉兵後，晉作推翻了藩內保守勢力，長州藩躍升為倒幕的急先鋒。

幕府當然不會坐視不管。一八六六年的第二次長州征討，幕府聲勢浩大，連將軍家茂都親自到大阪城坐鎮指揮，長州藩面臨空前的亡國危機。但晉作的狂感染了整個奇兵隊。在被稱作四境戰爭的長州保衛戰中，晉作和他的奇兵隊奇蹟似地擊退幕府軍的侵攻，讓長州轉危為安。這場仗是晉作生涯的高峰，也是晉作之狂的最佳舞台。

「面白き事もなき世を面白く　すみなすものは心なりけり」。晉作的辭世和歌說出了他一生中最激情的吶喊，讓無趣的世道變得有趣。能實現此志的關鍵無非一念而已。他是天才、是狂人，更具有入世的熱情。

【備註】

1. 當我決定捨棄一切與妳廝守，我將不容任何事物拆散我倆。若遇任何阻礙，我將毫不留情地一掃而空。晉作以此表達出他的「出世之狂」。
2. 彈奏琵琶時伴唱的歌謠

單字與句型

單字

1. 破茶滅茶《はちゃめちゃ》：行為脫離常軌的樣子
2. じみる：帶著～味道的、散發～感覺的，前面的名詞傾向負面
3. 往々《おうおう》にして：經常、往往
4. 抑《おさ》えつけられる：被強力壓制（「抑えつける」的被動式）
5. 道楽《どうらく》：酒色、賭博等玩樂之事
6. 現《うつつ》を抜《ぬ》かす：完全沉迷於某事物中
7. かつてない：以往從未有過的
8. 心持《こころも》ち：心態

句型

- ～かねる：難以～的

▲ 萩市晉作廣場之高杉晉作立志像 ©Shutterstock

Part.4

不讓鬚眉的女傑

誰說日本女性都要百依百順?從日本開國到大奧的終焉，歷史的重要時刻裡，女性從不缺席。觥籌交錯間為家國斡旋，那很好；追求愛情與幸福婚姻，那也很好，巾幗、才女、賢妻，任何選擇都不該被套入框架來定義，因為每個為了不負此生拚命而活的妳，都是那樣美麗。九位奇女子的故事告訴你，盡情地，去活成自己想要的樣子吧!

深居宮幃肩挑國之興衰的傳奇巫女——卑弥呼

隨筆平安時期風花雪月——清少納言

寫盡平安王朝璀璨繁華——紫式部

用真愛譜寫精采人生的「惡女」——北条政子

天下霸主秀吉患難與共之妻——寧寧

戰國第一美女·兄長織田信長的武器——市

從公主到國母擊敗不運宿命——江

操持大奧的女皇帝——春日局

為大奧留下美麗句點的女豪傑——篤姫

宮殿《きゅうでん》の奥《おく》から国《くに》の繁栄《はんえい》を支《ささ》えた伝説《でんせつ》の巫女《みこ》——

卑弥呼《ひみこ》

（一七〇～二四八）

游翔皓／著
冨永圭太／譯

021

各民族《かくみんぞく》の歴史《れきし》を見《み》てみると、最初《さいしょ》に狩猟《しゅりょう》・採集《さいしゅう》の段階《だんかい》があり、続《つづ》いて農耕《のうこう》に移《うつ》ったことが分《わ》かる。日本《にほん》で狩猟《しゅりょう》・採集《さいしゅう》が行《おこな》われていた時代《じだい》は縄文時代《じょうもんじだい》と呼《よ》ばれる。日本《にほん》では長《なが》い縄文時代《じょうもんじだい》を経《へ》て、今《いま》から約三千年前《やくさんぜんねんまえ》に稲作《いなさく》が始《はじ》まり、弥生時代《やよいじだい》に入《はい》った。生産様式《せいさんようしき》の変化《へんか》により大規模《だいきぼ》な集落《しゅうらく》、階級《かいきゅう》、戦争《せんそう》が生《しょう》じ、弥生後期《やよいこうき》になると日本列島《にほんれっとう》では百余《ひゃくあま》りの国《くに》が互《たが》いに争《あらそ》っていた。当時《とうじ》の日本《にほん》には歴史《れきし》を記録《きろく》するための文字《もじ》がなかったため、その頃《ころ》のことは次第《しだい》に忘《わす》れ去《さ》られる[1]はずだったが、中国《ちゅうごく》の歴史《れきし》書《しょ》『魏志倭人伝《ぎしわじんでん》』に当時《とうじ》の日本列島《にほんれっとう》に関《かん》する不思議《ふしぎ》な記録《きろく》が残《のこ》されている。

当時《とうじ》の日本《にほん》には邪馬台国《やまたいこく》という国《くに》があった。他《た》の諸国《しょこく》をほぼ統一《とういつ》し、南《みなみ》にある狗奴国《くぬのくに》という国《くに》と争《あらそ》っていた。邪馬台国《やまたいこく》の首長《しゅちょう》は卑弥呼《ひみこ》という女性《じょせい》だった。国《くに》を統治《とうち》する女王《じょおう》というより、生《う》まれ持《も》っ[2]た霊能力《れいのうりょく》を生《い》かし[3]、占《うらな》いや呪術《じゅじゅつ》によって国《くに》の方向性《ほうこうせい》を決《き》める舵《かじ》

取《と》り[4]役《やく》に近《ちか》い存在《そんざい》で、政務《せいむ》は弟《おとうと》が補佐《ほさ》していた。卑弥呼《ひみこ》は霊能力《れいのうりょく》により占《うらな》いの結果《けっか》を読《よ》み解《と》き、国《くに》の存続《そんぞく》と繁栄《はんえい》を祈《いの》るために宮殿《きゅうでん》の奥深《おくふか》くにいる必要《ひつよう》があり、そのことがなおさら[5]この女王《じょおう》の神秘性《しんぴせい》を高《たか》めた。

吉野里遺跡 ©Shutterstock ▶

それでも卑弥呼《ひみこ》は国家存続《こっかそんぞく》の道《みち》を正《ただ》しく示《しめ》し、国民《こくみん》に安心《あんしん》な暮《く》らしを保証《ほしょう》した。卑弥呼《ひみこ》が生《い》きている間《あいだ》に邪馬台《やまたい》国《こく》は狗奴国《くぬのくに》という強大《きょうだい》な脅威《きょうい》を取《と》り除《のぞ》くことはできなかったが、卑弥呼《ひみこ》がしっかり邪馬台国《やまたいこく》を守《まも》ったおかげで、国《こく》民《みん》は亡国《ぼうこく》の民《たみ》とならずに済《す》んだ。また、卑弥呼《ひみこ》は強力《きょうりょく》な隣国《りんごく》であった三国時代《さんごくじだい》の魏《ぎ》に使節《しせつ》を送《おく》り、魏《ぎ》の王《おう》は卑弥呼《ひみこ》に「親魏倭王《しんぎわおう》」の称号《しょうごう》を与《あた》えた上《うえ》、歴史《れきし》書《しょ》に邪馬台国《やまたいこく》についての記録《きろく》を残《のこ》させた。日本《にほん》にこのような女王《じょおう》がいたと知《し》ることができるのは、その記録《きろく》のおかげだ。

ただ、その記録《きろく》はわずか二千字余《にせんじあま》りのものであるため疑問点《ぎもんてん》が多《おお》く、邪馬《やま》台国自体《たいこくじたい》が存在《そんざい》しなかったという学者《がくしゃ》もいる。真相《しんそう》はどうであれ、卑弥呼《ひみこ》の伝説《でんせつ》から分《わ》かることは、弱肉強食《じゃくにくきょうしょく》の時《じ》代《だい》に王国《おうこく》を統治《とうち》し、国民《こくみん》の生存《せいぞん》と安全《あんぜん》を守《まも》るために他《た》の部族《ぶぞく》と連合《れんごう》して敵対《てきたい》勢力《せいりょく》の消滅《しょうめつ》に尽力《じんりょく》した女性《じょせい》がいた可能《かのう》性《せい》があるということだ。その女性《じょせい》は宮《きゅう》殿《でん》の奥深《おくふか》くにいたため国民《こくみん》と顔《かお》を合《あ》わせることはできなかったが、国《くに》の興亡《こうぼう》に関《かか》わる重責《じゅうせき》を担《にな》い、策《さく》を巡《めぐ》らせ[6]ていた。卑弥呼《ひみこ》の正体《しょうたい》が何《なん》であれ、天《てん》から与《あた》えられた大任《たいにん》は自分《じぶん》が犠牲《ぎせい》になるとしても勇《いさ》ん[7]で引《ひ》き受《う》け、人々《ひとびと》の幸《こう》福《ふく》のために尽力《じんりょく》するという卑弥呼《ひみこ》の生《い》き方《かた》は、我々《われわれ》の模範《もはん》として永遠《えいえん》に語《かた》り継《つ》がれる[8]だろう。天《てん》が選《えら》ぶ人《ひと》に性別《せいべつ》は関係《かんけい》ないのだ。

深居宮幃肩挑國之興衰的傳奇巫女——卑弥呼（一七〇～二四八）

從各個民族的發展史來看，首先經歷採集狩獵，之後才進入農耕階段。日本古代史上的採集狩獵階段被稱為繩文時代。漫長的繩文時代後，大約迄今三千年，出現了稻米耕作的經濟型態，日本從此進入了彌生時代。由於生產方式的改變，日本開始出現大規模的聚落、階級，以及戰爭。到了彌生後期，日本列島分裂成百餘國互相征伐。因當時沒有文字與可信的歷史記載，這段歷史本應淹沒於時間的洪流之中，但在中國史書「魏志倭人傳」中，關於當時的日本列島，卻有一段相當奇特的紀載。

當時的日本，有一個名為邪馬台的國家，幾乎統一了其他諸國，並與南方的一個稱作狗奴的國家相互征戰。邪馬台的首領，是一位叫做卑彌呼的女性。與其說她是統治國家的女王，更像是憑藉與生俱來的通靈能力，透過占卜及巫術為國家提供方向的掌舵者，國家的庶政則由其弟輔佐。因卑彌呼須以其靈力解讀占卜結果，並祈求國家的生存及富庶，她必須深居於宮中，使得這位女王更增添神秘的氛圍。

儘管如此，卑彌呼正確地指引了國家的生存之道，提供人民安居的保障。雖然在她的有生之年，邪馬台並未根除狗奴國這個重大威脅，但因她忠實地守護著邪馬台，讓人民不致淪為亡國奴。此外，她更派出使節，聯絡當時的強鄰-三國時代的魏國。魏王因此封她「親魏倭王」，並於史書上留下邪馬台的相關紀錄。托這段紀錄之福，我們得以知道日本史上曾有這麼一位女王的存在。

但由於這段兩千餘字的紀錄過於簡短，留下了許多疑點，甚至有學者認為邪馬台國的存在本身就是個杜撰。無論真相為何，卑彌呼的傳說告訴我們，可能曾有這樣一位女性，在弱肉強食的時代，統御著自己的王國並聯合其他部族，致力消滅敵對威脅以保障族人的生存及安全。雖因深居宮闕而無法直接與人民面對面，但她運籌帷幄，肩負國之興亡的重責大任。不論卑彌呼的正體為何，她為我們留下一個流傳永世的典範——當天降大任於斯人，即便代價是自我犧牲，仍願勇於承擔，為了族人的幸福而努力，這樣的天選之人，是不分性別的。

▲ 佐賀縣神埼市神埼站北口的卑彌呼像 © 佐賀縣神埼市提供

單字與句型

單字

1. 忘《わす》れ去《さ》られる：被淡忘（「忘れ去る」的被動式）
2. 生《う》まれ持《も》つ：與生俱來
3. 生《い》かす：活用、應用
4. 舵取《かじと》り：舵手
5. なおさら：更加地
6. 巡《めぐ》らせる：左思右想（「巡る」的使役式，在此處也可替換成「巡らす」）
7. 勇《いさ》む：奮勇
8. 語《かた》り継《つ》がれる：被傳頌（「語り継ぐ」的被動式）

句型

- ～はずだった：原本應該～（後來的事實與原本的推論相違）
- ～であれ：不論～（相當於「であろうと」）
- ～としても：即使～

平安時代《へいあんじだい》の日常《にちじょう》をつづった随筆家《ずいひつか》――

清少納言《せいしょうなごん》

（九六六～一〇二五）

王文萱／著

022

「春《はる》はあけぼの。やうやう白《しろ》くなりゆく山《やま》ぎは、すこしあかりて、紫《むらさき》だちたる雲《くも》のほそくたなびきたる。夏《なつ》は夜《よる》。月《つき》のころはさらなり。やみもなほ、蛍《ほたる》の多《おお》く飛《と》びちがひたる。（中略《ちゅうりゃく》）……秋《あき》は夕暮《ゆうぐ》れ。（中略《ちゅうりゃく》）……冬《ふゆ》はつとめて。」これは『枕草子《まくらのそうし》』の冒頭部分《ぼうとうぶぶん》の、四季《しき》についての描写《びょうしゃ》だ。作者《さくしゃ》の清少納言《せいしょうなごん》が書《か》き表《あらわ》したのは、日本人《にほんじん》にとって最《もっと》も重要《じゅうよう》な美意識《びいしき》――季節感《きせつかん》である。

『枕草子《まくらのそうし》』は、平安時代《へいあんじだい》の女性作家《じょせいさっか》・清少納言《せいしょうなごん》の随筆集《ずいひつしゅう》だ。内容《ないよう》は、彼女《かのじょ》の日常《にちじょう》に対《たい》する観察《かんさつ》や感想《かんそう》などで、自然《しぜん》や宮中《きゅうちゅう》にいる人々《ひとびと》、彼女《かのじょ》の物事《ものごと》についての好《この》みも含《ふく》まれている。『枕草子《まくらのそうし》』は段落《だんらく》が短《みじか》く、筆致《ひっち》も簡潔《かんけつ》で軽《かる》い。作者《さくしゃ》の洗練《せんれん》されたセンスと物事《ものごと》への鋭《するど》い観察力《かんさつりょく》が伺《うかが》える[1]。それは、平安時代《へいあんじだい》の日本文学《にほんぶんがく》における美的理念《びてきりねん》の一《ひと》つ、「をかし」といわれるもので、「感覚的《かんかくてき》、客観的《きゃっかんてき》な美《び》」を表《あらわ》している。

それに対《たい》して、もう一人《ひとり》の平安時代《へいあんじだい》を

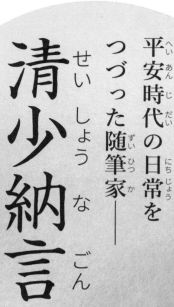

▲「枕草子絵詞」（部分）©Wikipedia

代表《だいひょう》する女性作家《じょせいさっか》・紫式部《むらさきしきぶ》の文学作品《ぶんがくさくひん》『源氏物語《げんじものがたり》』が表現《ひょうげん》した世界《せかい》は「もののあはれ」と呼《よ》ばれており、「しみじみ[2]」とした情緒美《じょうちょび》」を表《あらわ》している。

「清少納言《せいしょうなごん》」は本名《ほんみょう》ではなく、「清《せい》」は著名歌人《ちょめいかじん》である父親《ちちおや》・清原元輔《きよはらのもとすけ》の清《きよ》原《はら》に由来《ゆらい》するとされ、「少納言《しょうなごん》」は官《かん》職名《しょくめい》である。九九三年頃《ねんごろ》、清少納言《せいしょうなごん》は宮中《きゅうちゅう》に呼《よ》ばれて、一条天皇《いちじょうてんのう》の中宮定子《ちゅうぐうさだこ》に仕《つか》え[3]たが、博学多才《はくがくたさい》の彼女《かのじょ》は、宮《きゅう》廷《てい》に名声《めいせい》を残《のこ》した。定子《さだこ》が出産時《しゅっさんじ》に亡《な》くなったため、清少納言《せいしょうなごん》も宮仕《みやづか》えを辞《や》めた。彼女《かのじょ》がその後《ご》、どこへ行《い》ったのか、どのような人生《じんせい》を送《おく》ったのかについて、詳《くわ》しい資料《しりょう》はあまり残《のこ》されていない。

さて、清少納言《せいしょうなごん》はどのような女性《じょせい》だったのだろう。彼女《かのじょ》は作品《さくひん》において、自分《じぶん》の好《す》き嫌《ぎら》いをはっきり表現《ひょうげん》したが、それは当時《とうじ》の女性《じょせい》としては珍《めずら》しいことだろう。また、彼女《かのじょ》は知的《ちてき》で勝気《かちき》[4]だったようで、宮廷《きゅうてい》の貴公子《きこうし》たちを相《あい》手《て》に、機転《きてん》の利《き》い[5]たやりとりをしていたと言《い》われている。そのため、多《おお》くの男性《だんせい》に好《す》かれ[6]ていたようだ。清少《せいしょう》納言《なごん》は十代《じゅうだい》の頃《ごろ》、橘則光《たちばなののりみつ》と結婚《けっこん》し、息《むす》子《こ》を一人《ひとり》産《う》んだが、性格《せいかく》のずれ[7]が原《げん》因《いん》で離婚《りこん》した。その後《ご》、藤原棟世《ふじわらのむねよ》と再《さい》婚《こん》し、娘《むすめ》を一人《ひとり》産《う》んでいる。彼女《かのじょ》の生《しょう》涯《がい》について残《のこ》されている資料《しりょう》が少《すく》ないが、これらの断片的《だんぺんてき》な内容《ないよう》から見《み》ると、清少納言《せいしょうなごん》は知的《ちてき》で、人々《ひとびと》に好《す》かれる性《せい》格《かく》だったと考《かんが》えられる。

「ただ過《す》ぎに過《す》ぐるもの帆《ほ》かけたる舟《ふね》。人《ひと》の齢《よわい》。春《はる》、夏《なつ》、秋《あき》、冬《ふゆ》。」清少《せいしょう》納言《なごん》は短《みじか》い文字《もじ》で、人《ひと》の命《いのち》というのは万物《ばんぶつ》と同《おな》じように、止《とど》まらず流《なが》され、変化《へんか》し続《つづ》けていることを示《しめ》している。簡潔《かんけつ》に物事《ものごと》の本質《ほんしつ》を表《あらわ》した彼女《かのじょ》の文章《ぶんしょう》は、きっと千年後《せんねんご》も人々《ひとびと》に伝《つた》えられていることだろう。

隨筆平安時期風花雪月——清少納言（九六六～一〇二五）

「春，曙為最。山頂逐漸轉白，並透露光明，細雲泛紫，輕飄其上。夏則夜。有月時不在言下，闇夜時，群螢飛舞甚美。（中略）……秋則黃昏。（中略）……冬則晨朝。」這是『枕草子』在第一段，對於四個季節的描寫。作者清少納言帶出了日本人最重要的審美意識——季節感。

『枕草子』是平安時代女作家清少納言的隨筆散文集。內容包括了她對生活的觀察以及感想，有自然、在宮中遇見的人們，及她對事物的喜好。文章多是短篇，文字簡潔輕快。看得出作者精練的品味，以及敏銳的觀察力。在平安時代的日本文學當中，稱這種明快知性美的概念為「WOKASHI」，指用感覺來捕捉事物，然後用客觀方式表現出來的美。相對於此，另一部同列為平安文學雙璧的女性文學作品『源氏物語』，表現出來的世界被稱為「MONONO AWARE」，指對於所見所聞產生無常及哀愁的感受。

「清少納言」並非本名，「清」推測來自她的父親，著名和歌家清原元輔，「少納言」是官名。九九三年左右，她被找去侍奉一条天皇的中宮定子，由於她博學又有才華，在宮廷當中很出名。定子出產去世後，她因此辭去了宮廷的工作。之後她去了哪兒、過著怎樣的生活呢？關於她離宮之後的人生，並沒有留下確切可信的資料。

▲ 清少納言和定子（鳥居清長繪）© 芝加哥美術館

那麼，清少納言究竟是什麼樣的女性呢？她在作品當中明確地表現出自己的好惡，身為女性，在當時是很特別的吧。此外，據說她知性又好勝，總是很機敏地與宮中貴公子們交際應酬。也正因此，她很受男性們歡迎。她十幾歲時曾與橘則光結婚，生下一子，卻因性格不合而離婚。其後與藤原棟世再婚，生下一女。雖然關於她的生平，留下的資料不多，但從這些片段可窺知，她應該是知性而受人喜愛的個性吧。

「一去不復返的，例如乘風而過的帆船。人的年齡。以及春、夏、秋、冬。」清少納言用短短幾字，點出人們的生命，與世間萬物同樣，是不斷流動變化的。清少納言的文章簡明扼要地道出了本質，難怪千年來仍不斷被人們傳誦。

單字與句型

單字

1. 伺《うかが》える：得以窺見（「伺う」的可能形）
2. しみじみ：深刻
3. 仕《つか》える：從事某工作
4. 勝気《かちき》：好勝的
5. 機転《きてん》の利《き》く：機敏的
6. 好《す》かれる：備受歡迎（「好く」的被動式）
7. ずれ：差異、不合

句型

- ～から見《み》ると：從～看來
- ～ことだろう：應該～吧、相當的～吧（表示說話者的感慨）

平《へい》安《あん》王《おう》朝《ちょう》の栄《えい》光《こう》を書《か》き尽《つ》くした作《さっ》家《か》——
紫《むらさき》式《しき》部《ぶ》

（九七三～不詳）

王文萱／著

023

『源《げん》氏《じ》物《もの》語《がたり》』という名《な》前《まえ》を聞《き》いたことがある人《ひと》も多《おお》いだろう。平《へい》安《あん》時《じ》代《だい》に書《か》かれた長《ちょう》編《へん》小《しょう》説《せつ》だ。この小《しょう》説《せつ》は、主《しゅ》人《じん》公《こう》の光《ひかる》源《げん》氏《じ》の生《しょう》涯《がい》における恋《れん》愛《あい》や、栄《えい》光《こう》と没《ぼつ》落《らく》、貴《き》族《ぞく》たちの権《けん》力《りょく》闘《とう》争《そう》、平《へい》安《あん》時《じ》代《だい》の宮《きゅう》廷《てい》生《せい》活《かつ》や文《ぶん》化《か》などが細《こま》かく描《えが》かれている。

『源《げん》氏《じ》物《もの》語《がたり》』の作《さく》者《しゃ》、紫《むらさき》式《しき》部《ぶ》は女《じょ》性《せい》で、幼《よう》少《しょう》期《き》から物《もの》知《し》り[1]で、漢《かん》文《ぶん》学《がく》に精《せい》通《つう》していた。「紫《むらさき》式《しき》部《ぶ》」というのは彼《かの》女《じょ》の本《ほん》名《みょう》ではない。父《ちち》・藤《ふじ》原《わらの》為《ため》時《とき》が式《しき》部《ぶ》大《だい》丞《じょう》という官《かん》職《しょく》を務《つと》めたことと、『源《げん》氏《じ》物《もの》語《がたり》』の女《おんな》主《しゅ》人《じん》公《こう》の一《ひと》人《り》、紫《むらさき》の上《うえ》が読《どく》者《しゃ》に愛《あい》されていたことから、作《さく》者《しゃ》が紫《むらさき》式《しき》部《ぶ》と呼《よ》ばれるようになったというのが通《つう》説《せつ》である。また、『源《げん》氏《じ》物《もの》語《がたり》』は『紫《むらさき》物《もの》語《がたり》』とも称《しょう》されている。

紫《むらさき》式《しき》部《ぶ》は才《さい》媛《えん》で、幼《よう》少《しょう》の頃《ごろ》から兄《あに》の勉《べん》強《きょう》を傍《かたわ》ら[2]で聞《き》いただけで漢《かん》文《ぶん》が読《よ》めるようになったが、目《め》立《だ》つのが嫌《いや》な彼《かの》女《じょ》は、漢《かん》文《ぶん》が読《よ》めないふり[3]をしたという。紫《むらさき》式《しき》部《ぶ》は年《とし》の差《さ》が相《そう》当《とう》離《はな》れ

た貴族《きぞく》の藤原宣孝《ふじわらののぶたか》と結婚《けっこん》し、娘《むすめ》を一人《ひとり》産《う》んだが、三年後《さんねんご》、夫《おっと》は死去《しきょ》した。その後《ご》、紫式部《むらさきしきぶ》は悲《かな》しみを乗《の》り越《こ》えるために『源氏物語《げんじものがたり》』を書《か》き始《はじ》め、仲間内《なかまうち》で評判《ひょうばん》を得《え》た。当時権力《とうじけんりょく》を握《にぎ》っていた藤原道長《ふじわらのみちなが》は評判《ひょうばん》を聞《き》きつけ[4]、彼女《かのじょ》を自分《じぶん》の娘《むすめ》である中宮彰子《ちゅうぐうしょうし》[1]の家庭教師《かていきょうし》として宮中《きゅうちゅう》に呼《よ》んだ。紫式部《むらさきしきぶ》は宮仕《みやづか》えをしながら貴族《きぞく》たちの生活《せいかつ》を観察《かんさつ》し、藤原道長《ふじわらのみちなが》の支援《しえん》の下《もと》で執筆《しっぴつ》を続《つづ》け、『源氏物語《げんじものがたり》』を完成《かんせい》させた。

『源氏物語《げんじものがたり》』以外《いがい》にも、彼女《かのじょ》の『紫《むらさき》式部日記《しきぶにっき》』という作品《さくひん》も残《のこ》されている。

▲「古今姫鑑」中的紫式部（月岡芳年繪）
© 山梨縣立美術館

一〇〇八年《ねん》から一〇一〇年《ねん》までの間《あいだ》、紫式部《むらさきしきぶ》が宮中《きゅうちゅう》で見《み》た様子《ようす》を描《えが》いた日記《にっき》と手紙《てがみ》からなる作品《さくひん》である。この日記《にっき》を通《とお》して、歴史上《れきしじょう》の人物《じんぶつ》の性格《せいかく》や行動《こうどう》、そして彼女《かのじょ》の人生観《じんせいかん》が分《わ》かる。史書《ししょ》に書《か》かれていないことがら[5]も多《おお》くあり、史料的価値《しりょうてきかち》もある。

優秀《ゆうしゅう》な女性《じょせい》が集《あつ》まる宮中《きゅうちゅう》にいた紫式部《むらさきしきぶ》だが、ライバル視《し》する清少納言《せいしょうなごん》についての批評《ひひょう》は、陰口《かげぐち》ともいえるほどひどかった。紫式部《むらさきしきぶ》と清少納言《せいしょうなごん》が中宮《ちゅうぐう》に仕《つか》えた時期《じき》は違《ちが》うので、二人《ふたり》は面識《めんしき》があるはずがない。紫式部《むらさきしきぶ》は自分《じぶん》にとって先輩《せんぱい》にあたる清少納言《せいしょうなごん》の作品《さくひん》を読《よ》み、一方的《いっぽうてき》に批評《ひひょう》したというのが事実《じじつ》であろう。

「清少納言《せいしょうなごん》というのはとても偉《えら》そうに威張《いば》っている人《ひと》である。さも[6]頭《あたま》が良《よ》いかのように装《よそお》っ[7]て漢字《かんじ》を書《か》きまくっているが、その中《なか》を見《み》れば稚拙《ちせつ》[8]なところが多《おお》い。（中略《ちゅうりゃく》）そういう人間《にんげん》の行末《ぎょうまつ》が果《は》たして良《よ》いものであろうか」などと、清少納言《せいしょうなごん》を酷《ひど》く批評《ひひょう》した紫式部《むらさきしきぶ》だが、彼女《かのじょ》こそまさに自分《じぶん》が書《か》いた『源《げん》氏物語《じものがたり》』の中《なか》に出《で》てくる貴族《きぞく》たちのように、権力闘争《けんりょくとうそう》に巻《ま》き込《こ》まれた一人《ひとり》の人間《にんげん》に過《す》ぎないのではないだろうか。

寫盡平安王朝璀璨繁華——紫式部（九七三～不詳）

各位一定聽說過『源氏物語』這部小說吧。這部長篇小說描寫主角光源氏一生當中的愛情、榮耀與衰落，以及貴族們的權力鬥爭，更細膩描繪出了平安時代的宮廷生活及文化。

小說作者紫式部是一位才女作家，從小博學多聞，並精通漢文。「紫式部」並非她的本名。有一說認為因為她的父親藤原為時曾任職「式部大丞」，加上『源氏物語』當中女主角之一的紫之上很受讀者喜愛，因此人們稱作者為紫式部。此外，『源氏物語』也被稱為『紫物語』。

據說紫式部是個才女，從小看著兄長讀書，便能精通漢文，但卻怕太受矚目，甚至裝做不懂漢文的樣子。她嫁給了年齡差距很大的貴族藤原宣孝，產下一女，但三年後丈夫便去世了。其後，紫式部為了撫平心靈，開始寫作『源氏物語』，在同儕之間得到了好評，當時掌握權力的藤原道長聽聞了評價，便找了她，來當自己女兒中宮彰子[1]的家庭教師。紫式部便一邊在宮廷工作一邊觀察貴族生活，在藤原道長的支持之下繼續寫作，完成了『源氏物語』。

除了『源氏物語』以外，紫式部還留下了『紫式部日記』，裡面記載著她在宮中一〇〇八年至一〇一〇年的所見所聞，內容包括了日記及書信。透過她的日記，可以得知許多歷史人物的性格及行動，以及她對周邊人們的看法，還有自己的人生觀。這些都是史書沒有記載的，非常有歷史價值。

紫式部身在集合眾多優秀女性的宮廷當中，對視作勁敵的清少納言，評價很差，簡直像在說她壞話。紫式部與清少納言侍奉中宮的時期不同，兩人應該不曾見過面。事實上是紫式部讀了前輩清少納言的作品，單方面批評對方而已。

「清少納言是個裝腔作勢的人。裝成頭腦很好似地，寫著漢字，其實裡面內容多有笨拙。（中略）這樣的人，下場終究會好嗎？」等等，如此大肆批評清少納言的紫式部，其實與自己筆下『源氏物語』當中的貴族相同，只不過是個被捲入權力鬭爭的凡夫俗女罷了。

小倉百人一首中的紫式部 ▶
©Wikipedia

【備註】
1. 藤原道長的女兒彰子，當時為一条天皇的中宮，也就是天皇之妻。

單字與句型

單字

1. 物《もの》知《し》り：博學多聞的
2. 傍《かたわ》ら：在某人身旁
3. ふり：故作、裝出某模樣
4. 聞《き》きつける：聽說
5. ことがら：事物、內容
6. さも：一副（～的樣子）
7. 装《よそお》う：偽裝
8. 稚拙《ちせつ》：不成熟的

句型

- ～からなる：由～組成
- ～はずがない：不可能～
- ～かのように：好像～似的

▲ 位於京都府宇治市宇治大橋的紫式部像
©Shutterstock

真《しん》の愛《あい》に輝《かがや》いて生《い》きた「悪女《あくじょ》」——

北条政子《ほうじょうまさこ》

（一一五七～一二二五）

游翔皓／著
冨永圭太／譯

024

日本人女性《にほんじんじょせい》の特質《とくしつ》の一《ひと》つとして間違《まちが》いなく言《い》えるのは「芯《しん》が強《つよ》い」ことだ。夫《おっと》が外《そと》での仕事《しごと》に専念《せんねん》できるよう黙々《もくもく》と支《ささ》え、夫亡《おっとな》き後《あと》は夫婦《ふうふ》で築《きず》き上《あ》げてきたものが失《うしな》われないよう一家《いっか》の柱《はしら》となる。このような女性《じょせい》は多《おお》いが、最《もっと》も精彩《せいさい》を放《はな》つ[1]のは「北条政子《ほうじょうまさこ》」と言《い》っても過言《かごん》ではない。

北条政子《ほうじょうまさこ》は平安末期《へいあんまっき》、関東《かんとう》の地方豪族《ちほうごうぞく》、北条時政《ほうじょうときまさ》の娘《むすめ》に生《う》まれた。当時《とうじ》は血筋《ちすじ》の尊卑《そんぴ》が重要視《じゅうようし》されていたので、地方《ちほう》の荘園《しょうえん》を実質支配《じっしつしはい》する地方豪族《ちほうごうぞく》といえども、京《きょう》の貴族《きぞく》の身分《みぶん》には遠《とお》く及《およ》ばなかった。政争《せいそう》に敗《やぶ》れ、「流人《るにん》」として関東《かんとう》に流《なが》された源頼朝《みなもとのよりとも》の元《もと》に、頼朝《よりとも》を「貴種《きしゅ》」と尊《たっと》ぶ地方豪族《ちほうごうぞく》たちが集《あつ》まったのも、その血筋《ちすじ》のためだ。

この若《わか》く美形《びけい》の「流人《るにん》」に恋《こい》をした政子《まさこ》は、父《ちち》に背《そむ》き[2]、恋人《こいびと》の元《もと》に走《はし》った。その時残《ときのこ》した言葉《ことば》が「暗夜《あんや》をさ迷《まよ》い、雨《あめ》をしのいで貴方《あなた》の所《ところ》にまいりました」だ。暗《くら》く寒《さむ》い雨夜《あまよ》だったが、全《まった》

▲ 伊豆山神社，賴朝・政子兩人當年相戀結合之處
©M-safe - M-safe / Wikipedia

く怖《こわ》くはなく、ただ一刻《いっこく》も早《はや》く恋人《こいびと》の元《もと》へ行《い》きたかったというものだ。このように意志《いし》の強《つよ》い女性《じょせい》は必《かなら》ず非凡《ひぼん》な一生《いっしょう》を送《おく》ることになる。政子《まさこ》の夫《おっと》となった源頼朝《みなもとのよりとも》は関東《かんとう》の勢力《せいりょく》を統括《とうかつ》し、平家政権打倒《へいけせいけんだとう》を掲《かか》げる勢力《せいりょく》と共《とも》に京《きょう》へ軍《ぐん》を進《すす》め、ついに平家《へいけ》を滅《ほろ》ぼした。その後《ご》、天皇《てんのう》から征夷大将軍《せいいたいしょうぐん》の位《くらい》を得《え》た頼朝《よりとも》は鎌倉《かまくら》で幕府《ばくふ》を開《ひら》き、日本《にほん》の武家時代《ぶけじだい》が始《はじ》まった。頼朝《よりとも》が後顧《こうこ》の憂《うれ》い[3]なく天下《てんか》を治《おさ》められたのも、政子《まさこ》が陰《かげ》で支《ささ》えてくれたからだ。

しかし、新時代《しんじだい》を切《き》り開《ひら》いた源頼朝《みなもとのよりとも》は、落馬《らくば》が原因《げんいん》で死《し》ぬという意外《いがい》な最期《さいご》を遂《と》げ、源氏政権《げんじせいけん》も三代《さんだい》で終《お》わる。関東《かんとう》の幕府《ばくふ》に政治《せいじ》の実権《じっけん》を奪《うば》われたことに恨《うら》みを募《つの》らせ[4]ていた京都《きょうと》の朝廷《ちょうてい》勢力《せいりょく》は、これを機《き》に倒幕《とうばく》を画策《かくさく》する。政子《まさこ》と頼朝《よりとも》が共《とも》に築《きず》き上《あ》げてきたものが崩《くず》れ去《さ》る危機《きき》にあった。そんな中《なか》、政子《まさこ》は頼朝《よりとも》の元家臣《もとかしん》（御家人《ごけにん》）を集《あつ》め、頼朝《よりとも》の恩《おん》を説《と》き、御家人《ごけにん》たちの感情《かんじょう》を奮《ふる》い起《お》こした。頼朝《よりとも》という旗印《はたじるし》の下《もと》に関東《かんとう》の諸将《しょしょう》は団結《だんけつ》し、三手《さんて》に分《わ》かれて京都《きょうと》の朝廷《ちょうてい》に攻《せ》め入《い》り、倒幕陰謀《とうばくいんぼう》を粉砕《ふんさい》した。承久《じょうきゅう》の乱《らん》というこの歴史的《れきしてき》な大舞台《おおぶたい》で主役《しゅやく》を果《は》たしたのは政子《まさこ》だった。

政子《まさこ》は典型的《てんけいてき》な「悪女《あくじょ》」という人《ひと》もいる。嫉妬深《しっとぶか》く頼朝《よりとも》が妾《めかけ》を持《も》つことを許《ゆる》さなかった、この「尼将軍《あましょうぐん》」は権力欲《けんりょくよく》が強《つよ》く幕府《ばくふ》の政治《せいじ》に口出《くちだ》し[5]をしていた形跡《けいせき》[6]がある、実父《じっぷ》を追放《ついほう》し親子《おやこ》を謀殺《ぼうさつ》するほど冷血《れいけつ》で殺《ころ》しが趣味《しゅみ》だった、というものだ。しかし、いずれも政子《まさこ》が頼朝《よりとも》を愛《あい》していたからこそだ。政子《まさこ》は夫《おっと》を深《ふか》く愛《あい》し、夫《おっと》が築《きず》き上《あ》げたものを守《まも》ろうとした平凡《へいぼん》な女《おんな》にすぎなかった。むしろ、そのような平凡《へいぼん》な初心《しょしん》を貫《つらぬ》いたからこそ、非凡《ひぼん》な一生《いっしょう》を送《おく》れたのかもしれない。

用真愛譜寫精采人生的「惡女」——北条政子（一一五七～一二二五）

論及日本女性的特質，「芯が強い」絕對是其中重要的一項。丈夫在世時默默支持，讓男人得以安心主外；丈夫去世後挑起整個家族的重擔，不讓夫妻攜手打拼的基業毀於一旦。具有這樣特質的女性人物並不少，但若說「北條政子」是其中最耀眼的一位也不為過。

北條政子是平安時代末期，關東的地方豪族北條時政的女兒。在那個講究血統及尊卑的時代，地方豪族雖然實質統治地方莊園，但地位仍遠低於京都的貴族。因此當源賴朝在政爭中失敗，以「流人」的身分被放逐至關東時，地方豪族仍視之為「貴種」而趨之若鶩。

政子為了這位年輕俊美的「流人」，甘願違背父意出奔至情郎身邊。當時的政子留下「暗夜をさ迷い、雨をしのいで貴方の所にまいりました」這一段話。儘管是黑暗淒冷的雨夜，心中卻毫無畏懼，心之所繫不過是快些到達情人所在之處。這樣剛烈堅毅的女性，註定有不凡的一生。丈夫源賴朝統帥關東勢力，加入聲討平家政權的軍勢向京進軍，最終消滅平家，從天皇拜領征夷大將軍的資格，在鎌倉開設幕府，使得日本正式邁入武士時代。賴朝得以無後顧之憂逐鹿天下，最終功成名就，也是因為有政子的默默支持。

▲ 相傳源賴朝被流放之地 - 靜岡縣「蛭ヶ小島」
© 立花左近 / Wikipedia

開創歷史新章的源賴朝居然意外死於落馬，源氏政權僅傳承三代即告終。京都的朝廷勢力早就對關東幕府獨攬政權積怨已久，趁機策劃倒幕行動。政子和賴朝攜手打拼的基業危如累卵。面對如此危難，政子召集了賴朝的舊屬（御家人），向他們細數當年賴朝給予的恩情，喚醒革命情感。她高揭賴朝的大旗，關東諸將則團結在政子身邊，兵分三路反攻京都的朝廷，粉碎了這次的倒幕陰謀。史稱「承久之亂」的這場歷史大戲中，主角的桂冠當屬北條政子。

有些人認為政子是個典型的「惡女」。說她善妒，因為她不准賴朝納妾；說這位「尼将軍」愛權，因為她對幕政留下不少指手畫腳的痕跡；說她冷血嗜殺，因為她放逐生父，謀殺親子。但這一切歸結起來就只是因政子對賴朝的愛。她不過是個深愛丈夫，珍惜著丈夫所打下的基業的平凡女人。或許就是如此平凡的初心，方得支撐她不凡的一生。

單字與句型

單字

1. 精彩《せいさい》を放《はな》つ：大放異彩
2. 背《そむ》く：違背
3. 憂《うれ》い：不安、隱憂
4. 募《つの》らせる：日漸強大（「募る」的使役形）
5. 口出《くちだ》し：插嘴、干涉
6. 形跡《けいせき》：痕跡

句型

- ～よう：為了～（等同於「～ように」，前面為非意志動詞）
- ～といえども：雖然說～
- ～というものだ：感嘆語氣，對某件事說出斷定的感想或批評時使用
- ～（V意志形）＋うとする：努力嘗試完成某事

天下人《てんかびと》を陰《かげ》で支《ささ》えた秀吉《ひでよし》の妻《つま》——

寧々《ねね》

（一五四八～一六二四）

賴素綢／著

025

寧々《ねね》は尾張《おわり》（愛知県西部《あいちけんせいぶ》）の武士《ぶし》・杉原定利《すぎはらさだとし》の二女《じじょ》として生《う》まれ、十四《じゅうよん》歳《さい》でまだ苗字《みょうじ》を持《も》っていなかった頃《ころ》の秀吉《ひでよし》と結婚《けっこん》したといわれるが、結婚当《けっこんとう》時《じ》、秀吉《ひでよし》はまだ織田信長《おだのぶなが》に仕《つか》える小者《こもの》の身分《みぶん》で貧《まず》しかった。寧々《ねね》と秀吉《ひでよし》は、デートを重《かさ》ねた末《すえ》の恋愛結婚《れんあいけっこん》であったらしい。武家同士《ぶけどうし》では珍《めずら》しいケースだが、結婚当時《けっこんとうじ》は、寧々《ねね》も秀吉《ひでよし》も庶民《しょみん》に近《ちか》い立場《たちば》であったので、現代《げんだい》に近《ちか》い自《じ》由《ゆう》な恋愛《れんあい》ができたと見《み》られる。

秀吉《ひでよし》が出世《しゅっせ》して初《はじ》めて長浜城《ながはまじょう》を建《た》てたとき、寧々《ねね》と相談《そうだん》しながら城下町《じょうかまち》の建設《けんせつ》を行《おこな》ったという。秀吉《ひでよし》もしっかり者《もの》の寧々《ねね》を非常《ひじょう》に頼《たよ》りにしていたのだろう。また秀吉《ひでよし》の家族《かぞく》とも折《お》り合《あ》い[1]がよく、特《とく》に秀吉《ひでよし》の母《はは》とは仲《なか》がよかった。晩年《ばんねん》まで常《つね》に同《おな》じ屋根《やね》の下《した》で暮《く》らしていたという。秀吉《ひでよし》と寧々《ねね》も仲《なか》が良《よ》かったが、残念《ざんねん》ながら子《こ》はできなかった。その代《か》わりに、寧々《ねね》は秀吉《ひでよし》や寧々《ねね》自身《じしん》の親類縁者《しんるいえんじゃ》の子《こ》を引《ひ》き取《と》って、養《よう》子《し》や家臣《かしん》として養育《よういく》した。その中《なか》では加藤《かとう》清正《きよまさ》や福島《ふくしま》正則《まさのり》などが有名《ゆうめい》である。

秀吉《ひでよし》が出陣中《しゅつじんちゅう》、寧々《ねね》は主君《しゅくん》の信長《のぶなが》の所《ところ》へ挨拶《あいさつ》に行《い》くこともあった。ある席《せき》で、秀吉《ひでよし》が京《きょう》で側室《そくしつ》をかわいがっていると信長《のぶなが》に愚痴《ぐち》を言《い》っ[2]たらしい。すると信長《のぶなが》は、「あなたはあのはげネズミにはもったいないほど立派《りっぱ》な妻《つま》なのだから、堂々《どうどう》と奥方《おくがた》らしく振《ふ》る舞《ま》い[3]、女《おんな》のことなどで怒《おこ》らぬように」などと寧々《ねね》に書状《しょじょう》を送《おく》り、寧々《ねね》をなだめ[4]ている。以後《いご》寧々《ねね》は秀吉《ひでよし》の補佐役《ほさやく》に徹《てっ》したという。

▲ 觀光名勝「ねねの道」：高台寺西側的石坡道，因寧寧在此度過餘生得名 ©Shutterstock

秀吉《ひでよし》は明智光秀《あけちみつひで》を「山崎《やまざき》の戦《たたか》い」で破《やぶ》り、京周辺《きょうしゅうへん》の支配《しはい》に成功《せいこう》した。その間《あいだ》、長浜城《ながはまじょう》にいた寧々《ねね》は、明智軍《あけちぐん》に捕虜《ほりょ》にとられるおそれがあったため、親族《しんぞく》をつれて領内《りょうない》の寺《てら》（大吉寺《だいきちじ》）へ避難《ひなん》していた。一五八五年《ねん》に秀吉《ひでよし》は関白《かんぱく》、一五八六年《ねん》には太政大臣《だいじょうだいじん》に任命《にんめい》され、豊臣政権《とよとみせいけん》を樹立《じゅりつ》。秀吉《ひでよし》が朝廷《ちょうてい》から関白《かんぱく》に任命《にんめい》されたことにともない、寧々《ねね》は関白《かんぱく》や摂政《せっしょう》の正室《せいしつ》に贈《おく》られる「北政所《きたのまんどころ》」の称号《しょうごう》を与《あた》えられ、以後《いご》、朝廷《ちょうてい》との交渉《こうしょう》をこなし[5]、大坂城《おおさかじょう》の女房衆《にょうぼうしゅう》を束《たば》ねる[6]などの役割《やくわり》を果《は》たした。

一五九八年《ねん》、秀吉《ひでよし》が亡《な》くなったのち、寧々《ねね》は、唯一子《ゆいいっこ》を成《な》した側室《そくしつ》の淀殿《よどどの》（茶々《ちゃちゃ》）とは確執《かくしつ》[7]があったというが、嫡子《ちゃくし》・秀頼《ひでより》の後見《こうけん》[8]では協力《きょうりょく》していた。

一六〇三年《ねん》には秀吉《ひでよし》の遺言《ゆいごん》であった秀頼《ひでより》と千姫《せんひめ》（家康《いえやす》の孫娘《まごむすめ》）の婚儀《こんぎ》を見届《みとど》け[9]、その後《ご》に出家《しゅっけ》。朝廷《ちょうてい》から院号《いんごう》を賜《たまわ》り、「高台院《こうだいいん》」と称《しょう》した。寧々《ねね》は関《せき》ヶ《が》原《はら》の戦《たたか》いに勝利《しょうり》した徳川家《とくがわけ》の保護《ほご》を受《う》けて、一六二四年《ねん》に波乱《はらん》に満《み》ちた生涯《しょうがい》を閉《と》じている。

天下霸主秀吉患難與共之妻——寧寧（一五四八～一六二四）

寧寧據說是一位尾張（愛知縣西部）武士・杉原定利的次女，十四歲時與當時還沒有姓氏的秀吉結了婚。結婚當時，秀吉還只是個侍奉信長的小人物，家中貧寒。寧寧跟秀吉是在多次約會後「戀愛結婚」的。在眾家武士當中「戀愛結婚」是相當罕見的例子。結婚當時寧寧與秀吉都是近於老百姓的身分，所以得以像現代一般自由戀愛。

寧寧非常全心全意地在背後支持秀吉。秀吉發跡後首次修建長濱城時，聽說還曾與

▲ 寧寧為了祈求丈夫秀吉的冥福所建之高台寺 ©Shutterstock

寧寧共同商量城市的建設，可見秀吉對這位能幹的妻子寧寧是多麼的依賴。再則聽說寧寧跟秀吉的家人互動頻繁，特別是與秀吉的母親之間相處得十分融洽。直到晚年為止，都共處於一個屋簷底下。只可惜與秀吉兩人之間雖感情和睦卻無子嗣。寧寧於是收養了自己與秀吉家親戚等的小孩，或立為養子或培育為家臣，其中又以加藤清正及福島正則等最為出名。

　秀吉出兵打仗時，寧寧有時也會在代替秀吉前往拜會主君信長。在某次宴席上，寧寧對信長抱怨秀吉相當疼愛在京都的小老婆。信長於是派人送稍了封信說：「那隻禿頭老鼠，不可能再娶到像妳這般優秀的女性了。妳就堂堂正正的扮演好妳正牌夫人的角色，切莫再生妒意」等等，寬慰了寧寧一番。據說此後寧寧就死心塌地扮演著輔佐秀吉的角色。

　秀吉在「山崎之戰」打敗明智光秀，成功的支配了京都一帶。這期間獨守長濱城的寧寧，因恐為明智軍俘虜，率領親人們前往領內的寺廟（大吉寺）避難。一五八五年秀吉被任命為關白，一五八六年又被任命為太政大臣，樹立了豐臣政權。隨著秀吉被朝廷任命為關白，寧寧也被授予關白或攝政的正妻「北政所」的稱號，之後成功的扮演了維持與朝廷之間的往來以及管理於大阪城中的眾多妻妾等的多重角色。

　一五九八年秀吉過世後，相傳與唯一生下秀吉兒子的淀殿（茶茶）之間相處不睦，但仍然不遺於力地輔佐秀吉的長子秀賴。一六〇三年在親眼見證秀吉遺言中所提及秀賴與千姬（家康的孫女）的婚禮後出家。朝廷賜寧寧院號「高台院」。之後受到於關原之戰中最大贏家德川家所保護，一六二四年結束了她波瀾萬丈的一生。

單字與句型

單字

1. 折《お》り合《あ》い：（人與人之間的）關係
2. 愚痴《ぐち》を言《い》う：發牢騷
3. 振《ふ》る舞《ま》う：言行舉止
4. なだめる：安撫
5. こなす：熟練地處理、勝任
6. 束《たば》ねる：統帥
7. 確執《かくしつ》：各執己見、不合
8. 後見《こうけん》：輔佐、照顧監護者已不在的未成年人
9. 見届《みとど》ける：目送、見證

句型

• ～にともない：隨著～

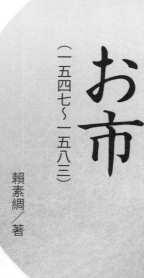

戦国《せんごく》一《いち》の美女《びじょ》、兄《あに》信長《のぶなが》の武器《ぶき》——

お市《いち》

（一五四七～一五八三）

頼素綢／著

026

戦国時代《せんごくじだい》では大名家《だいみょうけ》に生《う》まれた姫《ひめ》たちは政略結婚《せいりゃくけっこん》の道具《どうぐ》として使《つか》われ、その悲劇性《ひげきせい》が語《かた》られることが多《おお》い。実家《じっか》との対立《たいりつ》で最初《さいしょ》の夫《おっと》を亡《な》くし、再婚後《さいこんご》も勢力争《せいりょくあらそ》いに敗《やぶ》れ夫《おっと》と共《とも》に死《し》を選《えら》んだお市《いち》の方《かた》の人生《じんせい》は、もっとも有名《ゆうめい》な例《れい》だろう。

お市《いち》の最初《さいしょ》の結婚相手《けっこんあいて》は、近江《おうみ》の戦国大名《せんごくだいみょう》・浅井長政《あざいながまさ》であった。長政《ながまさ》は浅井家《あざいけ》の勢力《せいりょく》を拡大《かくだい》した傑物《けつぶつ》[1]で、信長《のぶなが》は将来有望《しょうらいゆうぼう》な長政《ながまさ》を同盟《どうめい》の相手《あいて》に選《えら》んだ。お市《いち》が信長《のぶなが》の命令《めいれい》で浅井長政《あざいながまさ》に嫁《とつ》い[2]だことで、織田《おだ》と浅井《あざい》の同盟《どうめい》が成立《せいりつ》し、京《きょう》への経路《けいろ》を確保《かくほ》した信長《のぶなが》は、上洛《じょうらく》を開始《かいし》した。

お市《いち》と長政《ながまさ》は、周囲《しゅうい》の者《もの》が羨《うらや》むほど仲《なか》がよかったという。そして、お市《いち》と長政《ながまさ》との間《あいだ》には茶々《ちゃちゃ》、お初《はつ》、お江《ごう》という三人《さんにん》の娘《むすめ》が生《う》まれる。しかし、幸《しあわ》せは長《なが》く続《つづ》かなかった。やがて信長《のぶなが》が長政《ながまさ》に断《ことわ》り[3]なく浅井氏《あざいし》と関係《かんけい》の深《ふか》かった朝倉家《あさくらけ》を撃《げき》したため、浅井家《あざいけ》は朝倉《あさくら》との関係《かんけい》を優先《ゆうせん》し、織田軍《おだぐん》の背後《はいご》を突《つ》く[4]。ここに織《お》田《だ》・浅井《あざい》の同盟《どうめい》は破《やぶ》れた。

長政《ながまさ》が織田軍《おだぐん》を攻撃《こうげき》しようとした時《とき》、お市《いち》は兄《あに》・信長宛《のぶながあて》に袋《ふくろ》の両端《りょうたん》を縛《しば》った小豆袋《あずきぶくろ》を届《とど》けさせた。小豆《あずき》を織田軍《おだぐん》に見立《みた》て[5]、「袋《ふくろ》のネズミ」という危機《きき》を知《し》らせたのである。これを受《う》け取《と》った信長《のぶなが》は、お市《いち》の意図《いと》を見《み》抜《ぬ》き[6]、挟《はさ》み撃《う》ちから脱出《だっしゅつ》に成功《せいこう》したという逸話《いつわ》もある。そして浅井家《あざいけ》は織《お》田家《だけ》によって攻《せ》め滅《ほろ》ぼされてしまう。これにより長政《ながまさ》は自刃《じじん》。お市《いち》と三人《さんにん》の娘《むすめ》たちは織田家《おだけ》に保護《ほご》された。

当時《とうじ》の女性《じょせい》は、夫《おっと》を失《うしな》った場合《ばあい》、出《しゅっ》家《け》するのが決《き》まり[7]だったが、お市《いち》は出家《しゅっけ》せず、そのまま暮《く》らしていた。信《のぶ》長《なが》はまだお市《いち》を政略結婚《せいりゃくけっこん》の駒《こま》として使《つか》おうと考《かんが》え、出家《しゅっけ》を許《ゆる》さなかったからだとの一説《いっせつ》もある。

▲ 柴田神社內的阿市銅像 ©Wikipedia

浅井《あざい》の居城《きょじょう》である小谷城《おだにじょう》が落城《らくじょう》してから九年余《きゅうねんあま》りが経《た》ったころ、お市《いち》の人生《じんせい》が再《ふたた》び大《おお》きく翻弄《ほんろう》される。本能寺《ほんのうじ》の変《へん》で信長《のぶなが》が死《し》んだのだ。織田家後継《おだけこうけい》者《しゃ》の有力候補《ゆうりょくこうほ》とされていたのが柴田勝《しばたかつ》家《いえ》である。お市《いち》は信長《のぶなが》の三男《さんなん》・信孝《のぶたか》の仲介《ちゅうかい》で勝家《かついえ》と再婚《さいこん》した（また信孝《のぶたか》ではなく秀吉《ひでよし》が仲介《ちゅうかい》にあたったという説《せつ》もある）。信孝《のぶたか》は、叔母《おば》のお市《いち》を嫁《とつ》がせて勝家《かついえ》と結《むす》びつくことで、織田家中《おだかちゅう》での自《みずか》らの勢力《せいりょく》を強《つよ》めようとしたのである。

お市《いち》は二人目《ふたりめ》の夫《おっと》も愛《あい》したようだ。「賤《しず》ヶ《が》岳《たけ》の戦《たたか》い」の敗北後《はいぼくご》、勝家《かついえ》は妻《つま》と娘《むすめ》たちを逃《に》がすことを望《のぞ》んだが、お市《いち》はこれを拒否《きょひ》し、三人《さんにん》の娘《むすめ》だけを城《しろ》から逃《に》がし[8]、夫《おっと》と共《とも》に燃《も》え盛《さか》る天守《てんしゅ》の中《なか》で自害《じがい》をした。政略結婚《せいりゃくけっこん》に翻弄《ほんろう》されながら、最後《さいご》は自分自身《じぶんじしん》の意志《いし》を通《とお》したのだろう。「さらぬだに　うちぬる程《ほど》もなつの夜《よ》の　わかれをさそふほととぎすかな」という辞世《じせい》の句《く》が伝《つた》えられている。

戰國第一美女、兄長織田信長的武器——市（一五四七～一五八三）

戰國時代出生於大名之家的女人們，通常會被用來做為政略結婚的道具，故而出現許多令人可歌可泣的故事。其中最有名的應該就是阿市的一生吧！阿市的丈夫因與娘家對立而被織田信長所滅。再婚後也因角力鬥爭失敗，最終選擇與丈夫共赴黃泉。

阿市第一段婚姻對象是近江的戰國大名淺井長政。長政是擴展淺井家勢力的傑出人物，信長認為長政大有可為，於是選擇他作結盟對象。阿市則奉信長之命嫁給淺井長政，其後織田與淺井便順利結盟。信長在確保上京之路後，便開始計畫上洛（京都）。

據說阿市與長政的感情好到讓周遭欣羨不已，阿市與長政育有茶茶、阿初、阿江等三個女兒。無奈好景不長。不久之後，信長攻擊了與淺井家關係交好的朝倉家，淺井家選擇與朝倉站在同一陣線，對織田軍進行前後夾攻。至此織田與淺井的同盟正式告吹。

一段軼事提及：當長政要襲擊織田信長時，阿市偷偷派人送了一個細綁著兩端的小豆袋帶給了兄長信長。小豆用來比喻織田軍，通知他們即將會有一場如「袋中之鼠」的危機。收到這個小豆袋的信長，看出織田市的巧思，於是得以從前後夾擊的危機中逃脫。淺井家最後被織田家所攻滅，長政也因此自裁身亡。阿市與三個女兒則受織田家所保護。

▲浅井長政夫人（阿市）像（高野山持明院所藏）©Wikipedia

當時的女性失去丈夫後依律是要出家的。但阿市並沒有出家，過著如同往常般的生活。一說是因信長考慮再次將織田市做為政略結婚的旗子，而不許她出家。

小谷城在城池陷落後約九年，織田市的人生再次掀起了巨浪。信長死於本能寺。織田家立即召見了當下最具威望的候選人柴田勝家。阿市透過信長的三男信孝從中引線（另有並非信孝而是透過秀吉之說），與勝家再婚。信孝實際上是想利用阿姨阿市的再婚與勝家結合，以增強自己在織田家的勢力。

而阿市似乎也深愛著第二任丈夫。「賤岳之戰」敗北後，勝家期望妻子帶著女兒們脫逃，卻遭阿市所拒。她只讓三個女兒逃脫，選擇了與丈夫自裁於烈火燃燒的天守閣中。一生受到政略結婚擺弄的阿市，終究也算是順了自己心意。「猶戀紅塵不願歸，為恨夏夜杜鵑啼。聲聲催別離」她於臨終前留下這首淒美詩歌，永傳於世。

單字與句型

單字

1. 傑物《けつぶつ》：傑出英才
2. 嫁《とつ》ぐ：出嫁
3. 断《ことわ》り：許可
4. 突《つ》く：攻其不備
5. 見《み》立《た》てる：把某事物喻為另一事物
6. 見《み》抜《ぬ》く：看穿
7. 決《き》まり：慣例、規距
8. 逃《に》がす：放走、幫助某人逃走

句型

- ～ながら：雖然～

不運《ふうん》に負《ま》けず国母《こくぼ》となった姫《ひめ》——お江《ごう》

（一五七三～一六二六）

游翔皓／著
冨永圭太／譯

027

幸《しあわ》せとはどう定義《ていぎ》すべきだろうか。富貴栄華《ふうきえいが》を極《きわ》め[1]衣食《いしょく》に困《こま》らないが身内《みうち》や愛《あい》する人《ひと》と一緒《いっしょ》にいられないような人生《じんせい》は幸《しあわ》せと言《い》えるのか。何《なに》かを犠《ぎ》牲《せい》にしなければ幸《しあわ》せになれないなら、どのような人《ひと》が幸《しあわ》せになれるのか。この難解《なんかい》な問《と》いについて、お江《ごう》の生涯《しょうがい》を辿《たど》りながら考《かんが》えてみよう。

お江《ごう》は名家出身《めいかしゅっしん》で才色兼備《さいしょくけんび》の女性《じょせい》だった。徳川幕府二代将軍《とくがわばくふにだいしょうぐん》・徳川秀忠《とくがわひでただ》の御台所《みだいどころ》（正室《せいしつ》）、三代将軍《さんだいしょうぐん》・徳川家光《とくがわいえみつ》の母《はは》として知《し》られる。栄光《えいこう》を極《きわ》めたように思《おも》えるが、実際《じっさい》は茨《いばら》[2]の人生《じんせい》だった。お江《ごう》の母親《ははおや》は戦国時代一《せんごくじだいいち》の美人《びじん》と言《い》われたお市《いち》、父親《ちちおや》は近江北部《おうみほくぶ》を支配《しはい》していた武将《ぶしょう》、浅井長政《あざいながまさ》だ。母方《ははかた》の伯《お》父《じ》、織田信《おだのぶ》は上洛《じょうらく》のためお市《いち》を浅井家《あざいけ》に嫁《とつ》がせたが、両家《りょうけ》は敵対関係《てきたいかんけい》になり、浅井家《あざいけ》は滅《ほろ》びる。幼《おさな》かったお江《ごう》の心《こころ》に、父《ちち》との死別《しべつ》は消《き》えない傷《きず》として残《のこ》ったはずだ。

信長《のぶなが》が本能寺《ほんのうじ》の変《へん》で殺害《さつがい》された後《あと》、

位於東京港區芝公園增上寺的秀忠與江的寶塔 © 江戸村のとくぞう / Wikipedia ▶

お市《いち》は織田家《おだけ》の基盤《きばん》を固《かた》めるため、三人《さんにん》の娘《むすめ》を連《つ》れて織田《おだ》家《け》の猛将《もうしょう》、柴田勝家《しばたかついえ》に嫁《とつ》いだ。だが、突然《とつぜん》訪《おとず》れた幸《しあわ》せな日々《ひび》のせいか、勝家《かついえ》は戦《いくさ》で消極的《しょうきょくてき》になり、たびたび[3]勝機《しょうき》を見《み》誤《あやま》っ[4]た。織田家《おだけ》の権力争《けんりょくあらそ》いは羽柴秀吉《はしばひでよし》が勝利《しょうり》し、勝家《かついえ》とお市《いち》は不服従《ふふくじゅう》の意志《いし》を示《しめ》すため自害《じがい》した。実父《じっぷ》を亡《な》くした辛《つら》さが記憶《きおく》に新《あたら》しい中《なか》、三姉妹《さんしまい》は実母《じつぼ》、継父《けいふ》とも死別《しべつ》することとなった。運命《うんめい》に弄《もてあそ》ばれ[5]続《つづ》けるお江《ごう》。流木《りゅうぼく》をつかもうとすると、悲《ひ》劇《げき》の波《なみ》が打《う》ち寄《よ》せてくる。お江《ごう》の結婚《けっこん》生活《せいかつ》は全《すべ》て、夫《おっと》の死《し》か政略的《せいりゃくてき》な再婚《さいこん》で終《お》わった。だが、勇敢《ゆうかん》で前向《まえむ》きなお江《ごう》は常《つね》に人生《じんせい》を変《か》えようとしていた。そしてついに、お江《ごう》の苦難《くなん》を終《お》わらせた男《おとこ》、徳川秀忠《とくがわひでただ》に出会《であ》った。

秀忠《ひでただ》は臆病《おくびょう》で自分《じぶん》の考《かんが》えを持《も》たず、父《ちち》と妻《つま》を恐《おそ》れる坊《ぼっ》ちゃんとよく言《い》われるが、それは物事《ものごと》の表面《ひょうめん》しか見《み》ない人《ひと》の誤解《ごかい》かもしれない。家康《いえやす》が秀忠《ひでただ》を後《こう》継者《けいしゃ》に選《えら》んだのは、秀忠《ひでただ》の資質《ししつ》と器量《きりょう》は天下太平《てんかたいへい》の世《よ》に効果《こうか》を発揮《はっき》するとみたからだ。秀忠《ひでただ》が恐妻家《きょうさいか》という印象《いんしょう》を与えるのは、お江《ごう》が気《き》が強《つよ》く、嫉妬深《しっとぶか》かったからではなく、秀忠《ひでただ》の方《ほう》が譲《ゆず》ろうとしていたからだろう。不幸《ふこう》な前半《ぜんはん》生《せい》を送《おく》ったお江《ごう》を秀忠《ひでただ》は憐《あわ》れみ[6]、尽《つ》きることのない愛《あい》でお江《ごう》の心《こころ》を慰《なぐさ》めようとした。妾《めかけ》を持《も》たず、お江《ごう》に大奥《おおおく》を仕切《しき》らせ[7]、お江《ごう》にたびたび寄《よ》り添《そ》っていた。お江《ごう》がずっと求《もと》めていた、家《か》族《ぞく》と一緒《いっしょ》にいるという平凡《へいぼん》な幸《しあわ》せを与《あた》えたのだ。

お江《ごう》の晩年《ばんねん》は全《すべ》て思《おも》い通《どお》りとはいかなかったが、秀忠《ひでただ》の愛《あい》と努力《どりょく》のお陰《かげ》で身内《みうち》と離別《りべつ》、死別《しべつ》することはなかった。秀忠《ひでただ》はお江《ごう》の白馬《はくば》の王子《おうじ》と言《い》えるが、そんな白馬《はくば》の王子《おうじ》を引《ひ》き寄《よ》せられたのは、決《けっ》して運命《うんめい》に負《ま》けない強《つよ》さをお江《ごう》が持《も》っていたからだ。

從公主到國母擊敗不運宿命——江（一五七三～一六二六）

幸福究竟該怎麼定義？享盡榮華富貴不愁吃穿，卻難與至親至愛長相廝守，稱得上是幸福的一生嗎？若追求幸福必須先付出些

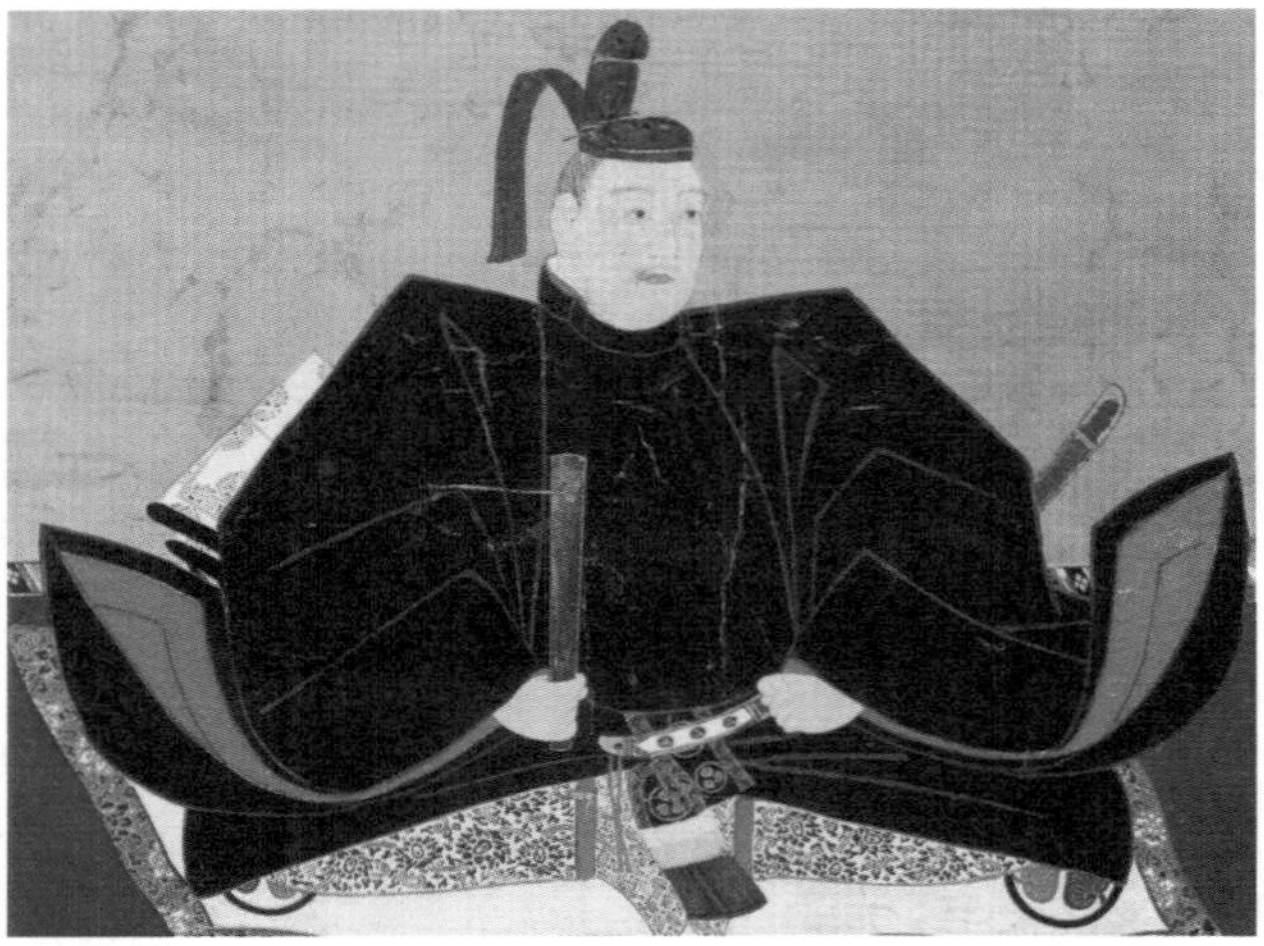

▲江的最後一任丈夫德川秀忠像 ©Wikipedia

什麼，那怎樣的人才配得到幸福呢？就順著お江的一生，思考一下這個難解的人生課題吧。

　お江出身名門，才色兼備。她以二代將軍德川秀忠的御台所（正室），及三代將軍德川家光的生母的身分為人所知，看似備極尊榮的一生，實際上卻是荊棘遍佈。お江的母親是號稱戰國第一美人的お市，父親是雄踞近江北部的武將淺井長政。舅父織田信長為了上洛，讓お市下嫁淺井家，但兩家最終卻落得兵戎相見、淺井家滅亡的結局。對お江年幼的心靈而言，與父親的死別必是不可磨滅的傷痛。

　信長在本能寺遇害後，お市為了鞏固織田家，帶著三個女兒嫁給織田家的猛將柴田勝家，但勝家似乎因這段突如其來的幸福生活在戰場上變得消極，屢屢貽誤戰機，最終織田家的權力爭奪戰由羽柴秀吉勝出，勝家與お市決定自刃也不屈服。喪父之痛還記憶猶新，三姊妹又再度經歷與生母繼父的死別。命運一次又一次地戲弄お江，每當她想抓住幸福的浮木時，悲劇的浪頭便又打了過來。お江經歷了幾段婚姻，皆以丈夫死亡或政治聯姻的改嫁收場，但她是個勇敢又樂觀的女孩，始終試圖扭轉人生，最終迎來了終結她苦難的，名為「德川秀忠」的男人。

　秀忠常被認為是懦弱沒主見，懼父又懼內的政二代，但或許這是世人只看表面所招致的誤解。家康會選他為繼承人是因他看得出秀忠的資質器量在天下承平時定能發揮作用。秀忠之所以留下懼內的印象，恐怕並非お江的強勢善妒，而是他主動的退讓。對於前半生不幸的お江，秀忠是憐憫的，希望能以無盡的愛安慰撫平お江。他不納妾，德川時代時更讓お江主宰整個大奧，時時陪伴在她身邊，給了她這生一直渴望的，擁有家人陪伴的平凡幸福。

　お江幸福的晚年回應了秀忠的愛及努力，儘管非事事如意，但她不再經歷與至親的生離死別。秀忠堪稱お江生命中的白馬王子，但讓她贏得這位白馬王子的，是她堅決不向命運低頭的生命韌性。

單字與句型

單字

1. 極《きわ》める：追求極致
2. 茨《いばら》：荊棘（譬喻坎坷）
3. たびたび：幾度
4. 見誤《みあやま》る：誤判
5. 弄《もてあそ》ばれる：被捉弄（「弄ぶ」的被動式）
6. 憐《あわ》れむ：憐憫
7. 仕切《しき》らせる：讓其掌管（「仕切る」的使役式）

句型

• ～こととなる：表示事情自然而然演變的結果

大奥《おおおく》を取《と》り仕切《しき》る女帝《じょてい》——

春日局《かすがのつぼね》

（一五七九～一六四三）

賴素綱／著

028

春日局《かすがのつぼね》は江戸幕府《えどばくふ》三代将軍《さんだいしょうぐん》・徳川《とくがわ》家光《いえみつ》の乳母《うば》を務《つと》め、大奥《おおおく》の基礎《きそ》を作《つく》り上《あ》げた女性《じょせい》である。本名《ほんみょう》は斎藤福《さいとうふく》といい、普段《ふだん》はお福《ふく》と呼《よ》ばれていた。四歳《よんさい》の時《とき》、福《ふく》の父《ちち》・斎藤利三《さいとうとしぞう》は「本能寺《ほんのうじ》の変《へん》」で光秀《みつひで》に従《したが》って信長《のぶなが》を討《う》った後《あと》、秀吉《ひでよし》に敗北《はいぼく》して処刑《しょけい》された。このように福《ふく》は謀反人《むほんにん》の子《こ》であったが、女《おんな》であったため追《お》われることはなく、伯父《おじ》の稲葉重通《いなばしげみち》に引《ひ》き取《と》られ[1]、重通《しげみち》の娘婿《むすめむこ》であった稲葉正成《いなばまさなり》の後妻《ごさい》となった。

福《ふく》は二十六歳《にじゅうろくさい》の時《とき》、徳川秀忠《とくがわひでただ》の嫡男《ちゃくなん》・竹千代《たけちよ》（家光《いえみつ》）の乳母《うば》に任命《にんめい》された。幼《おさな》い竹千《たけち》に愛情《あいじょう》をたっぷり注《そそ》ぎながらも、厳《きび》しく育《そだ》て上《あ》げた。しかし、当《とう》時《じ》、千代《ちよ》の父《ちち》・秀忠《ひでただ》と母《はは》・お江《こう》が長男《ちょうなん》である竹千代《たけちよ》よりも二男《じなん》の国松《くにまつ》を可愛《かわい》がっ[2]ていたことで、徳川家《とくがわけ》の家臣《かしん》の間《あいだ》でも国松《くにまつ》が三代将軍《さんだいしょうぐん》になるのでは、という空気《くうき》が流《なが》れていた。そこで、福《ふく》は伊勢《いせ》参《まい》りを理由《りゆう》に江戸城《えどじょう》を発《た》ち、家《いえ》康《やす》のいる駿府城《すんぷじょう》へ向《む》かった。「竹千代《たけちよ》

▲與強盜打鬥中的春日局（安達吟光繪）
©Wikipedia

は自分《じぶん》が愛《あい》されていないと悩《なや》んでいます。三代将軍《さんだいしょうぐん》のお墨付《すみつ》きがいただきたい」と家康《いえやす》に訴《うった》え[3]たのだ。

のちに家康《いえやす》が江戸《えど》に出仕《しゅっし》した時《とき》だ。家康《いえやす》は竹千代《たけちよ》に菓子《かし》を与《あた》えた。同《おな》じように国松《くにまつ》が菓子《かし》を欲《ほ》しがる。すると家康《いえやす》は、「ひかえよ。そちはゆくゆく竹千代《たけちよ》の家臣《かしん》になる身《み》だ。同じように菓子《かし》を欲《ほ》しがってはいけない」といった。その際《さい》、次期将軍《じきしょうぐん》が竹千代《たけちよ》であることを明言《めいげん》したという。

四十八歳《よんじゅうはっさい》で大奥《おおおく》を統率《とうそつ》する役目《やくめ》に就任《しゅうにん》した福《ふく》の仕事《しごと》は、幕府《ばくふ》に対《たい》する人質《ひとじち》として江戸《えど》に暮《く》らしていた大名《だいみょう》の妻《つま》らを監督《かんとく》することで、幕府《ふ》にとって重要《じゅうよう》な職務《しょくむ》であった。大奥《おおおく》とは、江戸城内《えどじょうない》の、将軍《しょうぐん》の母《はは》や妻子《さいし》、それに仕《つか》える女性《じょせい》たちが生活《せいかつ》した場所《ばしょ》である。大奥《おおおく》の統率権《とうそつけん》は、本来将軍《ほんらいしょうぐん》の正室《せいしつ》にあるはずだったが、お江《こう》が一六二六年《ねん》に亡《な》くなり、家光《いえみつ》の正室《せいしつ》は嫁《とつ》いできたばかりであったため、福《ふく》に任《まか》されたのだった。

一六二九年《ねん》、後水尾天皇《ごみずのおてんのう》は幕府《ばくふ》の定《さだ》めた決《き》まりを無視《むし》して、無許可《むきょか》で高僧《こうそう》に紫衣《むらさきい》の着用《ちゃくよう》を許可《きょか》し、幕府《ばくふ》と朝廷《ちょうてい》の仲《なか》がこじれ[4]てしまった。朝廷《ちょうてい》との交渉役《こうしょうやく》を任《まか》された福《ふく》は、天皇《てんのう》に拝謁《はいえつ》し、「春日局《かすがのつぼね》」の名《な》を与《あた》えられ、徳川家《とくがわけ》の女性《じょせい》の中《なか》でトップの地位《ちい》に上《のぼ》った。

家光《いえみつ》は男色《だんしょく》[5]の気《き》があったという噂《うわさ》があり、春日局《かすがのつぼね》は家光《いえみつ》の気《き》に入《い》る側室《そくしつ》を見《み》つけるのに骨《ほね》を折《お》っ[6]た。また、家光《いえみつ》が疱瘡《ほうそう》にかかった時《とき》、春日局《かすがのつぼね》は「家光《いえみつ》の病気《びょうき》を治《なお》してくれるなら生涯《しょうがい》薬《くすり》をのまない」と誓《ちか》ったことがあった。そのため、病《やまい》に倒《たお》れても薬《くすり》をのまなかった。家光《いえみつ》が薬《くすり》をのませようとしても、飲《の》んだふりをして実際《じっさい》には飲《の》まず、そのまま病死《びょうし》している。家光《いえみつ》はその日《ひ》、一度《いちど》も食事《しょくじ》に箸《はし》をつけないほどに悲嘆《ひたん》したという。

操持大奥的女皇帝——春日局

（一五七九～一六四三）

春日局是江戶幕府三代將軍德川家光的乳娘，「大奧」便是由她一手籌畫並建立起基礎。本名齋藤福，一般人稱阿福。四歲時父親齋藤利三於「本能寺之變」中追隨明智光秀襲擊信長，之後與秀吉大戰敗北被處死。因此春日局成了叛臣之女。也因是女孩的緣故並未被趕盡殺絕，後被稻葉重通收養，成為稻葉正成的繼室。

二十六歲時，奉命成為德川秀忠的長男竹千代（家光）的乳娘。對於幼小的竹千代，阿福傾注所有慈愛的同時也施以嚴格的教育。但因當時竹千代的父親秀忠及母親阿江更加疼愛次子國，於是德川家臣間流傳著三代將軍將由國松繼承說。阿福於是以到伊勢參拜為由，出了江戶城前往家康所在的駿府城。她向家康求助說：「竹千代對自己不被疼愛感到相當煩惱。希望能看見您親筆寫下三代將軍的詔書」。

▲「千代田（江戶城）の大奧」1（楊洲周延繪）

　就在之後家康一次公出前往江戶時，把糖果給了竹千代，而國松也想要同樣的糖。於是家康對國松說：「切莫要有非分之想，你終將竹千代的一位家臣罷了，不可以要求相同待遇」。就在當下，言明立定了下一任將軍為竹千代一事。

　四十八歲時，阿福奉命接掌統帥大奧的任務，負責監督那些以人質身份被拘禁於江戶城中的眾家大名的妻妾。對幕府來說這是一項吃重的任務。所謂的「大奧」，就是在江戶城內，將軍的母親妻小及侍奉的女僕們日常生活的所在。統帥大奧之權本應屬於將軍的正室，但因阿江於一六二六年過世，家光的正室才剛進門不久，便委任給了阿福。

　一六二九年後水尾天皇無視幕府立下的規定，未經許可的情況下批准高僧穿著紫衣，幕府與朝廷的關係因此惡化。阿福再次被委以與朝廷交涉的重任，前往京都謁見天皇，天皇授予「春日局」的封號。德川家的女性當中，阿福爬上了最頂尖的地位。

　曾經一聽到家光有了同性戀的傳言，阿福馬上費盡心思找來家光喜愛的女子做偏房。而家光罹患天花之時，阿福則立下：「若家光得以脫離病魔，自己將終生不服藥」的誓言。因此她病倒後就沒有服藥。即使家光設法讓她服藥，她也只是假裝服用，直到病死。據傳阿福過世當日，家光悲傷至無法進食。

單字與句型

單字

1. 引《ひ》き取《と》られる：被收留（「引き取る」的被動式）
2. 可愛《かわい》がる：疼愛
3. 訴《うった》える：向某人傾訴、陳情
4. こじれる：關係惡化
5. 男色《だんしょく》：男性的同性愛
6. 骨《ほね》を折《お》る：比喻勞心勞力

句型

- ～はずだった：本應～才是
- ～たばかり：才剛剛～

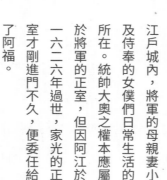

大《おお》奥《おく》に有《ゆう》終《しゅう》の美《び》を飾《かざ》った女《じょ》傑《けつ》——

篤《あつ》姫《ひめ》

（一八三六～一八八三）

游翔皓／著
冨永圭太／譯

029

歴《れき》史《し》の舞《ぶ》台《たい》に登《とう》場《じょう》する主《しゅ》役《やく》の大《たい》半《はん》は男《だん》性《せい》だが、幕《ばく》末《まつ》の変《へん》革《かく》期《き》に男勝《おとこまさ》り[1]の意《い》志《し》と勇《ゆう》気《き》を示《しめ》した一人《ひとり》の伝《でん》説《せつ》的《てき》な女《じょ》性《せい》がいた。薩《さつ》摩《ま》藩《はん》（鹿《か》児《ご》島《しま》県《けん》）の姫《ひめ》に生《う》まれ、十《じゅう》三《さん》代《だい》将《しょう》軍《ぐん》徳《とく》川《がわ》家《いえ》定《さだ》の御《み》台《だい》所《どころ》となり、幕《ばく》府《ふ》崩《ほう》壊《かい》時《じ》に人《じん》心《しん》を安《あん》定《てい》させ、江《え》戸《ど》城《じょう》無《む》血《けつ》開《かい》城《じょう》を導《みちび》いた「篤《あつ》姫《ひめ》」だ。

篤《あつ》姫《ひめ》の生《せい》家《か》である薩《さつ》摩《ま》藩《はん》島《しま》津《づ》家《け》は、幕《ばく》府《ふ》の権《けん》力《りょく》中《ちゅう》枢《すう》に入《はい》るため、将《しょう》軍《ぐん》家《け》の跡《あと》目《め》争《あらそ》いに介《かい》入《にゅう》し、徳《とく》川《がわ》慶《よし》喜《のぶ》が十《じゅう》四《よん》代《だい》将《しょう》軍《ぐん》になることを支《し》持《じ》した。そこで篤《あつ》姫《ひめ》が十《じゅう》三《さん》代《だい》将《しょう》軍《ぐん》家《いえ》定《さだ》の正《せい》室《しつ》として江《え》戸《ど》城《じょう》の大《おお》奥《おく》に送《おく》り込《こ》まれたのだが、その後《ご》間《ま》もなく家《いえ》定《さだ》は死《し》去《きょ》してしまう。篤《あつ》姫《ひめ》は出《しゅっ》家《け》して「天《てん》璋《しょう》院《いん》」と名《な》乗《の》り、大《おお》奥《おく》を支《ささ》え続《つづ》けた。

跡《あと》目《め》争《あらそ》いは徳《とく》川《がわ》家《いえ》茂《もち》が勝《か》った。家《いえ》茂《もち》は幕《ばく》府《ふ》を安《あん》定《てい》させるため、「公《こう》武《ぶ》合《がっ》体《たい》」の名《な》の下《もと》に天《てん》皇《のう》の妹《いもうと》を妻《つま》に迎《むか》えた。篤《あつ》姫《ひめ》はこの新《しん》参《ざん》の御《み》台《だい》所《どころ》と反《そ》りが合《あ》わず[2]、やがて薩《さつ》摩《ま》藩《はん》は政《せい》治《じ》的《てき》立《たち》場《ば》を転《てん》換《かん》。大《おお》奥《おく》に身《み》を置《お》く篤《あつ》姫《ひめ》は、生《せい》家《か》が武《ぶ》

力倒幕《りょくとうばく》に転換《てんかん》したため、気《き》まずい[3]立場《たちば》に立《た》たされた。

家茂《いえもち》は長州征伐中《ちょうしゅうせいばつちゅう》に亡《な》くなり、徳川《とくがわ》慶喜《よしのぶ》が十五代将軍《じゅうごだいしょうぐん》に就《つ》いた。慶喜《よしのぶ》は政権《せいけん》を朝廷《ちょうてい》に返還《へんかん》する大政奉還《たいせいほうかん》を行《おこな》い、薩長軍《さっちょうぐん》との鳥羽伏見《とばふしみ》の戦《たたか》いでは戦《たたか》わずに江戸《えど》に逃《に》げ帰《かえ》り、謹慎蟄居《きんしんちっきょ》した。徳川家《とくがわけ》が空前《くうぜん》の危機《きき》に直面《ちょくめん》しているのに、一家《いっか》の主《あるじ》は重責《じゅうせき》を投《な》げ出《だ》したのだ。薩摩《さつま》を中心《ちゅうしん》とする新政府軍《しんせいふぐん》が迫《せま》り来《く》る中《なか》、城主《じょうしゅ》のいない江戸城《えどじょう》では誰《だれ》もが身《み》の危険《きけん》を感《かん》じていた。

▲ 德川慶喜遠眺熊熊烈焰中的居城大阪城逃往江戶（月岡芳年繪）
©Wikipedia

その時《とき》、慶喜《よしのぶ》が投《な》げ出《だ》した重責《じゅうせき》を引《ひ》き受《う》け、敵軍《てきぐん》の進攻《しんこう》に敢然《かんぜん》と立《た》ち向《む》かったのが、南国薩摩生《なんごくさつまう》まれの小柄《こがら》な篤姫《あつひめ》だ。大奥《おおおく》で最高位《さいこうい》の御台所《みだいどころ》である篤姫《あつひめ》は、臆病《おくびょう》で優柔不断《ゆうじゅうふだん》な幕臣《ばくしん》たちとは対照的《たいしょうてき》に、無血《むけつ》を条件《じょうけん》に江戸城《えどじょう》を新政府軍《しんせいふぐん》に明《あ》け渡《わた》す[4]決断《けつだん》を下《くだ》した。江戸城《えどじょう》に入《はい》った新政府軍《しんせいふぐん》が見《み》た大奥《おおおく》は整然《せいぜん》とし、生《い》け花《ばな》もあった。篤姫《あつひめ》は征服者《せいふくしゃ》に伝《つた》えたかったのだ。我々《われわれ》は追《お》い出《だ》されたのではない、大奥《おおおく》の歴史《れきし》を美《うつく》しく締《し》めくくっ[5]たのだと。

篤姫《あつひめ》は酒《さけ》の強《つよ》さでも男勝《おとこまさ》りだったという。焼酎《しょうちゅう》で有名《ゆうめい》な薩摩《さつま》の男《おとこ》たちが酒豪《しゅごう》ばかりだったことを考《かんが》えれば、篤姫《あつひめ》がどれほど酒《さけ》に強《つよ》かったかが分《わ》かる。大奥《おおおく》で飲《の》む時《とき》、篤姫《あつひめ》は女官《にょかん》を招《まね》き、酒《さけ》を注《つ》いでやることもあった。江戸時代《えどじだい》では、高位《こうい》の人《ひと》に酒《さけ》を注《つ》いでもらうことは大変名誉《たいへんめいよ》なことで、高位《こうい》の人《ひと》が細《こま》かいことにこだわらない証拠《しょうこ》でもあったため、篤姫《あつひめ》の豪放磊落《ごうほうらいらく》ぶりが窺《うかが》える。篤姫《あつひめ》がか弱《よわ》く[6]従順《じゅうじゅん》な伝統的女性《でんとうてきじょせい》でなかったのは、南国薩摩《なんごくさつま》の影響《えいきょう》だけでなく、危機《きき》に直面《ちょくめん》しても動《どう》じ[7]ない強《つよ》さと決断力《けつだんりょく》、柔《じゅう》よく剛《ごう》を制《せい》す勇気《ゆうき》と忍耐力《にんたいりょく》を持《も》ち合《あ》わせていたからだ。同《おな》じ時代《じだい》の男《おとこ》たちの多《おお》くが色《いろ》あせる[8]ほど輝《かがや》いて生《い》きた女傑《じょけつ》と言《い》えよう。

為大奧留下美麗句點的女豪傑——篤姫（一八三六～一八八三）

雖然歷史舞台的主角大多數是男性，但幕末的一位傳奇女性在面臨時代變局時，展現出的意志及勇氣甚至遠勝男性，她就是薩摩藩（鹿兒島縣）的公主，第十三代將軍德川家定的御台所，在幕府傾圮之際穩定人

▲ 位於鹿兒島的天璋院篤姬像 ©Shutterstock

心，促成江戶城無血開城的「篤姬」。

篤姬的娘家薩摩藩島津家，為了參與幕府的權力運作，介入將軍的後繼之爭，支持德川慶喜成為十四代將軍。為此篤姬被送進江戶城的大奧，成為十三代將軍家定的正室。然而家定婚後不久後即辭世，篤姬於是出家改稱「天璋院」，並繼續支撐著將軍家的大奧。

後繼之爭的結果由德川家茂勝出。家茂為穩定幕府，以「公武合一」的名義迎娶天皇之妹。篤姬與這位新任的御台所的關係並不融洽，不久後，薩摩藩更改變其政治態度。儘管篤姬仍身處大奧，娘家卻轉向以武力倒幕，篤姬因而陷入尷尬的立場。

家茂在遠征長州途中亡故，由德川慶喜繼任為第十五代將軍。慶喜先是大政奉還，將幕府的權力還給朝廷，繼而在與薩長軍的伏見鳥羽之戰時不戰而潰逃回江戶，並宣布自己謹慎蟄居。當家的男人居然撂下重擔，無視德川家面臨的空前危機，以薩摩軍為主體新政府的征討軍逼近江戶城時，江戶城群龍無首，人人自危。

這時，挑起慶喜拋下的重擔，勇敢面對敵軍進逼的正是這位出身南國的嬌小女性。身為大奧中地位最高的御台所，篤姬不像那批懦弱的幕臣般舉棋不定，果斷地以不流血為條件，將江戶城讓渡給新政府軍。新政府軍進入江戶城所看到的大奧，有條不紊、窗明几淨，還特意擺上了插花。她要用這樣的大奧告訴征服者，我們並非被趕跑，而是用美麗迎接大奧的終焉。

據說篤姬酒量好不輸男人，薩摩燒酎本就聞名，薩摩男兒個個是酒中豪傑，篤姬的好酒量可見一斑。在大奧飲酒時，她會招喚其他女官一起喝，有時還會為女官倒酒。江戶時代得到位高之人倒酒是莫大的殊榮，更代表位高之人的不拘小節，由此可看出篤姬的颯爽豪放。她之所以不是傳統上嬌弱柔順的女子典型，除了南國薩摩的影響外，篤姬本身獨具的特質更是關鍵——堅毅果決、臨危不亂、勇敢忍耐、以柔克剛，實在是一位令同時代多數男性都黯然失色的女中豪傑！

單字與句型

單字

1. 男勝《おとこまさ》り：豪氣不輸給男性
2. 反《そ》りが合《あ》わず：個性、價值觀不合
3. まずい：尷尬的
4. 明《あ》け渡《わた》す：讓渡
5. 締《し》めくくる：總結、結束
6. か弱《よわ》い：柔弱的樣子
7. 動《どう》じる：動搖
8. 色《いろ》あせる：褪色、遜色

句型

• ～のに：（明明）卻～

大和撫子《やまとなでしこ》

030

賴素綢／著

1 大和撫子《やまとなでしこ》とは

「大和撫子《やまとなでしこ》」とは、上品《じょうひん》でおしとやかだが、芯《しん》があり、凛《りん》としている女性《じょせい》で、男《だん》を立《た》てる[1]ことのできる控《ひか》えめ[2]な女性《じょせい》を意味《いみ》している。日本《にほん》を意味《いみ》する「大和《やまと》」に、小《ちい》さく愛《あい》らしいことからその名《な》のついた「撫子《なでしこ》」という植物《しょくぶつ》の花《はな》に例《たと》えて作《つく》られた言葉《ことば》だ。いわば[3]、奥《おく》ゆかしさや内《うち》に秘《ひ》めた強《つよ》さを兼《か》ね備《そな》え、いざ[4]という時《とき》に男性《だんせい》や家族《かぞく》を守《まも》ることができる女性《じょせい》であり、外見《がいけん》の美《うつく》しさとともに、内面《ないめん》の美《うつく》しさも求《もと》められている。

2 代表的《だいひょうてき》な歴史上《れきしじょう》の人物《じんぶつ》

家《いえ》の中《なか》にいながらも安心《あんしん》して暮《く》らせない戦国時《せんごくじ》代《だい》において、女性《じょせい》は、主人《しゅじん》が戦《たたか》いで留守《るす》の間《あいだ》に家《いえ》を守《まも》る「勇《いさ》ましさ」「力強《ちからづよ》さ」も求《もと》められるようになった。代表的《だいひょうてき》な人物《じんぶつ》と言《い》えば、豊臣秀吉《とよとみひでよし》の正室《せいしつ》の「寧々《ねね》」や「お市《いち》」などがもっとも有名《ゆうめい》な例《れい》だろう。寧々《ねね》は不在《ふざい》がち[5]な夫《おっと》に代《か》わり仕事《しごと》をこなし、お市《いち》は信長《のぶなが》の命令《めいれい》で政略結婚《せいりゃくけっこん》の道具《どうぐ》として使《つか》われ、実家《じっか》との対立《たいりつ》で最初《さいしょ》の夫《おっと》を亡《な》くし、再婚後《さいこんご》も勢力争《せいりょくあらそ》いに敗《やぶ》れ、夫《おっと》とともに死《し》を選《えら》んだ。その強《つよ》さの中《なか》には大《だい》名《みょう》の妻《つま》として恥《はじ》を晒《さら》す[6]ことなく自《みずか》ら命《いのち》を絶《た》つ覚悟《かくご》も含《ふく》まれていたのだ。

3 現代《げんだい》の大和《やまと》撫子《なでしこ》

「なでしこ」と言《い》えば、二〇〇四年《ねん》のアテネ五輪《ごりん》の際《さい》に、公募《こうぼ》で決《き》まった「なでしこジャパン」という女子《じょし》サッカーチームの愛称《あいしょう》を連想《れんそう》する人《ひと》が多《おお》いのではないだろうか。また、二〇〇〇年《ねん》にフジテレビで松嶋《まつしま》菜々子《ななこ》さんが主《しゅ》演《えん》したドラマの「やまとなでしこ」のことを思《おも》い出《だ》す人《ひと》も多《おお》いだろう。足《あし》でボールを蹴《け》り、力強《ちからづよ》く対戦《たいせん》相手《あいて》と戦《たたか》うサッカーというスポーツ、そして強気《つよき》で幸《しあわ》せをつかむというドラマのシーンなど、どちらも「大和《やまと》撫子《なでしこ》」の言葉《ことば》とは結《むす》びつきがたいだろうが、芯《しん》が強《つよ》く賢《かしこ》く、日本人《にほんじん》女性《じょせい》が本来《ほんらい》持《も》つ姿《すがた》でどんどん社会《しゃかい》へ進出《しんしゅつ》し、根気《こんき》強《づよ》く[7]、美《うつく》しく生《い》きていくことこそ現代《げんだい》の大和《やまと》撫子《なでしこ》と言《い》えるのではないだろうか。

4 大和《やまと》撫子《なでしこ》から「かかあ天下《でんか》」へ

先《さき》に述《の》べたように「なでしこジャパン」の活躍《かつやく》は、サッカーファンならずとも大《おお》いに沸《わ》いた。これまで「攻撃《こうげき》」とはほど遠《とお》かった大和《やまと》撫子《なでしこ》たる[8]日《に》本人《ほんじん》女性《じょせい》が強豪《きょうごう》相手《あいて》に鮮《あざ》やか[9]に勝《か》ち進《すす》み優勝《ゆうしょう》という快挙《かいきょ》を成《な》し遂《と》げた。日《に》本《ほん》サッカーへの評価《ひょうか》を変《か》えただけでなく、日本人《にほんじん》女性《じょせい》への評価《ひょうか》も一変《いっぺん》した。

そして、「かかあ天下《でんか》」という文《ぶん》化《か》を知《し》っているだろうか。「かかあ天《てん》下《か》」とは、妻《つま》が夫《おっと》よりも威張《いば》っていることをいう。その逆《ぎゃく》を「亭主関白《ていしゅかんぱく》」と言《い》って、「亭主《ていしゅ》」は夫《おっと》や主人《しゅじん》を指《さ》し、「関白《かんぱく》」は昔天皇《むかしてんのう》を補佐《ほさ》する重職《じゅうしょく》で、権力《けんりょく》が強《つよ》い人《ひと》の例《たと》えとして使《つか》われていることから、家庭《かてい》で威張《いば》っている夫《おっと》を呼《よ》ぶ言葉《ことば》であるが、現在《げんざい》では「亭主関《ていしゅかん》白《ぱく》」は大変稀《たいへんまれ》なケースとなっている。

夫《おっと》が家庭内《かていない》で主導権《しゅどうけん》を握《にぎ》っている「亭主関白《ていしゅかんぱく》」と、逆《ぎゃく》に妻《つま》が主導権《しゅどうけん》を握《にぎ》る「かかあ天下《でんか》」と、どちらのほうが夫婦関係《ふうふかんけい》がうまくいくのだろうか。

大和撫子

1 何謂大和撫子

「大和撫子」是由意涵著日本的「大和」與「撫子」這嬌小可愛的花卉名稱所組合而成。它代表的是一種外表優雅端莊卻又內心堅韌剛毅，可以對男性柔和順從，謹慎保守的女性。簡單的說就是一位兼具外柔內剛的女性。大和撫子在緊急情況發生時，要能守護男性及家人。故而教養與禮節就顯得相當重要。除了要有姣好的外貌外，還必須擁有高尚的情操。

2 代表性的歷史人物

戰國時代，是一個即使處於家中也無法安心度日的環境，主君外出打戰時，女性必須要有守護家庭的果敢與剛強。以代表性的人物來說如：豐臣秀吉的正妻「寧寧」，她代替經常外出的秀吉打點府中大小事以及織田市則是奉兄長信長之命，作為政略結婚的工具，而後與娘家對決，首任丈夫遭信長滅亡。再婚後，又因另一場權力鬥爭，第二任的丈夫也慘遭大敗，最後只能選擇與丈夫共赴黃泉）等，都是眾所皆知的經典故事。在她們堅強的內心深處，必定潛藏著一個身為大名之妻，不可在眾人面前失態，隨時可以自我了結餘生的決心。

③ 現代的大和撫子

提到「撫子」，多數人應該會聯想到二〇〇四年雅典奧林匹克大賽之際，日本女子足球隊的命名公開徵選中，選出了「撫子」來作為日本女足隊隊名的「撫子日本」吧！另一個則是二〇〇〇年日本富士電台，松嶋菜菜子所主演的日劇「大和拜金女」。不論是靠著腳力及堅強的毅力來與對手作戰的足球，還是堅持追求自己幸福生活的女主角，此兩者都很難與「大和撫子」一詞產生聯想。然而日本女性原本就給人具有既溫順又堅強、睿智的一面，今後隨著女性社會參與的增加，堅毅地活出自己的美麗精彩，這才是現代的大和撫子吧！

④ 從大和撫子到老婆當家

如前面所述，「撫子日本」隊的表現讓非足球球迷的日本國民們也為之瘋狂。向來與「攻擊」這個字眼八竿子打不著的大和撫子，居然接而連三的打敗強敵，展現出最後奪冠的快舉。這不僅改變了世人對日本足球的評價，也徹底改變了世人對日本女性的看法。

而另一個是「老婆當家」文化，想必大家應該耳熟能詳吧！所謂的「老婆當家」是指妻子比丈夫還具威嚴，也就是「大女人主義」。而相反的情況我們則稱之為「亭主關白」，所謂的「亭主」是指一家之主或老公，而「關白」則是從前輔佐天皇的一項要職，權力相當大，故而用來表示在家中囂張跋扈的丈夫。現今「老公當家」的情況已是日漸式微。

「老公當家」或是「老婆當家」，您認為哪種夫妻關係將會更加和諧呢？

單字與句型

單字

1. 立《た》てる：讓對方出風頭
2. 控《ひか》えめ：含蓄
3. いわば：所謂
4. いざ：萬一……之時
5. がち：盡是
6. 恥《はじ》を晒《さら》す：蒙羞
7. 根気強《こんきづよ》い：有毅力的
8. たる：身為（「である」）
9. 鮮《あざ》やか：光彩的

句型

• ～ずとも：即便不是～（前接動詞否定形）

Part.5

縱橫捭闔的武將

風起雲湧的戰國時代，武將們文韜武略，交織出日本歷史最波瀾壯闊的一頁。織田、豐臣、德川，僅僅一個姓氏便讓人感到熱血澎湃；小說、戲劇、遊戲，一筆一筆為傳奇添上濃墨重彩。在一個個精彩紛呈的故事裡我們做著馳騁沙場的夢，敬豪情萬丈，嘆壯志未酬。當時光掏盡，風雲散去，蓋棺是否真能論定？撥開傳奇，走進歷史，看見戰袍下的血與肉，英雄與否，就留予你來定義。

意外地愛好美男——武田信玄
不敗傳說的英雄——上杉謙信
以天下布武改寫戰國歷史的革命家——織田信長
從農家子弟到權傾天下，洞悉人性的天才——豐臣秀吉
忍人所不能忍終稱霸天下——德川家康
戰國時代最後的英雄——真田幸村
遲來霸主「獨眼龍」——伊達政宗

武田《たけだ》信玄《しんげん》

（一五二一～一五七三）

意外《いがい》とイケメンが好《す》き——

031

月翔／著
冨永圭太／譯

「甲斐《かい》の虎《とら》」の異《い》名《みょう》を持《も》つ武田《たけだ》信玄《しんげん》は甲斐国《かいのくに》（現在《げんざい》の山梨《やまなし》県《けん》）の戦国大名《せんごくだいみょう》だった。文武両道《ぶんぶりょうどう》の名将《めいしょう》と称《たた》えられ[1]、強大《きょうだい》な武田軍《たけだぐん》を率《ひき》いて各《かく》地《ち》で戦《たたか》った他《ほか》、内政《ないせい》面《めん》でも多大《ただい》な功績《こうせき》を残《のこ》した。戦国時代《せんごくじだい》の代表人物《だいひょうじんぶつ》と言《い》え、今《いま》でも山梨県民《やまなしけんみん》に尊敬《そんけい》されている。山梨県《やまなしけん》に観光《かんこう》に行《い》ったら、「信玄公《しんげんこう》」と尊称《そんしょう》で呼《よ》ばないと地元《じもと》の年《ねん》配《ぱい》の人《ひと》に叱《しか》られることもある。

信玄《しんげん》は名門《めいもん》武田家《たけだけ》の嫡男《ちゃくなん》として生《う》まれた。高僧《こうそう》について中《ちゅう》国《ごく》の古典《こてん》と兵法《へいほう》を学《まな》び、幼《おさな》い頃《ころ》から卓越《たくえつ》した軍事《ぐんじ》の才能《さいのう》を見《み》せた。十三歳《じゅうさんさい》のある日《ひ》、隣国《りんごく》に嫁《とつ》いだ姉《あね》から大量《たいりょう》の貝殻《かいがら》が贈《おく》られてきた。信玄《しんげん》は貝殻《かいがら》を積《つ》み上《あ》げさせ、家臣《かしん》たちに「ここに貝殻《かいがら》は何枚《なんまい》あると思《おも》うか」と尋《たず》ねた。一万枚《いちまんまい》と答《こた》える家臣《かしん》もいれば、一万五千枚《いちまんごせんまい》と答《こた》える家臣《かしん》もいた。信玄《しんげん》は「皆間違《みなまちが》いだ。ここには三千七百枚《さんぜんななひゃくまい》ある。わしは今《いま》まで、合戦《かっせん》には兵力《へいりょく》が必要《ひつよう》だと思《おも》っていた。だが兵力《へいりょく》は少《すく》なくてもよい。必要《ひつよう》なのは五千《ごせん》の兵《へい》を一万《いちまん》の兵《へい》に見《み》えるように動《うご》かすことだ。皆《みな》も覚《おぼ》えておくように」と言《い》った。

あまりにも聡明《そうめい》だった信玄《しんげん》は父親《ちちおや》に疎《うと》まれ[2]た。信玄《しんげん》の父親《ちちおや》は信玄《しんげん》を廃嫡《はいちゃく》し、信玄《しんげん》の弟《おとうと》に家督《かとく》を譲《ゆず》ろうと企《たくら》ん[3]だため、信玄《しんげん》と家臣《かしん》たちに追放《ついほう》された。信玄《しんげん》は孝《こう》の道《みち》に背《そむ》いたわけだが、家臣《かしん》も百姓《ひゃくしょう》も信玄《しんげん》を批判《ひはん》せず、武田家《たけだけ》はかえって団結《だんけつ》を強《つよ》めた。ある史料《しりょう》によれば、信玄《しんげん》がクーデターで父親《ちちおや》を追放《ついほう》すると、「百姓《ひゃくしょう》も武士《ぶし》も僧侶《そうりょ》も男女《だんじょ》を問《と》わず皆大《みなおお》いに喜《よろこ》んだ」という。

信玄《しんげん》は武田家《たけだけ》の家督《かとく》を継《つ》ぐと、法《ほう》を制定《せいてい》し、領地《りょうち》の治水工事《ちすいこうじ》にも取《と》り組《く》んだ。信玄《しんげん》は、法《ほう》の前《まえ》では皆平等《みなびょうどう》であり、自《みずか》らも法《ほう》に従《したが》わねばならないと表明《ひょうめい》し、家臣《かしん》たちの信頼《しんらい》を得《え》た。また、信《しん》玄《げん》が治水工事《ちすいこうじ》で築《きず》いた施設群《しせつぐん》は信玄堤《しんげんづつみ》と呼《よ》ばれる。信玄《しんげん》は河川《かせん》に堤防《ていぼう》を築《きず》いただけでなく、雨季《うき》に増水《ぞうすい》する河川《かせん》の水《みず》の勢《いきお》いを弱《よわ》めるため、堤防《ていぼう》と堤防《ていぼう》の間《あいだ》の遊水地《ゆうすいち》を整備《せいび》したほか、「聖牛《ひじりうし》」という水《みず》の流《なが》れを分散《ぶんさん》させる装置《そうち》も設《せっ》置《ち》した。四百年《よんひゃくねん》以上《いじょう》経《た》った今《いま》でも信玄《しんげん》堤《づつみ》は効果《こうか》を発揮《はっき》している。二〇一九年《ねん》十月《じゅうがつ》に台風十九号《たいふうじゅうきゅうごう》が来襲《らいしゅう》した際《さい》、信玄《しんげん》堤《づつみ》の周辺地域《しゅうへんちいき》は水害《すいがい》を免《まぬが》れ[4]、ツイッター上《じょう》では「信玄堤《しんげんづつみ》が甲府盆地《こうふぼんち》を守《まも》っている」「信玄公《しんげんこう》は偉大《いだい》だった」というコメントが溢《あふ》れた。

信玄《しんげん》は兵法書《へいほうしょ》『孫子《そんし》』の名言《めいげん》「疾如風 徐如林 侵掠如火 不動如山（疾《はや》きこと風《かぜ》の如《ごと》く、徐《しず》かなること林《はやし》の如《ごと》く、侵掠《しんりゃく》すること火《ひ》の如《ごと》く、動《うご》かざること山《やま》の如《ごと》し）」を軍旗《ぐんき》に記《しる》し、優《すぐ》れた家《か》臣《しん》と軍隊《ぐんたい》を率《ひき》いて領地《りょうち》を拡張《かくちょう》した。宿《しゅく》敵《てき》の上杉謙信《うえすぎけんしん》とは現在《げんざい》の長野県《ながのけん》にある川中島《かわなかじま》で五度《ごど》戦《いくさ》を交《まじ》え[5]、英雄《えいゆう》が英雄《えいゆう》を惜《お》しむ美談《びだん》が伝《つた》えられている。信玄《しんげん》は晩年《ばんねん》、西《にし》に勢力《せいりょく》を拡大《かくだい》する戦略《せんりゃく》に変《へん》更《こう》した。戦《いくさ》で徳川家康《とくがわいえやす》を破《やぶ》り、織田信《おだのぶ》長《なが》が最《もっと》も恐《おそ》れる存在《そんざい》になった。だが信《しん》玄《げん》は西上作戦《せいじょうさくせん》の途中《とちゅう》で病死《びょうし》してしまった。死因《しいん》は胃癌《いがん》か肺結核《はいけっかく》とされる。

信玄《しんげん》の軍隊《ぐんたい》といえば、天《てん》下無敵《かむてき》と謳《うた》われた武田騎《たけだき》馬軍《ばぐん》が思《おも》い浮《う》かぶだろう。信玄《しんげん》の領地《りょうち》・甲斐国《かいのくに》は古《ふる》くから名馬《めいば》の産地《さんち》だった。考《こう》証《しょう》によると、戦国時代《せんごくじだい》の馬《うま》は体高《たいこう》が約百二十《やくひゃくにじゅう》センチで、約百六十《やくひゃくろくじゅう》センチの現在《げんざい》の競走馬《きょうそうば》と比《くら》べると小柄《こがら》だった。ヨーロッパ人《じん》カトリック宣教師《せんきょうし》の記録《きろく》によると、戦国時《せんごくじ》代《だい》の武士《ぶし》は馬《うま》から下《お》りて戦《たたか》うのが普通《ふつう》で、馬《うま》は移動《いどう》や逃《に》げるための手段《しゅだん》にすぎなかった。武田騎馬軍《たけだきばぐん》が突撃《とつげき》するという戦国《せんごく》ファンが抱《いだ》くイメージは、武《たけ》田家《だけ》を描《えが》いた黒澤明《くろさわあきら》の映画《えいが》『影武者《かげむしゃ》』から来《き》たものだ。

信玄《しんげん》は「人《ひと》は城《しろ》、人《ひと》は石垣《いしがき》、人《ひと》は堀《ほり》」という言葉《ことば》を残《のこ》している。信玄《しんげん》の成功《せいこう》の秘訣《ひけつ》は人材《じんざい》を重視《じゅうし》していたことで、それを示《しめ》す逸話《いつわ》がいくつかある。ある時《とき》、信玄《しんげん》は手柄《てがら》を立《た》てた田舎武士《いなかぶし》

▲武田信玄盔甲模型 ©Anthony Turba / Wikipedia

に褒美《ほうび》として三掴《さんづか》みの金《きん》を惜《お》しみなく与《あた》えた。これは約百万台湾《やくひゃくまんたいわん》ドルに相当《そうとう》する。また、『甲陽軍鑑《こうようぐんかん》』によると、信玄《しんげん》の軍師《ぐんし》、山本勘助《やまもとかんすけ》は容貌《ようぼう》が醜《みにく》く隻眼《せきがん》、片足《かたあし》が不自由《ふじゆう》という武士《ぶし》だったが、信玄《しんげん》は勘助《かんすけ》の才能《さいのう》を高《たか》く評価《ひょうか》し、約束《やくそく》していた年給《ねんきゅう》の百貫《ひゃっかん》を二倍《にばい》の二百貫《にひゃっかん》に増《ふ》やした。約六百万台湾《やくろっぴゃくまんたいわん》ドルの高給《こうきゅう》を出《だ》した計算《けいさん》だ。

信玄《しんげん》は美男子《びなんし》を好《この》んだともされ、寵《ちょう》愛《あい》していた春日源助《かすがげんすけ》に宛《あ》てた恋文《こいぶみ》が東《とう》京大学《きょうだいがく》史料編纂所《しりょうへんさんじょ》に所蔵《しょぞう》されている。そこには「神《かみ》に誓《ちか》って弥七郎《やしちろう》に浮気《うわき》していない。弥七郎《やしちろう》と寝《ね》たこともない。お前《まえ》との仲《なか》を深《ふか》めたくて色々《いろいろ》と手《て》を尽《つ》くし[6]たのだが、かえってお前《まえ》の疑《うたが》いを招《まね》く結果《けっか》になり困《こま》っている」と書《か》かれている。信玄《しんげん》が源助《げんすけ》に必死《ひっし》に釈明《しゃくめい》し、手紙《てがみ》の内容《ないよう》に偽《いつわ》りはないと神《かみ》に誓《ちか》っているのが分《わ》かる。

恋文《こいぶみ》の受《う》け手《て》である春日源助《かすがげんすけ》は武田《たけだ》四名臣《よんめいしん》の一人《ひとり》、高坂昌信《こうさかまさのぶ》とされるが、まだ定説《ていせつ》はない。昌信《まさのぶ》は武田家《たけだけ》に忠義《ちゅうぎ》を尽《つ》くし、信玄《しんげん》の死後《しご》も自分《じぶん》を抜擢《ばってき》してくれた信玄《しんげん》への感謝《かんしゃ》を忘《わす》れず、信玄《しんげん》の後継者《こうけいしゃ》を全力《ぜんりょく》で補佐《ほさ》した。信玄《しんげん》が武《ぶ》将《しょう》として家臣《かしん》に深《ふか》く慕《した》われていた証拠《しょうこ》だ。

意外地愛好美男——武田信玄（一五二一～一五七三）

人稱甲斐之虎的武田信玄，是出身於現今山梨縣的戰國大名。他被譽為是文武全才的名將，不僅率領強悍的武田軍征戰四方，在內政方面也頗有建樹。可以說是戰國時代的代表人物，至今仍受到山梨縣民的景仰。去山梨縣觀光，如果不敬稱他為信玄公的話，可是會遭到當地的長輩斥責。

信玄是名門武田家的嫡長子，受到高僧的指導研讀中國的典籍與兵法，從小就展現了過人的軍事才能。信玄十三歲那年，嫁到鄰國的姊姊有一天送給信玄許多貝殼。信玄命人將貝殼堆疊起來，召集家臣詢問「你們猜猜看，這裡總共有多少個貝殼」。有人猜一萬個、有人猜一萬五千個。最後信玄解答「你們都答錯了，總共是三千七百個。我原本認為兵力是戰爭首要之物，但其實兵力不足也沒關係。重要的是為將者如何指揮士兵，讓五千個士兵看起來就像是一萬個士兵一樣。你們也要謹記在心。」

可惜過於聰慧的信玄，卻受到父親的疏遠。信玄的父親打算廢嫡，要將家督之位傳給信玄的弟弟，最後信玄與家臣們聯手放逐父親。雖然信玄有違孝道，但是家臣以及百姓都沒有出言抨擊他，武田家反而變得更加團結。根據史料記載，信玄發動政變放逐父親之後「百姓、武士、僧侶、男男女女個個無限欣喜滿足」。

信玄成為武田的家督之後，頒布了法律並著手領地內的治水工程。信玄宣示法律之前人人平等，即使信玄也要遵守法律，此舉得到了家臣們的信賴。信玄的治水工程稱為「信玄堤」，並非只是在河川旁邊建立堤防，而是在堤防與堤防之間建立蓄洪池，並設立稱為「聖牛」的分流設施，藉以減緩雨季時暴漲的河水。即使過了四百多年，信玄堤仍發揮了作用。在二〇一九年十月的十九號颱風期間，信玄堤周遭地區免於淹水之苦，許多人在推特上發文讚賞「信玄堤保護了甲府盆地」、「信玄公真是了不起」。

信玄將《孫子兵法》的名言「其疾如風，其徐如林，侵略如火，不動如山」寫在軍旗上，率領著傑出的家臣與軍隊，向外擴張領地。信玄與勁敵上杉謙信，在現今長野縣的川中島交戰過五次，留下英雄惜英雄的美談。信玄晚年改變戰略，率領軍隊向西方擴展勢力，他在戰場上打敗德川家康，成為織田信長最畏懼的對手。可惜武田信玄在西上作戰期間因病去世，死因可能是胃癌或是肺結核。

提到武田信玄的軍隊，會讓人聯想到號稱天下無敵的武田騎兵隊。信玄的領地甲斐國，自古就是名馬的產地。但是根據考證，戰國時代的日本馬高約一百二十公分，跟現在高約一百六十公分的賽馬用馬匹相比，體型顯得更矮小。根據來自歐洲的天主教傳教士的紀錄，戰國時代的武士通常是下馬作戰，馬匹只是用來移動或逃亡。戰國迷對於武田軍騎馬衝鋒的印象，來自黑澤明以武田家為主題的電影「影武者」。

武田信玄曾說「人為城池、人為城垣、人為溝壕」，信玄重用人才的特質，也是他成功的關鍵。關於信玄有幾個知人善用的小故事。他曾經大方地抓了三把黃金，賞賜給立下功勞的鄉下武士，價值換算起來接近台幣一百萬元。另外根據《甲陽軍鑑》記載，信玄的軍師山本勘助是一個單眼失明且跛足的武士，外表看起來非常不起眼。但是信玄賞識山本勘助的才能，原本約定年薪一百貫文，當場加碼到兩百貫文，換算成台幣大概是六百萬的高薪。

▲ 被後世復原的「聖牛」© でここ / Wikipedia

除此之外，相傳信玄喜歡美男子。東京大學史料編纂所，收藏一份武田信玄寫給寵信春日源助的情書。信玄向神明發誓，「沒有移情別戀愛上彌七郎，也不曾與彌七郎同床共枕。雖然想費盡心思想跟春日源助加深感情，卻反而使你起疑，真是讓人煩惱。」可以從這封信中看出，信玄拼命想向春日源助解釋，並向神明發誓，信中內容毫無虛假。

相傳這封情書的收件人春日源助，是武田四名臣的高坂昌信，雖然此事尚無定論。高坂昌信盡心效忠武田家，即使在武田信玄死後，他仍然感念信玄的提拔，全力輔佐信玄的接班人。從這一點來看，武田信玄真的是受部下愛戴的武士呢。

單字與句型

單字

1. 称《たた》えられる：被讚譽為（「称える」的被動式）
2. 疎《うと》まれる：被疏遠（「疎む」的被動式）
3. 企《たくら》む：企圖
4. 免《まぬが》れる：免於某災難
5. 戦《いくさ》を交《まじ》える：交戰
6. 手《て》を尽《つ》くす：用盡各種手段

句型

• ～も…ば、～も：有～的狀況，也有～的狀況
（前後兩者對照）

上《うえ》杉《すぎ》謙《けん》信《しん》

（一五三〇～一五七八）

不《ふ》敗《はい》伝《でん》説《せつ》のヒーロー——

032

賴素綢／著

上杉《うえすぎ》謙信《けんしん》は、もともと長尾家《ながおけ》の生《う》まれである。その長尾家《ながおけ》は、もともと越後《えちご》（新潟県《にいがたけん》）の有力者《ゆうりょくしゃ》に過《す》ぎなかったが、父《ちち》・為景《ためかげ》は主君《しゅくん》の上杉房能《うえすぎふさよし》を倒《たお》し、下剋上《げこくじょう》を果《は》たし、長尾家《ながおけ》を大名《だいみょう》にまで押《お》し上《あ》げ[1]た。為景《ためかげ》の死後《しご》、病弱《びょうじゃく》の兄《あに》・晴景《はるかげ》に代《か》わって謙信《けんしん》が家督《かとく》を継《つ》ぐことになった。

戦国大名《せんごくだいみょう》といえば、天下《てんか》を取《と》ろうと考《かんが》え、他国《たこく》に攻《せ》め込《こ》んで領地《りょうち》を増《ふ》やすものであるが、唯一《ゆいいつ》の例外《れいがい》が謙信《けんしん》だ。謙信《けんしん》は自《みずか》らを戦《たたか》いの神《かみ》、毘沙門天《びしゃもんてん》の化身《けしん》と信《しん》じていたという。各地《かくち》で戦果《せんか》をあげながら、支配《しはい》しようとはせず、領土《りょうど》に加《くわ》えたのは北陸《ほくりく》の一部《いちぶ》ぐらいであり、生涯《しょうがい》「越後《えちご》の謙信《けんしん》」だった。また何回《なんかい》も戦《いくさ》をしているが、自分《じぶん》の野心《やしん》による戦《いくさ》は一度《いちど》も起《お》こしていない。あくまでも助《たす》けを求《もと》めてきた弱者《じゃくしゃ》のために戦《たたか》った。

「敵《てき》に塩《しお》を送《おく》る」ということわざがあるが、これは謙信《けんしん》の美談《びだん》に由来《ゆらい》している。桶狭間《おけはざま》の戦《たたか》いで今川義元《いまがわよしもと》が死《し》に、武田《たけだ》と今川《いまがわ》の同盟関係《どうめいかんけい》が失《うしな》われる。塩《しお》は人間《にんげん》にとって欠《か》かせないものであり、重要《じゅうよう》な戦略物資《せんりゃくぶっし》だが、甲斐信濃《かいしなの》は海《うみ》がないため、駿河《するが》と相模《さがみ》から塩《しお》を買《か》っていた。ところが駿河《するが》の今川氏真《いまがわうじざね》は、信玄《しんげん》の長男義信《ちょうなんよしのぶ》に嫁《とつ》がせた妹《いもうと》を送《おく》り返《かえ》されたのを恨《うら》み、小田原《おだわら》の北条《ほうじょう》氏康《うじやす》と相談《そうだん》し、信玄《しんげん》の領地《りょうち》に塩《しお》を送《おく》るのを中止《ちゅうし》してしまったのである。これで今川領《いまがわりょう》を通《とお》っていた武田《たけだ》の塩補給《しおほきゅう》ルートが絶《た》たれ[2]てしまった。信州《しんしゅう》、甲州《こうしゅう》の領民《りょうみん》は苦《くる》しみ、信玄《しんげん》はやむにやまれず[3]、謙信《けんしん》に塩《しお》の輸送《ゆそう》を頼《たの》んだ。上《うえ》杉《すぎ》謙信《けんしん》は「人《ひと》の苦《くる》しみに乗《じょう》じる[4]のは卑怯《ひきょう》だ。敵《てき》ではあるが、武田《たけだ》に塩《しお》を送《おく》ろう。」と家臣《かしん》に塩《しお》を送《おく》るように命《めい》じた。これは後世《こうせい》の作《つく》り話《ばなし》だとされているが、謙信《けんしん》の情《なさけ》の深《ふか》さを表《あらわ》す逸話《いつわ》だと言《い》えるだろう。

また謙信《けんしん》は、皇室《こうしつ》に対《たい》して利害関係《りがいかんけい》なく純粋《じゅんすい》に崇拝《すうはい》の念《ねん》を抱《いだ》いていた。二《に》度《ど》京《きょう》に上《のぼ》っているが、そのつど[5]朝廷《ちょうてい》や将軍《しょうぐん》、公家《くげ》、寺社《じしゃ》などに、自分《じぶん》の領《りょう》地《ち》で産出《さんしゅつ》した金銀《きんぎん》を惜《お》しげもなく[6]差《さ》し出《だ》している。越後《えちご》から京《きょう》までの旅《たび》は、戦国《せんごく》の世《よ》だけにいつ敵兵《てきへい》に襲《おそ》われるか知《し》れない大変危険《たいへんきけん》な行程《こうてい》である。それをものともせず、大行列《だいぎょうれつ》を組《く》んで京《きょう》に上《のぼ》った。京《きょう》から遠《とお》い雪国《ゆきぐに》にいた謙信《けんしん》は、古《ふる》くからの権威《けんい》である朝廷《ちょうてい》を駆《か》け引《ひ》き[7]の道具《どうぐ》に使《つか》うなどとは思《おも》いもつかなかったようだ。

謙信《けんしん》は、室町幕府《むろまちばくふ》を中心《ちゅうしん》とした制度《せいど》を守《まも》るべきだという考《かんが》えの持《も》ち主《ぬし》でもあった。そうした謙信《けんしん》にとって、室町《むろまち》幕府《ばくふ》を滅亡《めつぼう》に追《お》い込《こ》んだ織田信長《おだのぶなが》は許《ゆる》せない相手《あいて》だった。四十八歳《よんじゅうはっさい》の時《とき》、信《のぶ》長《なが》と直接対決《ちょくせつたいけつ》しようと、三度目《さんどめ》の上洛《じょうらく》を考《かんが》えていた。しかし、途中《とちゅう》で突如《とつじょ》[8]倒《たお》れ死去《しきょ》。大《だい》の酒好《さけず》きであったためか、死因《しいん》は脳溢血《のういっけつ》と言《い》われる。その死《し》は、反信長派《はんのぶながは》の大名《だいみょう》らに衝撃《しょうげき》を与《あた》えたという。

謙信《けんしん》は「生涯不犯《しょうがいふぼん》[9]」と言《い》われる。家《いえ》の繁栄《はんえい》を望《のぞ》んだり、結婚《けっこん》で同盟《どうめい》を結《むす》ぶことには興味《きょうみ》がなかったため、一生《いっしょう》妻妾《さいしょう》を持《も》たず、実《じつ》の子供《こども》もいなかった。そして、自分《じぶん》の後継者《こうけいしゃ》を指名《しめい》しないまま死《し》んだため、謙信《けんしん》が亡《な》くなると、上《うえ》杉家《すぎけ》は分裂《ぶんれつ》した。

謙信《けんしん》は、「正義《せいぎ》のため」や「義《ぎ》のため」に戦《たたか》い、決《けっ》して利益《りえき》を求《もと》めなかった。ところが、家臣《かしん》たちがついてきてくれなかった。謙信《けんしん》は「人生《じんせい》とはなんだ?」「戦《たたか》いとはなんだ?」「どうして人《ひと》がついてきてくれないのだ?」「オレなんていなくてもいいんだ」と思《おも》い悩《なや》んだ。二十七歳《にじゅうななさい》の時《とき》、ついに「もうどうとでもなれ」と失踪《しっそう》してしまう。

そして、ある禅寺《ぜんでら》に辿《たど》り着《つ》き、「達磨《だるま》不識《ふしき》」という言葉《ことば》を授《さず》かった。これは達磨《だるま》が仏教《ぶっきょう》の意味《いみ》を聞《き》かれ、「不識《ふしき》(知《し》らぬ)」と答《こた》えたというものだ。謙信《けんしん》はその言葉《ことば》を聞《き》き、いろいろな疑問《ぎもん》が晴《は》れ[10]たような気《き》がした。その

▲上杉神社内上杉謙信像 ©Shutterstock

後《ご》、自然《しぜん》と人《ひと》もついてくるようになったという。そして四十一歳《よんじゅういっさい》で仏門《ぶつもん》に入《はい》り、「不識庵謙信《ふしきあんけんしん》」と名乗《なの》った。死《し》後《ご》、これが戒名《かいみょう》になった。

不敗傳說的英雄——上杉謙信（一五三〇～一五七八）

謙信出生在長尾家。長尾家原本在越後（今新潟縣）僅是侍奉上杉家的地方上一個有權勢的家族，但謙信之父為景，以下克上革命成功，順利地將長尾家推上了大名的地位。為景死後，由謙信代替體弱多病的晴景接掌大權。

上杉謙信是一位相當奇怪的武將。戰國時代的大名，大都是為了取得天下，而不停攻打他國奪取領地。但謙信可說是唯一的例外。據說謙信相信自己是戰神毘沙門天的化身。儘管在各地打過多場勝仗，卻不將對方納入自家領地受其支配，增加的領土也只有北陸的一部分，終其一生都是「越後的謙信」。再則，儘管他多次發動戰爭，卻未曾為了自己的野心出兵，始終是為了前來求助的弱者而出兵作戰的。

「贈鹽與敵」這句諺語的起源，正是因謙信而產生的美談。今川義元在桶狹間戰死後，今川與武田的同盟關係也就告吹。食鹽對人類來說，是不可或缺之物，也是重要戰略物資，由於甲斐信濃並不靠海，因此都是從駿河和相模等地購買食鹽，但駿河的今川氏真，對於妹妹嫁給武田信玄的長男義信卻被遣返一事懷恨在心，因此和小田原的北条氏康協議，不再將鹽送往信玄的領地，如此一來，就阻絕了武田經由今川領地的食鹽供給路線。信州、甲州民眾因此遭受無鹽之苦，迫不得已的情況下，武田信玄只好求助上杉謙信。對此一事謙信只命令家臣說了一句「雖是敵人，但趁人之危就太卑鄙了，送鹽給武田吧！」，這故事多少經過後世美化，卻也展現了謙信慈悲為懷的一面。

此外，對皇室謙信並非基於利害關係，僅僅是個單純的崇拜，這也是謙信的特點。謙信曾兩度上京時，每次都不吝嗇將自己領地的錢財，大方捐獻給朝廷、將軍、官員、或寺廟神社等地。從越後前往京都的旅途，在當時是一趟隨時都可能被敵人襲擊，極其危險的險逕，謙信卻不以為意依舊擺出浩大陣仗，一行人浩浩蕩蕩地前往京都。身處遠離京都且遙遠雪國的謙信，似乎壓根就沒有把自古以來象徵權威的朝廷，當成爭權奪利道具的想法。

謙信認為應該遵守以室町幕府為中心的制度。因此，迫使室町幕府滅亡的織田信長，對謙信來說是一位無法原諒的敵人。四十八歲時，為了和信長直接對決，考慮三度上京，無奈卻在中途突然倒下，就此離開人世。不知是否因為熱中嗜酒所至，聽說死因是腦溢

▲上杉謙信與武田信玄川中島之戰
© 国立国会図書館デジタルコレクション

血。謙信的死對於反信長勢力的大名們來說是相當大的一個衝擊。

謙信他終身未娶。對於壯大自家家族的威望以及政治聯姻等完全不感興趣。也因為他一生沒有娶妻妾，當然也就沒有誕下子嗣。謙信在尚未指定接班人的情況下突然間離世，這使得上杉家因此四分五裂。

▲ 武田信玄上杉謙信對戰像（川中島戰場八幡社）©Shutterstock

▲ 上面有被視為地方英雄的謙信公銅像（新潟縣上越市）© 長岡外史 / Wikipedia

謙信是為了「正義」和「義理」而戰，絕非為了追求利益，但家臣們卻不願跟隨這樣的謙信，這讓他很苦悶，一再思考「人生是什麼？」、「戰爭是什麼？」、「為何家臣們不願跟隨我？」、「沒有我也無所謂吧？」。二十七歲時，他終於丟下一句「我不管了！」後失蹤。接著，謙信來到了一間禪寺，接觸到「達摩不識」這樣的一句話。這句話的由來是出自於：當達摩被問到佛教的意義時，達摩卻回答「不識（我哪會知道）！」而來的。謙信也因這句話解開了許多內心的疑惑，之後的謙信很自然變得讓人們開始願意追隨。四十一歲皈依佛門，法名「不識庵謙信」，這名字後來也成為謙信死後的戒名。

單字與句型

單字

1. 押《お》し上《あ》げる：登上高位
2. 絶《た》たれる：被斷絕（「絶つ」的被動式）
3. やむにやまれず：不得已
4. 乗《じょう》じる：趁勢
5. つど：每當～之時
6. 惜《お》しげ（も）なく：完全不吝於
7. 駆《か》け引《ひ》き：技倆、花招
8. 突如《とつじょ》：突如其來的
9. 不犯《ふぼん》：遵守戒律，特別指異性之間的淫戒
10. 晴《は》れる：煙消雲散

句型

- ～をものともせず：不顧～、不把～當一回事

033

織《お》田《だ》信《のぶ》長《なが》

（一五三四～一五八二）

天《てん》下《か》布《ふ》武《ぶ》で歴《れき》史《し》を塗《ぬ》り替《か》えた戦《せん》国《ごく》の革《かく》命《めい》児《じ》——

賴素綱／著

歴《れき》史《し》を塗《ぬ》り替《か》えた戦《せん》国《ごく》の革《かく》命《めい》児《じ》で、武《ぶ》家《け》が天《てん》下《か》の権《けん》を握《にぎ》るという「天《てん》下《か》布《ふ》武《ぶ》」のスローガンを掲《かか》げた織《お》田《だ》信《のぶ》長《なが》は、少《しょう》年《ねん》時《じ》代《だい》、周《まわ》りの人《ひと》に「大《おお》うつけ」と呼《よ》ばれていた。「うつけ」とは、常《じょう》識《しき》がない大《おお》ばか者《もの》という意《い》味《み》である。少《しょう》年《ねん》時《じ》代《だい》の信《のぶ》長《なが》は若《わか》者《もの》たちと身《み》分《ぶん》にこだわらない付《つ》き合《あ》いをして育《そだ》ち、城《じょう》主《しゅ》の嫡《ちゃく》男《なん》とは思《おも》えぬ振《ふ》る舞《ま》いから、家《か》中《ちゅう》の者《もの》には「うつけもの」と見《み》られていた。一五五一年《ねん》に父《ちち》・信《のぶ》秀《ひで》が死《し》んだ際《さい》にも、葬《そう》儀《ぎ》に参《さん》列《れつ》した彼《かれ》は焼《しょう》香《こう》の灰《はい》をつかんで仏《ぶつ》前《ぜん》に投《な》げつけるという奇《き》行《こう》を見《み》せる。

革《かく》新《しん》的《てき》な思《し》想《そう》で戦《せん》国《ごく》を駆《か》け抜《ぬ》けた風《ふう》雲《うん》児《じ》・信《のぶ》長《なが》という人《じん》物《ぶつ》が天《てん》下《か》布《ふ》武《ぶ》を成《な》し遂《と》げた理《り》由《ゆう》は何《なん》だろうか。第《だい》一《いち》には、新《あたら》しいものを取《と》り入《い》れる柔《じゅう》軟《なん》性《せい》だろう。信《のぶ》長《なが》は西《せい》洋《よう》から伝《つた》わった地《ち》球《きゅう》球《きゅう》体《たい》説《せつ》を一《いっ》瞬《しゅん》で理《り》解《かい》したり、南《なん》蛮《ばん》風《ふう》の服《ふく》を着《き》たり、新《あたら》しく入《はい》ってきた文《ぶん》化《か》を理《り》解《かい》し、好《この》んだ。そして早《はや》くから「鉄《てっ》砲《ぽう》が重《じゅう》要《よう》な武《ぶ》器《き》となる」と判《はん》断《だん》して、買《か》い集《あつ》めていた。日《に》本《ほん》で初《はじ》めて実《じっ》戦《せん》で組《そ》織《しき》的《てき》に鉄《てっ》砲《ぽう》を使《つか》い、合《かっ》戦《せん》の仕《し》方《かた》を根《こん》本《ぽん》から変《か》えたのも信《のぶ》長《なが》だった。これが長《なが》篠《しの》の戦《たたか》いにおいて戦《せん》国《ごく》最《さい》強《きょう》の武《たけ》田《だ》騎《き》馬《ば》軍《ぐん》団《だん》を鉄《てっ》砲《ぽう》隊《たい》でやぶることにつながった。

第《だい》二《に》に、常《じょう》識《しき》を覆《くつがえ》す[1]発《はっ》想《そう》力《りょく》だ。信《のぶ》長《なが》は金《きん》銭《せん》にも着《ちゃく》目《もく》している。米《こめ》が重《じゅう》要《よう》と考《かんが》えられていた当《とう》時《じ》にあって、信《のぶ》長《なが》は、人《ひと》々《びと》が金《きん》銭《せん》を使《つか》うことで国《くに》が栄《さか》える[2]と判《はん》断《だん》し、楽《らく》市《いち》楽《らく》座《ざ》や兵《へい》農《のう》分《ぶん》離《り》、

▲ 名古屋清洲公園織田信長像 ©Shutterstock

鉄船作《てっせんづく》りなど、当時《とうじ》の常識《じょうしき》では考《かんが》えられない日本初《にほんはつ》の事業《じぎょう》を次々《つぎつぎ》実行《じっこう》した。信長《のぶなが》は楽市楽座令《らくいちらくざれい》を敷《し》き[3]、一定《いってい》の場所代《ばしょだい》を支払《しはら》えば、誰《だれ》でも市《いち》で自由《じゆう》に商売《しょうばい》ができるようにした。楽市《らくいち》に住《す》む人《ひと》には税金《ぜいきん》の免除《めんじょ》や領内《りょうない》の交通《こうつう》の安全《あんぜん》をも保証《ほしょう》した。さらに、信長《のぶなが》は通行料《つうこうりょう》を必要《ひつよう》としていた関所《せきしょ》の多《おお》くを撤廃《てっぱい》し、品物《しなもの》の行《い》き来《き》を盛《さか》んにし、特権的《とっけんてき》な商《しょう》人《にん》のグループも解散《かいさん》させて、商人《しょうにん》や旅人《たびびと》を自由《じゆう》に往来《おうらい》させた。これらの政策《せいさく》で、信長《のぶなが》の領内《りょうない》にはあらゆる人々《ひとびと》が集《あつ》まり、全国《ぜんこく》の名産品《めいさんひん》や情報《じょうほう》が流通《りゅうつう》した。結果《けっか》、富国強兵《ふこくきょうへい》につながったのである。

また、信長《のぶなが》は東北《とうほく》、東国《とうごく》、西国《さいごく》とバラバラだった日本《にほん》を統一国家《とういつこっか》として考《かんが》えた。それまでの武士《ぶし》は、本領《ほんりょう》という先《せん》祖《ぞ》からの土地《とち》を守《まも》っていたが、信長《のぶなが》は、土地《とち》と武士《ぶし》を切《き》り離《はな》し、有能《ゆうのう》な武士《ぶし》を配置転換《はいちてんかん》し、その土地《とち》を治《おさ》めさせたのだ。

第三《だいさん》には、冷酷《れいこく》なまでの合理主義《ごうりしゅぎ》があげられる。信長《しんなが》の性格《せいかく》は「なかぬなら　殺《ころ》してしまえ　ホトトギス」という和歌《わか》からもわかるように、役立《やくた》たずは殺してしまうのである。身分《みぶん》にかかわらず有能《ゆうのう》と認《みと》めた人物《じんぶつ》は取《と》り立《た》て、その陰《かげ》で、必要《ひつよう》じゃないと判断《はんだん》を下《くだ》せば長年召《ながねんめ》し抱《かか》えた家臣《かしん》でも切《き》り捨《す》てる。人情《にんじょう》ではなく合理性《ごうりせい》を追求《ついきゅう》し、最強《さいきょう》の家臣団《かしんだん》をつくった。しかし一五八二年《ねん》、中国地方《ちゅうごくちほう》への援軍《えんぐん》に向《む》かうはずだった明智光秀《あけちみつひで》が反旗《はんき》を翻《ひるがえ》し[4]、信長《のぶなが》の宿泊先《しゅくはくさき》であった本能寺《ほんのうじ》を襲撃《しゅうげき》したことで、天下統一《てんかとういつ》を目前《もくぜん》に信長《のぶなが》の野《や》望《ぼう》はついえ[5]たのであった。

信長《のぶなが》は名茶器《めいちゃき》を集《あつ》めることに夢中《むちゅう》になったことで有名《ゆうめい》だ。信長《のぶなが》には、コレクションを政治《せいじ》に利用《りよう》するという野心《やしん》があった。茶《ちゃ》の湯《ゆ》で精神《せいしん》を統一《とういつ》するだけでなく、「茶《ちゃ》の湯政道《ゆせいどう》」という一石《いっせき》二鳥《にちょう》の目的《もくてき》があったのである。

信長《のぶなが》は信仰心《しんこうしん》がなかったと言《い》われるが、宣教師《せんきょうし》と積極的《せっきょくてき》に面会《めんかい》していた。それは宗教的《しゅうきょうてき》な関係《かんけい》でなく、海外事《かいがいじ》情《じょう》を把握《はあく》しようとしていたからだ。ポルトガルの宣教師《せんきょうし》フロイスは、日本《にほん》でのキリスト教布教《きょうふきょう》を認《みと》めてもらうために、信長《のぶなが》に謁見《えっけん》したのだが、信長《のぶなが》は反対《はんたい》に、外国《がいこく》の政治《せいじ》や社会《しゃかい》について質問《しつもん》攻《ぜ》めにし、その後何回《ごなんかい》もフロイスと会《あ》っている。信長《のぶなが》はほかにも、いろいろな国《くに》の宣教師《せんきょうし》たちに会《あ》っている。彼《かれ》らは書簡《しょかん》や報告書《ほうこくしょ》によると、信長《のぶなが》は素晴《すば》らしい理性《りせい》と明確《めいかく》な判断力《はんだんりょく》を持《も》つインテリ[6]風《ふう》の合理主義者《ごうりしゅぎしゃ》である、と言《い》っている。さらに、「神仏《しんぶつ》などほとんど信《しん》じていないし、占《うらな》いに頼《たよ》ることもない。」と書《か》いてある。

信長《のぶなが》は「自分《じぶん》のことを、第六天《だいろくてん》の魔《ま》王《おう》と呼《よ》んでいる」ともいったらしい。第六天《だいろくてん》の魔王《まおう》とは、悪魔《あくま》の王《おう》、さまざまな宗教《しゅうきょう》の敵《てき》といった意味《いみ》だ。いかに[7]信長《のぶなが》が「この世《よ》で、自分以外《じぶんいがい》に信《しん》じるものなし」と思《おも》っていたかが、よくわかる。

以天下布武改寫戰國歷史的革命家——織田信長（一五三四～一五八二）

織田信長是第一位喊出武家掌握天下「天下布武」的口號、改寫戰國歷史的革命家。年少時代的信長完全不顧形象，結交許多年輕平民百姓，完全沒有擺出城主長男的態勢。一五五一年父親．信秀過世，信長參加喪儀時，還出現過將香灰灑向父親靈位的怪異舉動。

這樣一位擁有嶄新思想的戰國風雲人物，之所以能完成天下布武的理由是什麼呢？首先是他有能引進新事物的靈敏度。信長瞬間就理解了由西洋傳來的「地球圓體說」，他也身穿南蠻服飾，喜歡了解最新傳入的文化，所以早早的就斷定了「鐵炮會是重要的武器」而四處收購。日本最早在戰爭中使用鐵炮改變作戰方法的就是他。這也就是在長篠之戰能打敗戰國最強大的武田騎馬軍隊的原因。

第二是他有顛覆常理的想像力。信長也將目光轉移到金錢之上。當時的他就考慮到米糧的重要性，信長認為人們可以使用金錢讓國家興盛繁榮。於是他實施了一連串以當時的常識無法理解的創舉，如樂市樂座、兵農分離、製造鐵船等。樂市樂座令規定只要支付固定的場地費，任何人都可以在市中自由進行交易買賣，並保證居住於樂市裡的人享有免稅以及維護他們在領地內的交通安全。信長更進一步廢除多處需要通行費的關所，讓貨物的往來更加興盛，也解散了那些持有特權的商人集團，使商人以及旅人們可以自由進出往來。這一政策使得信長的領地內聚集了來自全國各地的人及名產，更促進了資訊上的交流，最終達成他富國強兵的目的。再則，信長也想一統全國，將分崩離析的日本東北、東國、西國等統一起來。向來的武士都是死守著祖先流傳下來的私有領地。而信長卻將土地與武士徹底切割，調配有才能的武士前往統治該土地。

第三是他有著冷酷卻理性的現實主義性格。信長的個性從「倘若杜鵑鳥遲遲不啼，我就將其誅殺」這首和歌中就可一窺究竟。信長一認定其為昏庸無用之才就將其斬首。

相反的，不論其身份高低，認為是可造之才則大膽採用。於私，信長若覺得對方是跟無用之才，即便是多年雇用的家臣也會斷然割捨。非看情面而是實事求是，這也使得他造就了一支最強大的團隊。只可惜在一五八二年，本應前往中國地方的明智光秀援軍卻在此時舉旗造反，突襲了信長下榻的本能寺。

位於本能寺之信長公廟 ▶
©PlusMinus / Wikipedia

使得信長近在咫尺一統全國的美夢也隨之幻滅。

信長也以熱衷收集各種名茶器聞名。信長內心蘊藏著一顆將收藏的名器拿來當作政治之用的野心。故而信長的茶道並非單純地用來養精蓄銳，而是帶有「茶湯政治」這一石二鳥的目的。

人們都說信長沒有宗教信仰，但他卻積極的與傳教士碰面。這行為無關於宗教，是為了要掌握海外情勢。葡萄牙的傳教士普羅伊斯為了取得在日本傳教的許可晉見了信長，信長反倒向他詢問許多關於國外政治與社會等問題，此後還多次與普羅伊斯見面。另外，信長也與其他各國的傳教士見了面。根據那些傳教士的信函以及報告中所提：信長是位相當理性、實際而且擁有明確判斷能力的知識分子。其中還寫道：「他既不相信神佛，亦不仰賴占卜」。

據說信長稱自己為「第六天大魔王」。所謂第六天大魔王也就是惡魔之王，為各宗教之敵的意思。不難看出信長「這世界上，除了他自己本身以外，一切皆不可信」的心態啊。

單字與句型

單字

1. 覆《くつがえ》す：顛覆
2. 栄《さか》える：繁榮昌隆
3. 敷《し》く：發布
4. 反旗《はんき》を翻《ひるがえ》す：謀反
5. ついえる：崩毀、破滅
6. インテリ：知識份子（「インテリゲンチャ」的略稱）
7. いかに：多麼的（表示驚訝或感動的語氣）

句型

- ～にあって：在～的狀況下（強調）
- ～ようにする：把現況變成～
- ～にかからわず：不論～

豊《とよ》臣《とみ》秀《ひで》吉《よし》

（一五三七～一五九八）

農民《のうみん》から天下人《てんかびと》になる
人《ひと》たらしの天才《てんさい》——

034

頼素絹／著

低《ひく》い身分《みぶん》の生《う》まれだった秀吉《ひでよし》は、父《ちち》・木下弥右衛門《きのしたやえもん》の形見《かたみ》[1]である永楽銭《えいらくせん》を手《て》に故郷《こきょう》を旅立《たびだ》ち、東《ひがし》へ向《む》かう。初《はじ》めは遠《とお》江《うみ》の松下之綱《まつしたゆきつな》に仕《つか》え、その後織田信長《ごおだのぶなが》に仕《つか》え、信長《のぶなが》の草履《ぞうり》とりになる。信長《のぶなが》に仕《つか》えた秀吉《ひでよし》は率先《そっせん》して仕《し》事《ごと》を引《ひ》き受《う》け、よく働《はたら》いた。有名《ゆうめい》なのは雪《ゆき》の日《ひ》に草履《ぞうり》を懐《ふところ》に入《い》れて温《あたた》めていたことに信長《のぶなが》が感心《かんしん》する逸話《いつわ》である。この逸《いつ》話《わ》は現在《げんざい》では後世《こうせい》の創作《そうさく》といわれているが、実際《じっさい》に細《こま》かいところに気《き》の利《き》く人物《じんぶつ》であったのだろう。

一五七〇年《ねん》の朝倉氏討伐戦《あさくらしとうばつせん》では、秀《ひで》吉《よし》は明智光秀《あけちみつひで》らとともに殿軍《でんぐん》を引《ひ》き受《う》け、奮戦《ふんせん》して敵《てき》を食《く》い止《と》めて、信長《のぶなが》を無事《ぶじ》に撤退《てったい》させた。秀吉《ひでよし》にとって最初《さいしょ》の大《おお》きな功績《こうせき》となった。その後《ご》の浅井《あざい》氏《し》攻略戦《こうりゃくせん》でも手柄《てがら》を立《た》て、長浜城《ながはまじょう》を与《あた》えられた。城主《じょうしゅ》になった秀吉《ひでよし》は、これを機会《きかい》に信長《のぶなが》の重臣《じゅうしん》の丹羽長秀《にわながひで》と柴田《しばた》勝家《かついえ》から一字《いちじ》ずつをもらい、姓《せい》を木下《きのした》から羽柴《はしば》に改姓《かいせい》している。これは家中《かちゅう》の有力者《ゆうりょくしゃ》であった丹羽長秀《にわながひで》と柴田勝家《しばたかついえ》の活躍《かつやく》にあやかろ[2]うとしたといわれており、成《な》り上《あ》がり[3]者《もの》を快《こころよ》く思《おも》わない宿老《しゅくろう》たちにたいしても気配《きくば》りを忘《わす》れない、秀吉《ひでよし》の処世術《しょせいじゅつ》が忍《しの》ばれる逸話《いつわ》である。「人《ひと》たらし[4]」と呼《よ》ばれるほど人心掌握《じんしんしょうあく》に長《た》けていた秀吉《ひでよし》は、数々《かずかず》の優《すぐ》れた働《はたら》きを見《み》せて順調《じゅんちょう》に出世《しゅっせ》していく。

一五八二年《ねん》、信長《のぶなが》が本能寺《ほんのうじ》で光秀《みつひで》によって討《う》たれるという大事件《だいじけん》が起《お》きた。信長《のぶなが》死去《しきょ》の報《ほう》が広《ひろ》まると、故郷《こきょう》に家族《かぞく》を残《のこ》す兵《へい》たちは、不安《ふあん》や動揺《どうよう》で総《そう》崩《くず》れ[5]になる。秀吉《ひでよし》はためらいなく、速《すみ》やかに高松城《たかまつじょう》の毛利氏《もうりし》と和議《わぎ》にもちこみ、中国《ちゅうごく》からとって返《かえ》し[6]、主君《しゅくん》の仇《あだ》である明智光秀《あけちみつひで》と決戦《けっせん》すべきと考《かんが》えた。そのためには、光秀《みつひで》の追撃《ついげき》がやって来《こ》ないうちに、まず中国平定《ちゅうごくへいてい》の本拠《ほんきょ》地《ち》である姫路城《ひめじじょう》に戻《もど》る必要《ひつよう》がある。秀《ひで》吉《よし》は電光石火《でんこうせっか》のごとく動《うご》いた。姫路《ひめじ》に帰《かえ》ったのは、本能寺《ほんのうじ》の変《へん》からたった五《いつ》日後《かご》だった。秀吉《ひでよし》は姫路《ひめじ》で二万《にまん》の兵《へい》に二日《ふつか》の休養《きゅうよう》を与《あた》え、ありったけ[7]の金《きん》銀《ぎん》、食料《しょくりょう》を配付《はいふ》した。これらを持《も》って逃亡《とうぼう》する兵《へい》が出《で》る危険《きけん》はあったが、結《けっ》果的《かてき》には脱落者《だつらくしゃ》はなく、かえって打倒《だとう》光秀《みつひで》の士気《しき》を高《たか》めることになった。これも、将兵《しょうへい》の心《こころ》の機微《きび》を知《し》り尽《つ》くした秀吉《ひでよし》の判断力《はんだんりょく》によるものが大《おお》きい。

山崎《やまざき》の戦《たたか》いで光秀《みつひで》を破《やぶ》って主君《しゅくん》の仇《あだ》討《う》ちを果《は》たしたのは、姫路《ひめじ》を発《た》って僅《わず》か四日後《よっかご》のことである。天候《てんこう》は悪《わる》く、風《かぜ》や雨《あめ》をかきわけながら、武将《ぶしょう》たちは約十《やくじゅっ》キロ、足軽《あしがる》たちは約五《やくご》キロの重装《じゅうそう》備《び》を携《たずさ》えながら走《はし》った。計算《けいさん》すると一《いち》日百《にちひゃく》キロというとんでもない距離《きょり》を走《はし》ったことになる。

この功績《こうせき》により、秀吉《ひでよし》の発言力《はつげんりょく》は大《おお》きく増大《ぞうだい》した。幼少《ようしょう》の信長《のぶなが》の孫《まご》・三法《さんぼう》師《し》を後継者《こうけいしゃ》に据《す》えて、織田家《おだけ》の後継者《こうけいしゃ》を決《き》める席《せき》でも柴田勝家《しばたかついえ》の主張《しゅちょう》を退《しりぞ》け[8]、これが原因《げんいん》で勝家《かついえ》と対立《たいりつ》すると、戦《いくさ》で勝家《かついえ》を討《う》ち滅《ほろ》ぼし、信長《のぶなが》の覇業《はぎょう》の実権《じっけん》を握《にぎ》ることに成功《せいこう》する。

秀吉《ひでよし》は関白《かんぱく》に就任《しゅうにん》して絶対的《ぜったいてき》な地位《ちい》を手《て》に入《い》れ、各地方《かくちほう》を制圧《せいあつ》、全国統一《ぜんこくとういつ》を成《な》しえた。天下《てんか》を平定《へいてい》した秀吉《ひでよし》は、信長《のぶなが》の「楽市楽座《らくいちらくざ》」を継承《けいしょう》して商業振《しょうぎょうしん》興《こう》を行《おこな》うかたわら、「太閤検地《たいこうけんち》」を行《おこな》って税制《ぜいせい》を確立《かくりつ》させ、「刀狩《かたなが》り」の実《じっ》施《し》で兵農分離《へいのうぶんり》をはかるとともに、農民《のうみん》の武士《ぶし》への転職《てんしょく》を禁止《きんし》して身分制度《みぶんせいど》を徹底《てってい》し、幕藩体制《ばくはんたいせい》の基礎《きそ》を築《きず》いた。しかし、全国《ぜんこく》だけでは満足《まんぞく》せず、海外《かいがい》にも目《め》を向《む》ける。大陸《たいりく》の進出《しんしゅつ》を目指《めざ》して朝鮮《ちょうせん》を攻《せ》めたが、この頃《ころ》には秀吉《ひでよし》も老《お》いており、最後《さいご》まで見届《みとど》けることなく、やがて幼《おさな》い秀頼《ひでより》を心配《しんぱい》しながら、病死《びょうし》した。

なお、秀吉《ひでよし》の性格《せいかく》は彼《かれ》の戦法《せんぽう》にも表《あらわ》れている。城攻《しろぜ》めにおいても水攻《みずぜ》めや兵糧攻《ひょうろうぜ》め、干殺《ひごろ》しなどといった直接《ちょくせつ》は戦《たたか》わないことで味方《みかた》の損害《そんがい》を抑《おさ》える方《ほう》法《ほう》をとるなど、柔軟《じゅうなん》な対応《たいおう》で手腕《しゅわん》を発《はっ》揮《き》している。「自分《じぶん》は人《ひと》を斬《き》ることが嫌《きら》い」「太刀《たち》も刀《かたな》もいり申《もう》さず」を口《くち》癖《ぐせ》にしていた秀吉《ひでよし》は、誘降《ゆうこう》や買収《ばいしゅう》などの戦法《せんぽう》も駆使《くし》し、血《ち》を見《み》ずして敵《てき》を降《こう》参《さん》させる戦略《せんりゃく》に長《た》けていた。

日本一《にほんいち》の出世男《しゅっせおとこ》、豊臣秀吉《とよとみひでよし》は権力《けんりょく》と金《かね》を手《て》に入《い》れたばかりか、人気《にんき》も一人《ひとり》占《じ》めにする庶民派《しょみんは》の大英雄《だいえいゆう》である。現《げん》在《ざい》のサラリーマンに「上司《じょうし》にしたい武《ぶ》将《しょう》はだれか」と問《と》えば、多《おお》くの人《ひと》が秀《ひで》吉《よし》を選択《せんたく》するだろう。こうした秀吉人《ひでよしにん》気《き》の秘密《ひみつ》は、秀吉《ひでよし》の天衣無縫《てんいむほう》な明《あか》るさや三枚目《さんまいめ》[9]的《てき》なひょうきん[10]さ、裏表《うらおもて》のない性格《せいかく》、そして人情《にんじょう》に厚《あつ》いという庶民的《しょみんてき》なところにあった。信長《のぶなが》は秀吉夫婦《ひでよしふうふ》を弟《おとうと》と妹《いもうと》のようにかわいがったが、それも、秀吉《ひでよし》が信《のぶ》長《なが》に追従《ついしょう》する[11]だけでなく、要領《ようりょう》のよさ、抜群《ばつぐん》の機《き》敏性《びんせい》と頭《あたま》の回転《かいてん》の速《はや》さ、対《たい》人関係《じんかんけい》の鋭《するど》い洞察力《どうさつりょく》があったからだ。

從農家子弟到權傾天下，洞悉人性的天才——豐臣秀吉（一五三七～一五九八）

出身低微的秀吉，年少時便手持父親・木下彌右衛門遺留下來的一貫錢離家，往東求取功名。先是到遠江松下之綱家幫傭，後來到了織田信長家中充當一名拿草鞋的小步兵。追隨信長後的秀吉總是毛遂自薦攬下工作，勤奮用心。秀吉有則著名的逸事：在一個寒冷的下雪天，秀吉將信長的草鞋置於自己的懷中溫熱，這一幕看得信長十分感動。此段故事雖據說為後世所杜撰，但也不難看出秀吉實際上是一位相當細微周到的人。

▲ 豐臣秀吉像 ©Shutterstock

一五七〇年信長對朝倉氏的戰爭中，秀吉與明智光秀一起負責殿軍的任務，奮勇抗敵使信長得以安全撤離。對秀吉來說這是首次的一大功績。秀吉之後在對抗淺井氏的攻佔策略戰中亦是功勳彪炳、戰功赫赫，於是信長分封了長濱城作為賞賜。成為一城之主後的秀吉，趁此機會由信長重臣丹羽長秀與柴田勝家的名字當中各取一字，將自己的姓氏由木下改成了羽柴。聽說這是秀吉為了顧及家中老臣丹羽長秀與柴田勝家顏面，不想讓這些宿老們對突然發跡的自己感到有一絲不悅的處世之道。擅長「洞悉人心」、運籌帷幄的秀吉，屢屢施展長才，逐漸成為信長手下的一員大將。

一五八二年發生了信長在本能寺遭受光秀的突襲的重大變故。信長死去的消息若經傳開，留有家人在家鄉的士兵們內心恐怕會動盪不安，最終導致軍心渙散。秀吉當下當機立斷，認為首要的是迅速與在高松城的毛利氏談和，並儘速地由中國返京，為的是替主君報仇，與明智光秀決一死戰。趁光秀尚未進行追擊時，秀吉認為首先必須要回到平定中國的根據地——姬路城。於是秀吉更是以電光火石般的速度班師回朝，於本能寺之變發生後的第五天，回到了姬路城。在城內，秀吉讓兩萬士兵休養生息兩天，並將所有的金銀、糧食全都發配給了將士們。雖然這樣會有讓士兵們會臨陣脫逃的風險，但最後卻沒有任何一兵一卒逃脫，反而更加提振了將士們打倒光秀的士氣。從這一點也可以看出秀吉洞悉與掌握人心的判斷力。

從離開姬路城一路到山崎一戰，大敗了明智光秀替主君報了一箭之仇，秀吉不過花了僅僅四天的時間。天候不佳，武將還必須一邊背著約十公斤、而小步兵則要背著約五公斤的沉重行囊，在泥濘的風雨中行走。這一路計算下來，一天居然走了大約有一百公里的行軍路程，對於汽車與電車往來頻繁的現代來說或許無可厚非，但當時可是戰國時代啊！這實在是一段非比尋常的距離。

此次的戰功，讓秀吉在家中的發言權大增。在織田家決定繼承人的會議上，他主張以信長之孫．年幼的三法師為繼承人，打退了柴田勝家所提出的主張，為此與勝家決裂，秀吉之後出兵討伐，將之殲滅，成功的掌握信長霸業的實權。

▲ 姬路城 ©Wikipedia

秀吉就任關白後，得到了絕對的地位，之後更進一步壓制了各地方的反對勢力，完成統一全國的霸業。平定天下後的秀吉一方面繼承信長的「樂市樂座」政策以振興商業，另一方面又推行「太閤檢地」確立了稅制，並實施「刀狩令」來使兵農分離，同時禁止農民轉職為武士，徹底貫徹了身分制度，建立了幕藩體制的基礎。但他並不以此滿足，甚至將目光轉向了海外。秀吉以前進大陸為目標，進攻了朝鮮，但此時的秀吉已垂垂老矣，最後終未能如願以償，不久後病逝，留下幼子秀賴。

此外，秀吉的性格也表現於戰法之上。在攻打城池方面，他是以水淹法、斷糧法等非正面攻擊，而是運用了盡量減少對對方傷害的策略，充分發揮了他彈性而靈活的高度手腕。「我不喜歡砍砍殺殺的」、「不要說什麼長刀、短刀的」是秀吉的口頭禪，他也慣用誘降、收買等的無血降敵之術。

作為日本頭號發跡男——豐臣秀吉，他得到的不只是權力與財富，更是人氣一把罩的平民大英雄。若您現在問問上班族想要哪位武將當頂頭上司？絕大多數的人應該都會選擇秀吉吧！而秀吉之所以廣受歡迎的祕訣就在於他爽朗、逗趣詼諧、表裡一致以及為人寬厚的國民性格。信長將秀吉夫婦視為自家弟妹般的疼愛，不僅僅是因為秀吉會揣摩上意，更在於他凡事講求要領以及出類拔萃的敏捷性，與無比犀利的人際關係洞察能力。

單字與句型

單字

1. 形見《かたみ》：遺物
2. あやかる：嚮往而希望能成為或仿效
3. 成《な》り上《あ》がる：崛起
4. たらす：哄騙（前面直接接哄騙的對象）
5. 総崩《そうくず》れ：戰爭中陣勢大亂
6. とって返《かえ》す：折返
7. ありったけ：所有的
8. 退《しりぞ》ける：駁回
9. 三枚目《さんまいめ》：戲劇中扮演丑角的人
10. ひょうきん：滑稽幽默
11. 追従《ついしょう》する：逢迎

句型

- ～かたわら：一邊～的同時

徳《とく》川《がわ》家《いえ》康《やす》

（一五四二〜一六一六）

035

我慢《がまん》の人生《じんせい》でつかんだ天下人《てんかびと》の座《ざ》——

賴素網／著

「鳴《な》かぬなら　鳴《な》くまでまとう　ほととぎす」。のちの時《じ》代《だい》の人間《にんげん》が、我慢強《がまんづよ》かった家康《いえやす》の性格《せいかく》を考《かんが》えて作《つく》った歌《うた》といわれている。この歌《うた》のように、「狸《たぬき》おやじ」と称《しょう》される家康《いえやす》の人生《じんせい》は、実《じつ》は我慢《がまん》の連続《れんぞく》だった。

最初《さいしょ》の我慢《がまん》は、今《いま》川《がわ》氏《し》の人質《ひとじち》になり、六《ろく》歳《さい》からの十三《じゅうさん》年《ねん》間《かん》、不自由《ふじゆう》な暮《く》らしを送《おく》ったことである。徳川《とくがわ》家康《いえやす》は松平《まつだいら》広忠《ひろただ》の子《こ》として生《う》まれるが、家康《いえやす》が生《う》まれた当時《とうじ》、松平《まつだいら》家《け》は今川《いまがわ》家《け》に臣従《しんじゅう》する三河《みかわ》の小勢力《しょうせいりょく》の一《ひと》つであり、幼《おさな》い家康《いえやす》は人質《ひとじち》として今川家《いまがわけ》に送《おく》られる予定《よてい》であった。しかし、家臣《かしん》の裏切《うらぎ》りによって、家康《いえやす》は織田家《おだけ》へ送《おく》られてしまう。数年《すうねん》後《ご》交渉《こうしょう》によって身柄《みがら》[1]は今川家《いまがわけ》に移《うつ》されたが、幼少時《ようしょうじ》から運命《うんめい》に翻弄《ほんろう》される生活《せいかつ》を送《おく》っていたのだ。

次《つぎ》は、信長《のぶなが》と同盟《どうめい》したことだ。人質《ひとじち》として忍耐《にんたい》の日々《ひび》を送《おく》っていた家康《いえやす》の人生《じんせい》が変《か》わったのは一五六〇年《ねん》。「桶《おけ》狭間《はざま》の戦《たたか》い」で今川義元《いまがわよしもと》が信長《のぶなが》に討《う》ち取《と》られた時《とき》、家康《いえやす》は今川家《いまがわけ》を離《はな》れて自《じ》立《りつ》し、信長《のぶなが》と同盟《どうめい》を結《むす》んだ。初《はじ》めのうちこそよい関係《かんけい》だったが、一五六八年《ねん》に信長《のぶなが》が上洛《じょうらく》してからは一転《いってん》し、家康《いえやす》は信長《のぶなが》にこきつかわれる[2]ようになった。

家康《いえやす》は誠心誠意《せいしんせいい》信長《のぶなが》に尽《つ》くしたにもかかわらず、一五七九年《ねん》には嫡男《ちゃくなん》・信《のぶ》康《やす》に武田家《たけだけ》への内通《ないつう》[3]疑惑《ぎわく》がかけられてしまう。巨大勢力《きょだいせいりょく》である信長《のぶなが》に逆《さか》らっては徳川家《とくがわけ》の未来《みらい》はなく、家康《いえやす》は悩《なや》んだ末《すえ》に信康《のぶやす》を切腹《せっぷく》させて家《いえ》を守《まも》ったのだった。

その信長《のぶなが》が、本能寺《ほんのうじ》の変《へん》で明智光秀《あけちみつひで》に攻《せ》められ、死《し》んだことで、家康《いえやす》に天下取《てんかと》りの機《き》がめぐってきたかと思《おも》われた。家康《いえやす》は旧武田家《きゅうたけだけ》の領土《りょうど》に侵攻《しんこう》して、抜《ぬ》け目《め》なく領土《りょうど》を拡大《かくだい》した。一方《いっぽう》、旧《きゅう》織田《おだ》勢力《せいりょく》の後継者《こうけいしゃ》となった秀吉《ひでよし》に対《たい》しても、家康《いえやす》は織田信雄《おだのぶお》と手《て》を結《むす》んで対《たい》抗《こう》。「小牧《こまき》・長久手《ながくて》の戦《たたか》い」で戦火《せんか》を交《まじ》え、実力《じつりょく》を見《み》せつけ[4]た上《うえ》で、講和《こうわ》する。戦後《せんご》は秀吉《ひでよし》に従《したが》うことになったばかりか、領地《りょうち》をとりあげられて、関《かん》東《とう》へと移《うつ》るよう命令《めいれい》され、国力《こくりょく》を蓄《たくわ》えながら忍耐《にんたい》の時《とき》を過《す》ごした。

やがて秀吉《ひでよし》が世《よ》を去《さ》ると、家康《いえやす》はいよいよ天下取《てんかと》りに向《む》けて動《うご》き出《だ》す。この時期《じき》、豊臣政権下《とよとみせいけんか》の武将《ぶしょう》たちは二度《ふたど》にわたっ[5]て行《おこな》われた朝鮮《ちょうせん》への出兵《しゅっぺい》により、加藤清正《かとうきよまさ》、福島正則《ふくしままさのり》らの武断派《ぶだんは》と石田三成《いしだみつなり》ら文治派《ぶんちは》に分《わ》かれて険悪《けんあく》な関係《かんけい》にあった。家康《いえやす》はこの状況《じょうきょう》を巧《たく》みに利用《りよう》し、武断派《ぶだんは》の武将《ぶしょう》たちと姻戚関《いんせきかん》係《けい》を結《むす》んだり、諸大名《しょだいみょう》の領土《りょうど》の勝手《かって》な加増《かぞう》を行《おこな》って味方《みかた》を増《ふ》やしていく。こうした家康《いえやす》の行動《こうどう》をとがめた三成《みつなり》らは挙兵《きょへい》して「関ヶ原《せきがはら》の戦《たたか》い」で家康《いえやす》と激《げき》突《とっ》する[6]が、戦《たたか》いは家康《いえやす》の完勝《かんしょう》。反対《はんたい》勢力《せいりょく》を叩《たた》き潰《つぶ》した家康《いえやす》は征夷大将軍《せいいたいしょうぐん》となって江戸幕府《えどばくふ》を開《ひら》き、天下人《てんかびと》となった。

戦国武将《せんごくぶしょう》たちはそれぞれ自分《じぶん》の得意《とくい》とする戦法《せんぽう》を持《も》っていたが、徳川家康《とくがわいえやす》は城攻《しろぜ》めを嫌《きら》った。がっちり[7]防御《ぼうぎょ》された城塞《じょうさい》を攻撃《こうげき》するには、兵力《へいりょく》も時間《じかん》も浪費《ろうひ》するため、できるだけ城攻《しろぜ》めを回避《かいひ》して野戦《やせん》にもっていき、戦機《せんき》や勢《いきお》いを重視《じゅうし》して勝利《しょうり》に結《むす》びつけた。これが「野戦《やせん》の家《いえ》康《やす》」と言《い》われるゆえん[8]である。難攻不落《なんこうふらく》の大坂城《おおさかじょう》を攻《せ》めたときは、「和議工《わぎこう》作《さく》」と「堀埋《ほりう》め」で勝利《しょうり》し、厳密《げんみつ》には城攻《しろぜ》めではなかった。家康《いえやす》らしく、犠牲《ぎせい》の少《すく》ない「省《しょう》エネ戦法《せんぽう》」であったといえる。

家康《いえやす》は、信長《のぶなが》、秀吉《ひでよし》のいなくなった天下《てんか》をとり、二人《ふたり》の妻《つま》と十五人《じゅうごにん》の妾《めかけ》に十六人《じゅうろくにん》の子《こ》どもを生《う》ませ、悠々《ゆうゆう》と七十五年《ななじゅうごねん》の人生《じんせい》を過《す》ごした。我慢《がまん》、長《なが》生《い》き、健康《けんこう》が天下取《てんかと》りの秘訣《ひけつ》だ。家康《いえやす》は、必《かなら》ず旬《しゅん》のものを食《た》べ、季節《きせつ》はずれのものは食《た》べなかった。軍事訓練《ぐんじくんれん》の鷹《たか》狩《が》りでは足腰《あしこし》の運動《うんどう》を忘《わす》れず、獲物《えもの》の動物《どうぶつ》は食《た》べ、麦飯《むぎめし》と豆《まめ》みそは欠《か》かさなかった。しかし、「鯛《たい》のてんぷら」を

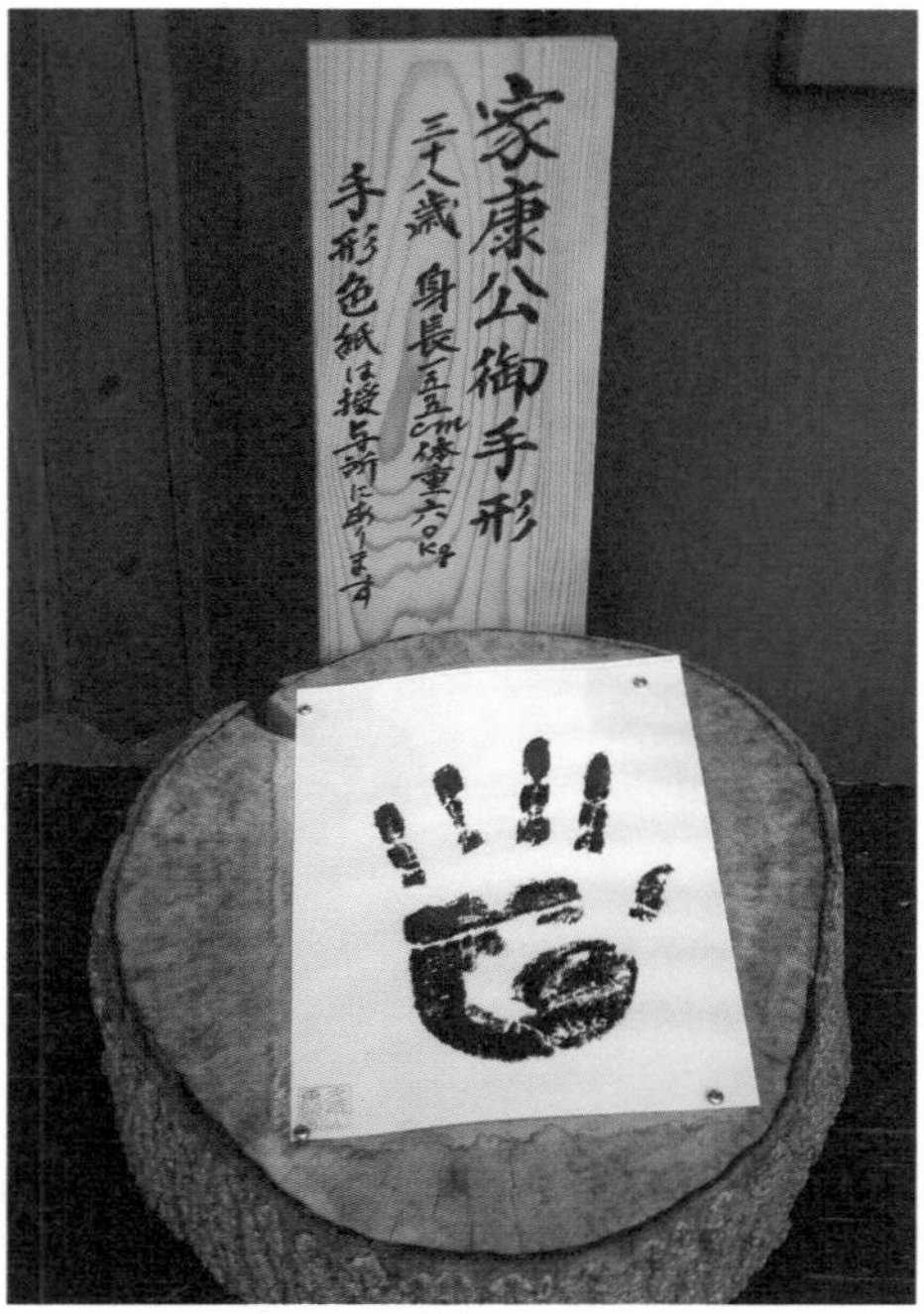

▲ 徳川家康手印複本（久能山東照宮）
©David Moore/ Wikipedia

食《た》べて当《あ》たっ[9]たのがもとで死《し》んでしまった。皮肉《ひにく》なものだ。

論語《ろんご》の「人生《じんせい》は重《おも》い荷物《にもつ》を背負《せお》って、山《やま》をのぼるがごとく」が家康《いえやす》の座右《ざゆう》の銘《めい》だ。徳川家康《とくがわいえやす》は百年《ひゃくねん》以上《いじょう》続《つづ》いた戦乱《せんらん》の世《よ》を終《お》わらせ、江戸幕府《えどばくふ》を開《ひら》いた戦《せん》国時代《ごくじだい》の勝利者《しょうりしゃ》ともいえる人物《じんぶつ》だ。しかし、この勝利《しょうり》はたやすく[10]得《え》たものではない。人質《ひとじち》として過《す》ごした少年時《しょうねんじ》代《だい》、命《いのち》がけの合戦《かっせん》、嫡男《ちゃくなん》への切腹命令《せっぷくめいれい》など、理不尽《りふじん》ともいえる運命《うんめい》に対《たい》して我慢《がまん》を重《かさ》ねて立《た》ち向《む》かった結果《けっか》、天下《てんか》人《びと》に上《のぼ》り詰《つ》めたのである。

忍人所不能忍終稱霸天下 ——德川家康（一五四二～一六一六）

「杜鵑鳥若不啼，就耐心等牠啼吧！」聽說這是後世人因家康「擅待」的特質所創作的詩歌，被世人稱之為「老狐狸」的家康其一生就如同這首詩歌一般，是一段漫長的忍耐。

最初的「忍」是在今川氏家中當人質的時代。家康在六歲到十三歲時，過了一段相當不自由的日子。德川家康為松平廣忠之子，出生時松平家不過是今川家的臣子，三河地區的一個小小勢力。幼小的家康原本要被送到今川家當人質，但由於家臣謀反被送到了織田家。幾年後經過交涉，他仍舊被送回了今川家，不得不說家康從小起就不斷地被命運捉弄。

緊接下來的「忍」是與信長締結盟約。剛開始雙方曾維持了一段很長的友好關係。結束作為人質忍辱負重的日子、改變了家康人生的是一五六〇這一年，「桶狹間之戰」今川義元遭信長奇襲敗北，家康得以趁勢離開今川而獨立。然好景不常，一五六八年信長上洛後情勢大變，使家康必須對信長伏首稱臣。

家康雖然對信長竭心盡力，但一五七九年信長依然懷疑長男信康意圖勾結武田家謀反。若忤逆擁有強大軍勢的信長，德川家前景堪憂。家康幾經思量後選擇讓兒子信康切腹自殺，守護了家園。

信長於本能寺之變明智光秀突襲死後，家康認為這是奪取天下的好時機，於是開始掠奪原本武田家的領地，盡其所能擴張領土。另一方面，家康也與織田信雄聯手對抗承襲織田家大半勢力的秀吉。「小牧長久手之戰」雙方正式交鋒，展現了軍事上的實力後協議停戰。然戰後家康不僅必須歸順秀吉，連舊有的領地也完全被沒收，最後奉命移封關東。只得繼續過著一邊忍辱一邊含蓄實力的日子。

不久秀吉病逝，家康終於得以展開謀取天下的行動。此時，豐臣政權下的將士們正為了第二次出兵朝鮮的議題形成了由加藤清正、福島正則等所組成的武鬥派以及石田三成等所組成的文治派等兩大派系，雙方關係交惡緊張。家康巧妙利用了這個情勢，與武鬥派的武將們締結姻親，更私自將領地分封給諸位大名，壯大自己的聲勢。石田三成等人為譴責家康的行徑舉兵討伐，於「關原之戰」中雙方展開激烈的征戰，這一戰家康獲得了完勝。在擊潰反對勢力後，家康被任命為征夷大將軍，開創了江戶幕府，成為一統天下的天下人。

戰國武將們各自有其獨特的作戰方式。家康則討厭攻城。攻擊嚴密防守的城池既損耗兵力且浪費時間。於是他盡量避免攻打城池，而是將敵方誘至沙場進行野戰，並運用戰機與氣勢達成勝利，人稱「打野戰的家康」。在攻打大阪城這座堅不可摧難以攻陷的城池時，也是以「談和」以及「掩埋護城河」的方式致勝。這在在展現了家康的一貫作風，可謂讓犧牲降至最低的「節省能源作戰法」。

　家康最終在信長、秀吉雙雙殞落後稱霸天下，得二妻十五妾十六子，悠悠度過了他七十五年的人生。忍耐、長壽、健康是他奪得天下的秘訣。家康必定食用當季食材所烹煮的食物，過季的食材則不食用；以獵鷹作為軍事訓練，時刻不忘活動筋骨；食用所獵取的動物、麥飯及味噌更是不可或缺。然而，傳說最後卻是因食用了「炸鯛魚」而噎死，想來也有些諷刺。

　論語「人生有如揹負重荷，攀附高山」是家康的座右銘。德川家康可說是終結了持續百年以上的亂世、開創了江戶幕府的戰國時代的勝利者，然而這個勝利卻是得來不易。他曾經歷過黑暗的人質少年時代、幾番搏命征戰沙場、承受了親口下令賜死長男等煎熬，是位擅長與命運拚搏、歷經不斷隱忍而最終得以爬上天下人寶座的領袖人物。

▲ 德川家康像（岡崎公園）©Wikipedia

單字與句型

單字

1. 身柄《みがら》：人的身體（通常用在人質、嫌犯）
2. こきつかわれる：被當下屬般使喚（「こきつかう」的被動式）
3. 内通《ないつう》：私下與敵方勾結謀反
4. 見《み》せつける：刻意表現給人看
5. 二度《ふたど》にわたる：再度的
6. 激突《げきとつ》する：激烈攻擊
7. がっちり：堅固牢靠的
8. ゆえん：由來
9. 当《あ》たる：食物中毒
10. たやすく：輕易地（「たやすい」的副詞化）

句型

- ～た上《うえ》で：在～之後

真田幸村《さなだゆきむら》
（一五六七～一六一五）

戦国時代最後《せんごくじだいさいご》のヒーロー——

036

月翔／著
冨永圭太／譯

雑誌《ざっし》やテレビ番組《ばんぐみ》が行《おこな》う戦国武将《せんごくぶしょう》の人《にん》気《き》投票《とうひょう》で必《かなら》ずトップスリーに入《はい》る真《さな》田《だ》幸《ゆき》村《むら》。六文《ろくもん》の軍旗《ぐんき》をなびかせ[1]て敵陣《てきじん》に突《とつ》撃《げき》し、主君《しゅくん》への忠義《ちゅうぎ》を貫《つらぬ》いて戦場《せんじょう》で死《し》んだ幸村《ゆきむら》は、日本《にほん》の三《さん》大悲劇《だいひげき》の英雄《えいゆう》の一人《ひとり》に数《かぞ》えられている。二〇一六年《ねん》には幸村《ゆきむら》の人生《じんせい》を描《えが》いた大河《たいが》ドラマ『真田丸《さなだまる》』が放送《ほうそう》された。ドラマでは強面《こわもて》で勇猛《ゆうもう》な幸《ゆき》村《むら》だったが、実際《じっさい》は優《やさ》しそうな外見《がいけん》だったという。

幸村《ゆきむら》の本名《ほんみょう》は信《のぶ》繁《しげ》。真田家《さなだけ》の次男《じなん》に生《う》まれ、兄《あに》を補佐《ほさ》する使命《しめい》を負《お》っていた。幸村《ゆきむら》の兄《あに》によると、幸村《ゆきむら》は「柔和《にゅうわ》で辛抱強《しんぼうづよ》く、物静《ものしず》かで怒《おこ》るようなことは無《な》い」性格《せいかく》だったという。幸村《ゆきむら》は真田家《さなだけ》を守《まも》るための人《ひと》質《じち》として近隣《きんりん》の強国《きょうこく》に差《さ》し出《だ》され、上《うえ》杉景勝《すぎかげかつ》、豊臣秀吉《とよとみひでよし》などの戦国名将《せんごくめいしょう》の薫《くん》陶《とう》を受《う》けた。

天下人《てんかびと》・豊臣秀吉《とよとみひでよし》の病死後《びょうしご》、豊臣家《とよとみけ》では派閥争《はばつあらそ》いが起《お》き、幸村《ゆきむら》の運命《うんめい》も大《おお》きく変《か》わった。天下分《てんかわ》け目《め》の関ヶ原《せきがはら》の合戦前夜《かっせんぜんや》、幸村《ゆきむら》と父《ちち》は石田三成《いしだみつなり》の西軍《せいぐん》に、幸村《ゆきむら》の兄《あに》は徳川家康《とくがわいえやす》の東軍《とうぐん》に味方《みかた》することにした。そうすれば、どちらが勝《か》っても真田家《さなだけ》は生《い》き残《のこ》ることができたからだ。言《い》わば二《ふた》つの大国《たいこく》に挟《はさ》まれた小国《しょうこく》の生存術《せいぞんじゅつ》だった。関ヶ原《せきがはら》の合《かっ》戦後《せんご》、三十四歳《さんじゅうよんさい》の幸村《ゆきむら》は父《ちち》と共《とも》に九度《くど》山《やま》へ配流《はいる》[2]となった。

それから十五年間《じゅうごねんかん》、幸村《ゆきむら》は貧《まず》しい生《せい》活《かつ》を送《おく》った。幸村《ゆきむら》が四十八歳《よんじゅうはっさい》になった年《とし》、豊臣家《とよとみけ》と徳川家《とくがわけ》の対立《たいりつ》が激化《げきか》し、幸村《ゆきむら》は豊臣軍《とよとみぐん》の要請《ようせい》に応《おう》じ、大阪城《おおさかじょう》に入《はい》るため九度山《くどやま》からの脱出《だっしゅつ》を計画《けいかく》した。一説《いっせつ》によると、幸村《ゆきむら》は村人《むらびと》たちを酒宴《しゅえん》に招《まね》き、村人《むらびと》たちが酔《よ》いつぶれたところで脱走《だっそう》した。幸村《ゆきむら》の監視役《かんしやく》だった武将《ぶしょう》に派遣《はけん》された兵《へい》が村人《むらびと》たちに尋《たず》ねると、実際《じっさい》は幸村《ゆきむら》が脱走《だっそう》してから六《ろく》時間《じかん》しか経《た》っていなかったのだが、村《むら》人《びと》たちは兵《へい》に幸村《ゆきむら》を追《お》うのを諦《あきら》めさせるため、「三日前《みっかまえ》に出《で》ていった」と嘘《うそ》をついた。この話《はなし》から、村人《むらびと》たちが幸《ゆき》村《むら》に同情《どうじょう》し、味方《みかた》していたことが分《わ》かる。

こんな逸話《いつわ》もある。幸村《ゆきむら》が老僧《ろうそう》に扮《ふん》して大阪城《おおさかじょう》に入《はい》ると、刀《かたな》の目利《めき》き[3]をしていた若《わか》い武士《ぶし》たちに、腰《こし》に差《さ》している刀《かたな》を見《み》せてほしいと言《い》われた。そこで幸村《ゆきむら》が差《さ》し出《だ》したのが名工《めいこう》・正宗《まさむね》の打刀《うちがたな》と名工《めいこう》・貞宗《さだむね》の脇差《わきざし》だったため、若《わか》い武士《ぶし》たちは非常《ひじょう》に驚《おどろ》いた。後日《ごじつ》、若《わか》い武士《ぶし》たちは別《べつ》の所《しょ》で幸村《ゆきむら》に出《で》くわし[4]、あの時《とき》の老僧《ろうそう》が実《じつ》は城《しろ》の大将《たいしょう》だったと知《し》ると、無礼《ぶれい》を働《はたら》いた罪《つみ》で罰《ばっ》せられるのではと不安《ふあん》になったが、幸村《ゆきむら》は咎《とが》めることもなく、「刀《かたな》の目利《めき》きは上達《じょうたつ》したかね」と冗談《じょうだん》めかし[5]て尋《たず》ねたという。

幸村《ゆきむら》は温厚《おんこう》な性格《せいかく》だったが、戦場《せんじょう》ではとても勇猛《ゆうもう》だった。大坂冬《おおさかふゆ》の陣《じん》では真田丸《さなだまる》という砦《とりで》[6]を築《きず》き、地《ち》の利《り》を生《い》かした鉄砲射撃《てっぽうしゃげき》で敵軍《てきぐん》を撃退《げきたい》した。敵《てき》軍《ぐん》の死傷者《ししょうしゃ》は一万人《いちまんにん》近《ちか》くに上《のぼ》ったとされる。この戦《たたか》いの後《あと》、敵軍総大将《てきぐんそうだいしょう》の徳《とく》川家康《がわいえやす》は幸村《ゆきむら》を寝返《ねがえ》らせるため、使者《ししゃ》を派遣《はけん》して説得《せっとく》させたが、主君《しゅくん》への忠《ちゅう》義《ぎ》を貫《つらぬ》く幸村《ゆきむら》は「日本《にほん》の半分《はんぶん》をもらっても寝返《ねがえ》る[7]つもりはない」と答《こた》え、家康《いえやす》からの厚遇《こうぐう》の誘《さそ》いを断《ことわ》った。

幸村《ゆきむら》は戦場《せんじょう》で妖刀《ようとう》・村正《むらまさ》を身《み》に付《つ》けていたという。徳川家《とくがわけ》の史料《しりょう》によれば、徳川家康《とくがわいえやす》の父《ちち》は村正《むらまさ》で殺害《さつがい》され、家康《いえやす》の長男《ちょうなん》が切腹《せっぷく》させられた時《とき》にも村正《むらまさ》が介錯《かいしゃく》に用《もち》いられ、家康《いえやす》自身《じしん》も小《ち》さい頃《ころ》に村正《むらまさ》の短刀《たんとう》でけがをしたことがあった。このため、徳川家《とくがわけ》にとって村正《むらまさ》はまさに不吉《ふきつ》な妖刀《ようとう》だった。幸村《ゆきむら》は村正《むらまさ》を身《み》に付《つ》けることで、反徳川《はんとくがわ》の意志《いし》を示《しめ》していたのだ。

半年後《はんとしご》の大坂夏《おおさかなつ》の陣《じん》では、幸村《ゆきむら》らの豊臣軍《とよとみぐん》は劣勢《れっせい》を強《し》いられ、幸村《ゆきむら》は敵軍《てきぐん》総大将《そうだいしょう》、徳川家康《とくがわいえやす》の斬首作戦《ざんしゅさくせん》を決意《けつい》した。赤備《あかぞな》えの甲冑《かっちゅう》を身《み》にまとい、十文《じゅうもん》字槍《じやり》を手《て》にした幸村《ゆきむら》の率《ひき》いる軍《ぐん》は徳川《とくがわ》

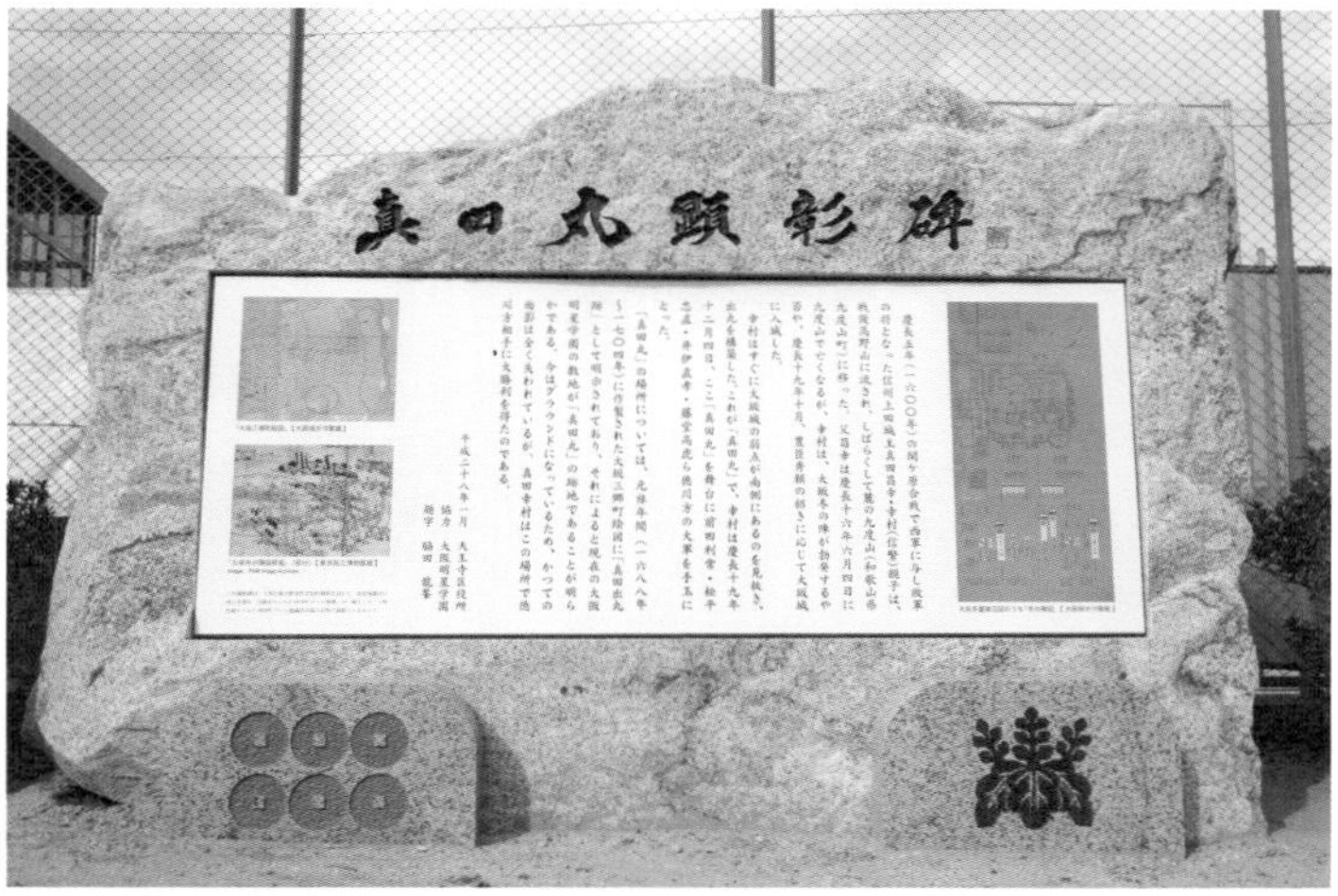

▲ 真田丸顯彰碑，說明了大阪之陣與真田丸種種事跡 ©Shutterstock

軍本陣《ぐんほんじん》を三度《みたび》突撃《とつげき》。家康《いえやす》の軍隊《ぐんたい》は大混乱《だいこんらん》に陥《おちい》り、総《そう》大将《だいしょう》の旗《はた》も地面《じめん》に落《お》ちた。幸村《ゆきむら》は家康《いえやす》を切腹寸前《せっぷくすんぜん》まで追《お》い詰《つ》めたが、圧倒的《あっとうてき》な兵力《へいりょく》の差《さ》には敵《かな》わず、ついに命《いのち》を落《お》とした。主君《しゅくん》に忠《ちゅう》義《ぎ》を尽《つ》くし、勇《いさ》ましく戦《たたか》った幸村《ゆきむら》は敵味方双方《てきみかたそうほう》から賞賛《しょうさん》を受《う》け、敵《てき》さえも幸村《ゆきむら》を「日本一《にほんいち》の武士《ぶし》だ」と称《たた》えた。家康《いえやす》の子孫《しそん》であり、水戸黄門《みとこうもん》と呼《よ》ばれた徳川光圀《とくがわみつくに》は、武士《ぶし》が主君《しゅくん》に奉仕《ほうし》するのは当然《とうぜん》のことだが、幸村《ゆきむら》の忠誠心《ちゅうせいしん》は武士《ぶし》の鑑《かがみ》だと評《ひょう》していた。

幸村《ゆきむら》の生涯《しょうがい》は歌舞伎《かぶき》や小説《しょうせつ》で取《と》り上《あ》げられ、明治時代《めいじじだい》には幸村《ゆきむら》の英雄《えいゆう》ぶりをさらに際立《きわだ》たせる[8]ため、真田十勇《さなだじゅうゆう》士《し》という架空《かくう》の家臣《かしん》たちが生《う》み出《だ》された。真田十勇士《さなだじゅうゆうし》が幸村《ゆきむら》に付《つ》き従《したが》い徳川《とくがわ》家康《いえやす》と戦《たたか》う物語《ものがたり》は大衆《たいしゅう》に愛《あい》され、今《いま》でも語《かた》り伝《つた》えられている。

▲ 大阪三光神社真田幸村象 ©Shutterstock

戰國時代最後的英雄——真田幸村（一五六七～一六一五）

每當雜誌或電視節目舉辦戰國武將人氣投票，前三名一定有真田幸村的名字。

真田幸村高舉六文錢的軍旗衝鋒陷陣，為了效忠君主而戰死沙場，被譽為是日本三大悲劇英雄。他的故事被拍成二零一六年大河劇《真田丸》。看似勇猛的真田幸村，其實是一個外表柔和的男人?!

真田幸村的本名為信繁，他的出身真田家的二男，背負著輔佐兄長的使命。幸村的哥哥描述他的個性是柔和又善於忍耐，安靜且不露出怒容。為了保全真田家，幸村被送到鄰近的強國擔任人質，受到上杉景勝、豐臣秀吉等戰國名將的薰陶。

天下霸主豐臣秀吉病逝之後，豐臣家陷入了派系鬥爭，幸村的命運也跟著大大改變。在決定天下局勢的關原之戰前夕，幸村與父親決定支持石田三成為首的西軍，幸村的兄長則支持德川家康為首的東軍派系。如此一來，不管是誰打贏戰爭，真田家都可以保全家業，可說是夾在兩強之間的小國求生之術。關原之戰後，三十四歲的幸村與父親被流放到九度山。

真田幸村被流放到九度山後，過了十五年貧困的生活。在幸村四十八歲那年，豐臣與德川的衝突越來越激烈，真田幸村答應豐臣軍的邀請，用計逃離九度山進入大坂城。相傳真田幸村設下酒宴招待村民，等到村民們喝醉之後趁機逃脫。負責監視幸村的武將派兵追問，村民卻謊稱幸村三天前就已經離開，好讓追兵放棄追捕幸村，但其實幸村六小時前才離開。從這個小故事可以看出，村民們很同情並支持幸村。

傳說幸村打扮成老僧的模樣進入大坂城。此時城內的年輕武士正在比賽鑑定刀劍，他們要求幸村解下腰間的刀劍讓他們觀賞，發現這個老僧竟然帶著名匠正宗打造的打刀[1]，以及貞宗打造的脇差[2]，都感到十分訝異。後來幸村又在別處遇到這些年輕武士，武士們知道當日的老僧其實是城內的大將，深怕昔日無禮的行為會受到責罰。但幸村不但沒有責罵他們，只是笑笑地問他們鑑定刀劍的眼力是否有進步。

個性溫和的幸村，在戰場上卻是非常勇猛。他在大坂冬之陣戰役中，建立了名為真田丸的城砦，藉著地利及槍砲擊退敵軍的攻擊，相傳殺退敵軍近一萬人。在這場戰役之後，敵軍主將德川家康派人遊說幸村倒戈，幸村仍然堅持效忠主君，淡淡地回答「就算把日本一半的領地都給我，我也不會改變心意」，回絕了德川家康的高薪挖角。

相傳真田幸村在戰場上佩帶人稱妖刀的村正。因為根據德川家的史料記載，德川家康的父親被村正鍛造的刀斬殺，家康的長男被下令切腹時用村正介錯，家康小時候也被村正鍛造的短刀[3]給割傷，對德川家而言村正是不吉的妖刀。幸村藉著佩帶村正，宣示自己反德川的決心。

半年之後的大坂夏之陣，幸村所屬的豐臣軍在戰場上失利。真田幸村決定採用斬首戰術，突擊敵軍大將德川軍康。幸村穿上紅色的赤備鎧甲，手拿著十文字槍，率領軍隊三次突襲德川軍本陣。德川家康的軍隊陷入大混亂，就連象徵大將的軍旗也掉落在地上，家康差點要切腹自殺。最後幸村在懸殊的兵力差之下力竭身亡，他忠心且英勇的形象受到敵我雙方的讚賞，就連敵人都稱讚他是「日本第一武士」。德川家康的子孫，人稱水戶黃門的德川光圀認為，武士各為其主是天經地義之事，幸村的忠義之心可說是武士的典範。

幸村的生涯被改編成歌舞伎、小說，後人為了增添幸村的英雄色彩，在明治時代創造了名為真田十勇士的隨從，他們跟隨著真田幸村對抗德川家康的故事，受到百姓的喜愛而傳誦至今。

【備註】

1. 打刀是刀刃朝上，插在腰帶上的刀，長度約在 60~70 公分左右。有別於刀刃朝下，懸掛在腰帶上的太刀。
2. 脇差是搭配打刀或太刀的刀，長度大約在 30~60 公分之間。
3. 短刀是刀刃長度 30 公分以下的刀。

單字與句型

單字

1. なびかせる：使其飄揚（「なびく」的使役形）
2. 配流《はいる》：流放
3. 目利《めき》き：刀劍或書畫等的鑑定能力
4. 出《で》くわす：巧遇
5. めかす：～一般地、看來像是～地故作
6. 砦《とりで》：要塞
7. 寝返《ねがえ》る：倒戈
8. 際立《きわだ》たせる：使其醒目（「際だつ」的使役形）

句型

- ～たところで：正當～之時

▲ 真田幸村在大阪城（楊斎延一繪）©Wikipedia

037

伊《だ》達《て》政《まさ》宗《むね》

（一五六七～一六三六）

遅《おく》れてやってきた天下人《てんかびと》とよばれる「独眼竜《どくがんりゅう》」——

頼素綱／著

仙台《せんだい》の英雄《えいゆう》として知《し》られる伊達政宗《だてまさむね》は、幼少時《ようしょうじ》に病気《びょうき》で右目《みぎめ》を失明《しつめい》したため、のちに「独眼竜《どくがんりゅう》」と称《しょう》されるようになる。失明《しつめい》しながらも、伊《だ》達《て》の跡継《あとつ》ぎとして厳《きび》しく育《そだ》てられ、雄々《おお》しく成長《せいちょう》する。十五《じゅうご》歳《さい》で父《ちち》・輝宗《てるむね》に連《つ》れられる形《かたち》で初陣《ういじん》の時《とき》を迎《むか》えた。そこでめざましい活躍《かつやく》を見《み》せた政宗《まさむね》は、十八《じゅうはっ》歳《さい》の若《わか》さで伊達家《だてけ》の家督《かとく》を譲《ゆず》りうける。

政宗《まさむね》は十八《じゅうはっ》歳《さい》で家《か》督《とく》を継《つ》ぐと、奥州《おうしゅう》制《せい》覇《は》をめざし、急速《きゅうそく》に領土《りょうど》を拡張《かくちょう》していき、伊達氏《だてし》は最盛期《さいせいき》をむかえた。強硬《きょうこう》な手段《しゅだん》と優《すぐ》れた戦略《せんりゃく》で有《ゆう》力大名《りょくだいみょう》を次々《つぎつぎ》と打《う》ち破《やぶ》り、二十三《にじゅうさん》歳《さい》のとき、奥州南部《おうしゅうなんぶ》（東北南部《とうほくなんぶ》）の大部分《だいぶぶん》を支配《しはい》するに至《いた》る。政宗《まさむね》は、他《ほか》の大名《だいみょう》にはない若《わか》さを武器《ぶき》に、天下《てんか》をとってしまおうと考《かんが》えた。しかし、その頃《ころ》にはすでに天下《てんか》は豊臣秀吉《とよとみひでよし》がほぼ制《せい》していたため、この強大《きょうだい》な敵秀吉《てきひでよし》に対《たい》し、政宗《まさむね》は関東《かんとう》の北条《ほうじょう》、そして徳川《とくがわ》と三国《さんごく》同盟《どうめい》を結《むす》ぶことで盤石《ばんじゃく》の体制《たいせい》を整《ととの》える。が、秀吉《ひでよし》に「自分《じぶん》の命令《めいれい》に抵抗《ていこう》すれば攻《せ》め滅《ほろ》ぼす」と圧倒的《あっとうてき》な力《ちから》を見《み》せつけられ、やむを得《え》ず秀吉《ひでよし》に従《したが》うことになった。

そして、秀吉《ひでよし》の小田原《おだわら》攻《ぜ》めのとき、秀吉《ひでよし》は全国《ぜんこく》の諸侯《しょこう》に呼《よ》びかける[1]形《かたち》で二十万《にじゅうまん》以上《いじょう》の兵《へい》を集《あつ》め、北条《ほうじょう》の居城《きょじょう》・小田原城《おだわらじょう》を包囲《ほうい》した。その中《なか》には、なんと同盟《どうめい》を結《むす》んでいた徳川軍《とくがわぐん》の姿《すがた》もあった。これにはさすが[2]の政宗《まさむね》も焦《あせ》り、仕方《しかた》がなく、北条《ほうじょう》との同盟《どうめい》を一方的《いっぽうてき》に破棄《はき》し、領土《りょうど》を拡大《かくだい》するよりも、小田《おだ》原合戦《わらがっせん》に参陣《さんじん》し、豊臣家《とよとみけ》に臣従《しんじゅう》する道《みち》を選《えら》んだ。また政宗《まさむね》はわざと遅《おく》れて小《お》田原《だわら》に行《い》った。じつは遠回《とおまわ》りをして温《おん》泉《せん》に浸《つ》かったり、お茶《ちゃ》を飲《の》んだり大幅《おおはば》に遅《おく》れて小田原《おだわら》へと参陣《さんじん》するのだった。

もちろん、この遅刻《ちこく》に秀吉《ひでよし》は激怒《げきど》し、伊達氏《だてし》に反逆《はんぎゃく》の意志《いし》ありと疑《うたが》われることとなる。そして政宗《まさむね》は、釈明《しゃくめい》のために、髪《かみ》を短《みじか》く切《き》り、白《しろ》い陣羽織《じんばおり》という「死装束《しにしょうぞく》」で現《あらわ》れた。秀吉《ひでよし》は政宗《まさむね》の首《くび》筋《すじ》を扇子《せんす》でたたき、「もう少《すこ》しで、ここが落《お》ちるところじゃった」と、笑《わら》って政宗《まさむね》を許《ゆる》すのだった。また、政宗《まさむね》は蒲生氏郷《がもううじさと》とも何度《なんど》となく戦《たたか》い、惣無事《そうぶじ》令《れい》を出《だ》している秀吉《ひでよし》にまたもや[3]叱責《しっせき》を受《う》ける。そのため、再《ふたた》び死装束《しにしょうぞく》になり、黄金《おうごん》の十字架《じゅうじか》を背負《せお》って秀吉《ひでよし》の元《もと》に詫《わ》びに向《む》かった。一歩間違《いっぽまちが》えるとおふざけとも思《おも》われかねないパフォーマンスだが、派手好《はでず》きの秀吉《ひでよし》ならば、これを実行《じっこう》できる政宗《まさむね》の度量《どりょう》の大《おお》きさを許《ゆる》すのではないだろうか、というもくろみ[4]もあったのだろう。

豊臣秀吉《とよとみひでよし》に従《したが》うことになった政宗《まさむね》だったが、徳川家康《とくがわいえやす》にも近《ちか》づき、娘《むすめ》を家《いえ》康《やす》の六男松平忠輝《ろくなんまつだいらただてる》に嫁《とつ》がせている。関《せき》ケ《が》原《はら》の戦《たたか》いでは家康《いえやす》に味方《みかた》して、上杉《うえすぎ》軍《ぐん》と戦《たたか》う。その功《こう》によって六十二万石《ろくじゅうにまんごく》に加増《かぞう》された。のちに徳川家《とくがわけ》に仕《つか》え、大坂《おおさか》の陣《じん》にも参戦《さんせん》し、また戦功《せんこう》を立《た》てる。家康《いえやす》の許《ゆる》しを得《え》て、仙台《せんだい》に居城《きょじょう》を移《うつ》し、仙台《せんだい》の初代藩主《しょだいはんしゅ》となった。仙台《せんだい》に移《うつ》ってからの政宗《まさむね》は、政治《せいじ》に力《ちから》を入《い》れ、幕末《ばくまつ》には百万石《ひゃくまんごく》の大藩《たいはん》となって、最強《さいきょう》の外様大名《とざまだいみょう》と評価《ひょうか》される。

▲ 伊達政宗騎馬像 ©Shutterstock

家康《いえやす》の時代《じだい》へ移《うつ》ると、戦《いくさ》の規模《きぼ》はさらに縮小《しゅくしょう》する。政宗《まさむね》もこれでおとなしくなるかと思《おも》いきや、鎖国《さこく》により禁《きん》じられたはずの外国《がいこく》との交流《こうりゅう》を独自《どくじ》に開拓《かいたく》しようとするなど、その野心《やしん》はまったく衰《おとろ》えず、ますます燃《も》え盛《さか》っていく。家康《いえやす》はいずれ死《し》ぬ、その後《ご》が自分《じぶん》にとって勝負《しょうぶ》の時《とき》だと考《かんが》えていたのだろうか。だが、家康《いえやす》は予想以上《よそういじょう》に長生《ながい》きし、戦国《せんごく》の世《よ》は完全《かんぜん》に終《お》わってしまう。政宗《まさむね》は戦国武将《せんごくぶしょう》にしては長寿《ちょうじゅ》といえる七十歳《ななじゅっさい》でその生涯《しょうがい》を終《お》えた。「あと二十年早《にじゅうねんはや》く生《う》まれていれば天下《てんか》が取《と》れたものを」といわれる、「遅《おく》れてやってきた天下人《てんかびと》」であった。

政宗《まさむね》は教養《きょうよう》の高《たか》さでも知《し》られる。幼《よう》少時代《しょうじだい》、禅宗《ぜんしゅう》の名僧《めいそう》・虎哉宗乙《こさいそういつ》に師《し》事《じ》し、仏教《ぶっきょう》や漢詩《かんし》を習得《しゅうとく》した。この英《えい》才教育《さいきょういく》が政宗《まさむね》の教養《きょうよう》の素地《そじ》[5]をつくった。政宗《まさむね》の言行録《げんこうろく》である『御名語集《ごめいごしゅう》』によると、彼《かれ》は一日《いちにち》を無駄《むだ》に過《す》ごすことがなく、時間《じかん》があれば読書《どくしょ》や詩歌《しいか》、書道《しょどう》に勤《いそ》しん[6]でいたという。なかでも和歌《わか》に優《すぐ》れ、秀吉主催《ひでよししゅさい》の歌会《うたかい》にはなくてはならない存在《そんざい》として注目《ちゅうもく》されていた。政宗《まさむね》の教養《きょうよう》は、人《ひと》の心《こころ》を引《ひ》きつけ、特《とく》に秀吉政権下《ひでよしせいけんか》のサロン外交《がいこう》では多《おお》くの知己《ちき》を得《え》て人望《じんぼう》を厚《あつ》くした。また、部下《ぶか》や子《こ》どもの名前《なまえ》を忘《わす》れることなく、知《し》らない顔《かお》を見《み》ると名前《なまえ》を尋《たず》ねては祖父《そふ》や父親《ちちおや》の手柄話《てがらばなし》を聞《き》かせたという。そして「お前《まえ》たちも頼《たの》もしい若《わか》者《もの》である。今《いま》に必《かなら》ず手柄《てがら》をたてよう」と励《はげ》ましたと言《い》われている。

死《し》を覚悟《かくご》した白装束《しろしょうぞく》を身《み》に纏《まと》って秀《ひで》吉《よし》に謁見《えっけん》したり、京《きょう》で絢爛豪華《けんらんごうか》な伊達《だて》軍《ぐん》の行進《こうしん》を行《おこな》ったりと相当《そうとう》な策士家《さくしか》だった政宗《まさむね》。大胆《だいたん》にして繊細《せんさい》、文武両道《ぶんぶりょうどう》と、驚異的《きょういてき》な才能《さいのう》を示《しめ》した政宗《まさむね》は、やはり天下人《てんかびと》としての器《うつわ》を持《も》っていたに違《ちが》いない。

遲來霸主「獨眼龍」——伊達政宗（一五六七～一六三六）

眾所皆知的仙台英雄伊達政宗，年幼時因病導致右眼失明，後被稱之為「獨眼龍」。雖失去右眼，但仍以伊達家繼承人的身分，在嚴格的教養下，英勇果敢的成長。十五歲時，政宗第一次被父親・輝宗帶上了戰場，並在戰場上大顯了身手。年紀輕輕的十八歲就繼承了伊達家家督之位。

政宗十八歲當家後，便以制罷奧州為目標，迅速地擴張領地，伊達家也進入鼎盛時期。緊接著政宗更以強硬的手段以及優勢的戰略一一殲滅了諸多大名勢力，二十三歲時，幾乎支配了大半的奧州南部地方。政宗想藉著其他大名所沒有的年輕優勢取得天下。只可惜當時豐臣秀吉幾乎已經控制了整個天下，面對強敵秀吉，政宗於是和關東的北条、以及德川組成三國同盟，形成了堅如磐石般的體制。然而秀吉卻以強大的軍力威脅政宗說：「逆我者亡」。而後，政宗也只能俯首稱臣。

緊接著是秀吉攻打小田原的時候，秀吉召集了全國諸侯，集結了二十萬以上的大軍，對北条的居城・小田原城展開包圍。未料在包圍的秀吉大軍中赫然發現德川軍的身影。強如政宗也為這樣的情勢焦慮，於是片面背棄了和北条的同盟。正宗認為此時不宜擴張領土，而必須選擇小田原參戰來保衛家園。但加入秀吉軍後，政宗卻刻意遲緩的進軍小田原，並繞了遠路去泡湯、品茶後再往小田原前進，為的就是大幅延遲前往小田原參戰的時程。

對於這樣的延遲，當然引發秀吉的勃然大怒，懷疑政宗企圖謀反。政宗為了表示忠誠，便身著一身「就義」裝束：以黑白紙繩束髮、身穿白色戰甲披肩。看到這幅模樣的秀吉，用扇子敲了敲政宗的脖子，說：「差一點點，這裡就要落地了呢！」，說完便笑了笑原諒了政宗。後來，政宗又與蒲生氏鄉發生多次私鬥而再次被頒布惣無事令（禁止大名私鬥的命令）的秀吉的叱責，為此，政宗再度換上一身「就義」裝束，而這次則是背著一個黃金十字架去向秀吉請罪。這或許讓人覺得是場荒誕滑稽的鬧劇，但政宗卻有不怕被揶揄的氣度，可能也是看準喜歡排場的秀吉會因此放自己一馬吧。

歸順了秀吉的政宗，之後也刻意接近德川家康，並將女兒許配給家康的六子松平忠輝。關原之戰時政宗加入了家康的陣營，與上杉軍作戰。立下戰功後分得六十二萬石領地，而後歸順於家康，並加入大阪之役的陣營，再次立下戰功。得到家康的許可後將根據地移往仙台，成為第一代仙台的藩主。移往仙台後的政宗，將全力傾注於政治之上，幕末時後發展成一個擁有一百萬石國力的大藩，而政宗也被外界公認為最強的外樣大名。

進入家康時代後，戰爭規模更加縮小。本以為政宗會因此安分守己，但他卻企圖與鎖國令下禁止往來的外國私下交流。這樣的野心不僅未曾減少，甚至日漸強烈。政宗或許認為家康有朝一日終將死去，之後就是自己決一勝負的時候吧？可惜的是家康卻比想像中還長壽，戰國時代也真正結束了。政宗的生涯在七十歲時畫下休止符，以戰國武將來說算是相當長壽了，政宗的一生也被評價為「若早生二十年，就能取得天下」的「遲來霸主」。

政宗小時，曾拜禪宗名僧虎哉宗乙為師，學習佛教和漢詩。如此的英才教育，奠定了政宗教養的基礎。記載政宗言行錄的「御名語集」中提到：他沒有一日虛度過光陰，只要一有時間，便致力於讀書、吟詩、或書法等，其中表現最為出色的便是和歌，在秀吉所主辦的歌會中很受矚目，成了不可或缺的存在。政宗的教養，總能打動人心，尤其在秀吉政權的沙龍外交場合，也得到了許多知己並建立了不小的聲望。此外，據說政宗一向都記得部下和小孩的名字，見到初識者總會主動詢問其姓名，接著述說祖父和父親的豐功偉業，並勉勵初識者說：「你們也是可靠的年輕人，要把握當下建立自己的功勳」。

政宗不管是帶著從容就義的決心身穿就義裝束謁見秀吉時，亦或伊達軍在京都舉行浩浩蕩蕩的大閱兵時，都展現了他非凡的策士家風範。政宗大膽中帶有纖細，於文武兩道中亦展現出驚異的才能，確確實實有著足以獲取天下的器量。

▲ 仙台城 ©Shutterstock

單字與句型

單字

1. 呼《よ》びかける：號召
2. さすが：常以「さすがの～も」後面搭配否定的表現，表示即便連～也無法達成某事
3. またもや：又、再次，帶著感嘆的語氣
4. もくろみ：企圖
5. 素地《そじ》：素質
6. 勤《いそ》しむ：勤勉

句型

- ～かねない：可能導致～
- ～かと思いきや：原本以為應該～的，沒料到卻
- ～ては～：表示「ては」前後兩個動作反覆發生
- ～にして：雖然～同時也

武士道

ぶ し どう

賴素綢／著

1 武士《ぶし》道《どう》の源流《げんりゅう》と萌芽《ほうが》

武士《ぶし》道《どう》が日本《にほん》精神《せいしん》の中核《ちゅうかく》であり、日本《にほん》的《てき》的《てき》思想《しそう》の骨髄《こつずい》として重要《じゅうよう》視《し》されているのはなぜか。その萌芽《ほうが》は鎌倉《かまくら》武士《ぶし》の祖先《そせん》である東国《とうごく》武士《ぶし》の精神《せいしん》の中《なか》に認《みと》められる。武士《ぶし》道《どう》の源《げん》流《りゅう》を知《し》るには、まず日本人《にほんじん》の祖先《そせん》である日本《にほん》民族《みんぞく》の精神《せいしん》から明《あき》らかにする必要《ひつよう》がある。

上古《じょうこ》においては武士《ぶし》という階級《かいきゅう》はなかったが、武士《ぶし》道《どう》の精神《せいしん》は、大伴家持《おおとものやかもち》の歌《うた》などで知《し》られる。「海行《うみい》かば　水《み》づく屍《かばね》　山行《やまゆ》かば　草《くさ》むす屍《かばね》　大君《おおきみ》の　辺《へ》にこそ死《し》なめ　かへりみはせじ」という歌《うた》は、武士《ぶし》道《どう》の神髄《しんずい》を言《い》い表《あらわ》したものである。このように日本《にほん》民族《みんぞく》は古来《こらい》から、上御一人《かみごいちにん》[1]の御為《おんため》に一身《いっしん》を捧《ささ》げる犠牲《ぎせい》的《てき》精神《せいしん》に富《と》んでいた。

2 武士《ぶし》の起源《きげん》

ところが、平安《へいあん》中期《ちゅうき》より藤原《ふじわら》氏《し》一門《いちもん》の台頭《たいとう》によって、京《きょう》都《と》における顕要《けんよう》な感触《かんしょく》は独占《どくせん》され、ここに英資《えいし》材幹《ざいかん》あっても志《こころざし》を得《え》ぬ者《もの》は、京都《きょうと》を去《さ》って国司《こくし》となり地方《ちほう》に下《くだ》る者《もの》が多《おお》くなった。これらの者《もの》は地《ち》に勢力《せいりょく》を伸《の》ばし、ついにその地《ち》を占領《せんりょう》し、家子《いえのこ》・郎党《ろうとう》を養《やしな》い、豪族《ごうぞく》となって地位《ちい》を固《かた》める者《もの》が少《すく》なくなかった。

当時《とうじ》朝臣《あそみ》が地方《ちほう》の政治《せいじ》を顧《かえり》みなかったために、国司《こくし》の虐《ぎゃく》政《せい》に苦《くる》しむ人民《じんみん》は諸方《しょほう》に流浪《るろう》し、至《いた》る所《ところ》で盗賊《とうぞく》が横行《おうこう》し、全《まった》くの無法地帯《むほうちたい》となった。ここにおいて、地方《ちほう》の有力《ゆうりょく》な荘園《しょうえん》・地頭《じとう》または土《ど》着《ちゃく》の豪族《ごうぞく》は、自衛《じえい》のために従者《じゅうしゃ》を養《やしな》い、有事《ゆうじ》[2]に備《そな》えて日夜弓馬《にちやきゅうば》の道《みち》に勤《いそ》しみ実力《じつりょく》を養《やしな》った。これが武士《ぶし》の起源《きげん》である。その間《あいだ》、武士《ぶし》の棟梁《とうりょう》は家子《いえのこ》・郎党《ろうとう》を訓育奨励《くんいくしょうれい》し、家人《かじん》は主君《しゅくん》に忠節《ちゅうせつ》を尽《つ》くすことを心掛《こころが》け、子々孫々同一主君《ししそんそんどういつしゅくん》に仕《つか》えることでその間柄《あいだがら》[3]は益々親密《ますますしんみつ》となっていった。

鎌倉武士道《かまくらぶしどう》

鎌倉時代《かまくらじだい》に入《はい》ると、武家政治《ぶけせいじ》を始《はじ》めた源頼朝《みなもとのよりとも》は質素《しっそ》、礼節《れいせつ》を重《おも》んじた。鎌《かま》倉武士《くらぶし》は忠節《ちゅうせつ》、武勇《ぶゆう》の精神《せいしん》に富《と》み、名《な》を惜《お》しむ精神《せいしん》に生《い》き、これが日本武士《にほんぶし》道《どう》の中核《ちゅうかく》を形成《けいせい》した。

室町《むろまち》・戦国時代《せんごくじだい》の武士道《ぶしどう》

室町時代《むろまちじだい》の社会情勢《しゃかいじょうせい》は不安定《ふあんてい》なものであった。幕府《ばくふ》は全《まった》くの無力《むりょく》で、将軍《しょうぐん》の権威《けんい》は地《ち》に墜《お》ち、守護大名《しゅごだいみょう》は独立《どくりつ》の政治《せいじ》を行《おこな》うという有様《ありさま》であった。それ故《ゆえ》に国民《こくみん》は自分自身《じぶんじしん》の力《ちから》でその生命《せいめい》や財産《ざいさん》を守《まも》らなければならなかったのである。それが当時《とうじ》の武士道《ぶしどう》にどんな影《えい》響《きょう》を与《あた》えたのか。まず、主従関係《しゅじゅうかんけい》や、前代《ぜんだい》の鎌倉武士《かまくらぶし》の間《あいだ》に見《み》られるような精神《せいしん》は全《まった》く影《かげ》を潜《ひそ》め[4]、日本武士道史《にほんぶしどうし》の上《うえ》で暗黒時代《あんこくじだい》となった。そして、地《ち》方《ほう》に割拠《かっきょ》している群雄《ぐんゆう》が各自自治的《かくじじちてき》政治形態《せいじけいたい》を結成《けっせい》し、武家家法《ぶけかほう》が誕生《たんじょう》した。この家法《かほう》において、武士《ぶし》は忠節《ちゅうせつ》、武勇《ぶゆう》、信義《しんぎ》、質素《しっそ》、礼節《れいせつ》、名誉《めいよ》、敬神《けいしん》崇仏《すうぶつ》など精神《せいしん》から日常《にちじょう》の言行《げんこう》に至《いた》るまで、武士《ぶし》としての節度《せつど》が要求《ようきゅう》されるのである。

江戸時代《えどじだい》の武士道《ぶしどう》

鎌倉時代《かまくらじだい》は、学問教育《がくもんきょういく》がほとんど行《おこな》われなかったため、武士《ぶし》は教養《きょうよう》がなく、理性《りせい》に欠《か》けていた。この鎌倉武士道《かまくらぶしどう》の欠陥《けっかん》を補《おぎな》ったのが江戸時代《えどじだい》の武士道《ぶしどう》である。徳川家康《とくがわいえやす》は儒教《じゅきょう》を採用《さいよう》し、武士《ぶし》道教理《どうきょうり》の発展《はってん》を促《うなが》した。儒教《じゅきょう》は人間社《にんげんしゃ》会《かい》の道徳《どうとく》・倫理《りんり》を包括的《ほうかつてき》に述《の》べたもので、その徳目《とくもく》は五倫五常《ごりんごじょう》と称《しょう》された。

このように江戸時代《えどじだい》は儒教《じゅきょう》の影響《えいきょう》を受《う》け、国学《こくがく》の発達《はったつ》に伴《ともな》って、武士道《ぶしどう》は職《しょく》業《ぎょう》や階級《かいきゅう》を問《と》わず普及《ふきゅう》するに至《いた》り、日《に》本民族固有《ほんみんぞくこゆう》の道徳《どうとく》が立《た》て直《なお》されたのである。

3 武士道《ぶしどう》の退廃《たいはい》から武士道《ぶしどう》を見《み》つめ直《なお》す道《みち》へ

戦後《せんご》の日本《にほん》は急速《きゅうそく》に豊《ゆた》かになり、大《たい》変便利《へんべんり》な生活《せいかつ》を享受《きょうじゅ》できるようになった。しかし、あまりにも物質文明《ぶっしつぶんめい》に走《はし》る西洋社会《せいようしゃかい》をまねて、かつての美《うつく》しかった日本《にほん》の伝統《でんとう》を忘《わす》れてしまったようである。その機能的《きのうてき》な生活《せいかつ》は目《め》に見《み》える物質的価値観《ぶっしつてきかちかん》を大事《だいじ》にしすぎたために、国民《こくみん》は一億総《いちおくそう》[5]成金《なりきん》[6]化《か》してしまった感《かん》がある。

世界《せかい》からエコノミックアニマルと称《しょう》されるほど金権腐敗《きんけんふはい》、構造汚職《こうぞうおしょく》、悪徳《あくとく》商法《しょうほう》などが蔓延《まんえん》し、世《よ》はまさにカネ、カネ、カネになってしまった。大人《おとな》の社会《しゃかい》を反映《はんえい》してか子供《こども》たちの世界《せかい》でも学級《がっきゅう》が崩壊《ほうかい》し、「カネ欲《ほ》しさ」による殺人《さつじん》、恐喝《きょうかつ》、援助交際《えんじょこうさい》などという売春《ばいしゅん》まで起《お》きている。

現代《げんだい》の日本社会《にほんしゃかい》は、先人《せんじん》が残《のこ》してくれた知恵《ちえ》を忘《わす》れ、人《ひと》が人《ひと》として守《まも》らなければならない道徳《どうとく》すら片隅《かたすみ》に追《お》いやられ[7]てしまった。かつては厳然《げんぜん》としてあったはずの政治倫理《せいじりんり》、教育倫理《きょういくりんり》、商業倫理《しょうぎょうりんり》など、道徳《どうとく》とも言《い》い換《か》えられるこれらの精神《せいしん》は、日本《にほん》の社会《しゃかい》から消《き》え去《さ》ってしまったように思《おも》われる。

二十一世紀《にじゅういちせいき》を迎《むか》えた今《いま》、社会《しゃかい》の荒廃《こうはい》はこのまま放置《ほうち》すれば、日本文化《にほんぶんか》は崩《ほう》壊《かい》してしまう。この現実《げんじつ》を乗《の》り越《こ》えるためには、日本民族《にほんみんぞく》が作《つく》り上《あ》げた共同《きょうどう》遺産《いさん》である武士道《ぶしどう》を見《み》つめ直《なお》す必要《ひつよう》があり、武士道《ぶしどう》の精神《せいしん》こそが混迷《こんめい》した社《しゃ》会《かい》に光《ひかり》をあてるものであろう。

武士道

1 武士道的源流與萌芽

武士道為日本精神的核心，能夠被視為日本民族性格中的骨髓，其形成絕非偶然。一般認為武士道的萌芽是存在於鎌倉武士的祖先—東國武士的精神當中。故而要追溯武士道的源流，必先要闡明日本人的祖先他們的日本民族精神。

上古時代，還沒有所謂的武士階級，但可以從大伴氏的詩歌「臨海或為漬水屍，登山將成覆草骸，但求絕命君之側，無怨無憾心不悔」，體會到武士道精神的存在。這首詩歌中道出了武士道的精隨。誠如上述，日本民族自古以來就俱有為天皇一人鞠躬盡瘁的精神。

2 武士的起源

然而平安時代中葉起，藤原氏一門抬頭，在京都獨佔了鰲頭，即便擁有英姿才幹，在此地也是有志不得伸，許多人便離開京都，成為地方官。這些地方官在地方擴張勢力、擁地自重、建立家族，並培養自家的家丁家臣自成豪族，鞏固自己的地位。

當時朝中大臣無暇管理地方政治，受地方官暴政之苦的百姓們於是四處流浪，所到之處盜賊橫行，宛如無警察狀態。因此地方上有力的莊園、地頭或者是土豪們，為求自保訓練起隨從，以備不時之需，這些隨從們日夜勤練弓馬之術，充實自己的實力，這便是武士的起源。當時，武士等棟樑之材皆訓育勉勵並守護家人與家臣等一家老小，而家臣們皆對主君家也都盡忠節義，子子孫孫們侍奉同一主君，彼此之間的情誼越來越加緊密。

鎌倉武士道

進入鎌倉時代後，源賴朝開始實施武家政治，他注重簡樸、崇尚禮節，鎌倉武士富有盡忠節義以及英勇果敢的精神，愛惜名譽的精神於是孕育而生，日本武士道骨幹的核心就此形成。

室町・戰國時代的武士道

室町時代社會動盪不安，情勢紊亂至極，幕府的無能完全表露無遺。將軍威權掃地，守護大名們各自實施獨立政治，因此國民必須以自身的力量，守衛自己的生命財產。這又給當時的武士道帶來什麼樣的影響呢？

首先是主從關係以及上一代鎌倉武士中所能見到的精神蕩然無存，這使得日本武士道史上，出現了空前的黑暗時期。接著是群雄地方割據，形成了一個獨自的自治政治形態，武家家法因而產生。此家法嚴格的要求武士們就盡忠、英勇、信義、簡樸、禮節、名譽、敬神崇佛等，由精神層面以至於日常言行上，武士們所應該恪守的規範。

江戶時代的武士道

因鎌倉時代幾乎沒有實施學問教育，故而武士們沒有修養學問，缺乏理性。江戶時代的武士道就補強了這個鎌倉時代武士的缺失。德川家康採用了儒家思想，這促進了武士道教義的發展。儒家思想中概括地闡述了人類社會中的倫理道德，其道德項目就稱之為五倫五常。江戶時代是受到儒家思想的薰陶，伴隨著國學的發展，武士道的精神於是深植到各個職業與階層，重振了日本民族固有的道德精神。

3 武士道的衰退&武士道的再考

戰後的日本經濟急速的成長進步，得以享有生活所帶來之便。然而過於追求西方物質文明的結果，以往的日本良好傳統美德似乎漸漸為人們所淡忘。過度重視眼前物質價值的結果，國民漸漸產生了億元暴發戶的心態。

世界各地甚至稱日本人為經濟動物。金權腐敗、公務人員貪污、惡德商法等社會亂象四處叢生，世人們滿腦中想著淨是錢、錢、錢。大人們的社會也反應到了孩子們的世界，學校的教學秩序混亂，更甚者因「金錢慾望」而引發了殺人、恐嚇、以及援助交際的賣春事件。

現代的日本社會，遺忘了先人所留下的智慧，甚而將身而為人所必須遵守的道德完全棄置一旁。過往儼然存在的政治倫理、教育倫理、商業倫理等，換言之也稱之為道德的精神，根本完全由日本的社會中消失。

二十一世紀的今日，如果繼續坐視此等社會的荒廢現象於不顧，日本文化將因此衰退不振。為了要跨越目前的現況，有重新審視日本民族所共同建立起的文化遺產—武士道的必要，也唯有武士道的精神能給紛亂的社會帶來一線的曙光。

所謂五倫是指君臣有義、父子有親、夫婦有別、長幼有序、朋友有信等五項倫理關係。而五常則是指仁義禮智信等五個道德項目。

單字與句型

單字

1. 御一人《ごいちにん》：對天皇的尊稱
2. 有事《ゆうじ》：戰爭等非常事態
3. 間柄《あいだがら》：交情、關係
4. 影《かげ》を潜《ひそ》める：消失不見
5. 一億総《いちおくそう》：全民
6. 成金《なりきん》：暴發戶
7. 追《お》いやられる：被追到窮途末路（「追いやる」的被動式）

句型

・～あまりにも：過於～

日本歷史名人：Nippon 所藏日語嚴選講座 /
EZ Japan 編輯部著；冨永圭太譯. -- 初版. --
臺北市：日月文化, 2020.6
面；　公分. -- (Nippon 所藏；12)

ISBN 978-986-248-880-5 (平裝)

1. 日語　2. 讀本
803.18　　109004788

Nippon 所藏／ 12

日本歷史名人:Nippon所藏日語嚴選講座

作　　者：EZ Japan編輯部
翻　　譯：冨永圭太
審　　訂：藤本紀子
主　　編：尹筱嵐
編　　輯：尹筱嵐、林高伃
配　　音：今泉江利子、吉岡生信
校　　對：尹筱嵐、林高伃
版型設計：張凱茵
封面設計：張涵婷
插　　畫　馮思芸、張好
內頁排版：簡單瑛設

發 行 人：洪祺祥
副總經理：洪偉傑
副總編輯：曹仲堯
法律顧問：建大法律事務所
財務顧問：高威會計師事務所

出　　版：日月文化出版股份有限公司
製　　作：EZ叢書館
地　　址：臺北市信義路三段151號8樓
電　　話：(02) 2708-5509
傳　　真：(02) 2708-6157
客服信箱：service@heliopolis.com.tw
網　　址：www.heliopolis.com.tw
郵撥帳號：19716071日月文化出版股份有限公司

總 經 銷：聯合發行股份有限公司
電　　話：(02) 2917-8022
傳　　真：(02) 2915-7212

印　　刷：中原造像股份有限公司
初　　版：2020年06月
初版四刷：2021年08月
定　　價：400元
I S B N：978-986-248-880-5

◎版權所有 翻印必究
◎本書如有缺頁、破損、裝訂錯誤，請寄回本公司更換